M000159158

LE GOÛT DE L'IMMORTALITÉ

Paru dans Le Livre de Poche :

QUAND LES DIEUX BUVAIENT

1. Blanche Neige et les lance-missiles

2. Blanche Neige contre Merlin l'enchanteur

Collection dirigée par Gérard Klein

CATHERINE DUFOUR

Le Goût de l'immortalité

MNÉMOS

© Éditions Mnémos, 2005.
ISBN : 978-2-253-11929-6 – 1re publication LGF

À Christiane P.,
qui m'a toujours appelée « Mon petit »

I

Mon cher Marc,

le voilà donc achevé, ce travail qui avait osé croire qu'il pourrait me résister ! Et depuis hier, je n'ai plus rien à y ajouter. Il ne reste qu'à le livrer à mon client, et à lui souhaiter bonne lecture : les « Arrêts du Tribunal de Grande Instance de Paris/France/Europe/1985-1995 » sont d'un ennui sans fond. Je suis certaine que les gens qui ont rédigé ces minutes de procès ne se sont pas plus amusés à le faire que moi, à les traduire. Leur seul intérêt réside dans les quelques sentences qui concernent david dolhen. Elles sont d'ailleurs assez laconiques : le futur martyr de la cause suburbaine ne se présentait pas souvent devant ses juges.

Vous devez connaître mon client : c'est phadke-ashevak, l'affairiste ministrable. Je me demande pourquoi ce vieil indo-inuit conservateur se passionne pour les restes pénaux d'un repris de justice nord-occidental disparu depuis des siècles. D'accord dolhen a vécu vite, il s'est bien battu et il est mort jeune ; ça fait rêver. Peut-être que monsieur phadke-ashevak aime à collectionner ses propres antithèses. Ou alors, ce n'est encore qu'un de

9

ces hommes qui ne savent plus où investir leur fortune et qui accumulent les données anciennes au même titre que les tours, les femmes, les organes ou les astéroïdes. Mais changeons de sujet ; je vous ai assez expliqué à quel point il est ingrat d'essayer de transposer en mandarin moderne le français juridique et pourquoi nos machines, si douées qu'elles soient, ne réussissent à livrer qu'une traduction bancale dont je dois rétablir le sens ligne par ligne. Et pour un résultat final qui se résume à une arnaque sémantique. Il faut être phadke-ashevak pour ne pas bêler de rire à l'idée d'établir une véritable équivalence de sens entre la mentalité d'antiques juges blancs et son cerveau d'asiatique contemporain. Autant prendre le *mahabarata* et le traduire en termes de densité de matériaux. Cependant, je ne peux pas me plaindre de l'inculture crasse de gens comme phadke-ashevak : j'en vis.

Cette lettre, qui promet d'être longue, est une réponse à votre requête en deux mots : vous voulez me voir *en vrai*. Cette expression me fait rire. Nous passons tant de temps dans des décors virtuels à piloter nos avatars, que la réalité matérielle n'est plus qu'un pont étroit entre deux 3d. Elle en arrive à prendre des allures de boudoir intime et je sens, dans le ton de votre demande, une gêne d'amant qui espère ne pas paraître trop empressé. Excusez-moi de rire : je viens d'un temps où se rencontrer *en vrai* était plutôt simple et ne se compliquait pas toujours d'érotisme. D'ailleurs, il ne s'agit peut-être pas d'érotisme de votre part ; les fantaisies sexuelles s'épuisent très bien via le Réseau et ne nécessitent

10

aucun contact *en vrai*. Il y a, dans votre demande, un appétit de l'autre qui va au-delà de ce que deux centenaires pourraient tirer de leurs corps *faits et refaits*, et que tous nos échanges virtuels n'ont visiblement pas satisfait. Vous exigez l'Être en entier, en quelque sorte. C'est courageux. J'ai donc décidé de l'être à mon tour et de vous faire une série d'aveux. C'est le nom qu'on donne aux explications quand elles sont pénibles.

Le premier aveu est assez facile : je n'ai pas, comme vous, comme vous croyez le savoir et comme mes données civiles le disent, un petit siècle.

J'en ai un peu plus.

Pour le moment, vous n'avez qu'à y voir de la coquetterie.

Le second aveu est moins facile : je ne suis pas *faite et refaite*. Ni génétiquement, ni organiquement, ni prothétiquement. Je sais quelles images vous viennent à l'esprit en ce moment : celles des vieillards d'autrefois, ces pauvres épaves tordues par la sénilité sous un Cuir mité, coupées du monde par la déliquescence de leurs capteurs et dont l'esprit hantait plaintivement une cervelle spongieuse. Vous n'y êtes pas du tout.

La réalité se laisse moins mal regarder, mais elle est pire.

Je m'étais dit, en commençant cette lettre, que j'allais vous écrire mes mémoires ; ce ne sera même pas une autobiographie. Ce genre suppose qu'on a eu une vie et je n'ai pas ce privilège. Ce sera, au mieux, une enquête. Je ne la ferai pas sur moi mais sur un homme nommé cmatic. Retenez ce prénom vieillot : cmatic. Il a partagé mon sort, il m'en a probablement révélé l'horreur. Ceci mis à part, il n'a pas eu sur mon existence l'influence que j'ai parfois imaginée. J'aurais préféré qu'il en eût encore moins. Comme il est mort dans l'aventure, il partage sûrement cette opinion.

Si je lui porte tant d'intérêt, c'est qu'il m'arrive encore d'entendre sa voix se plaindre au milieu des sanglots innombrables du cimetière hurlant.

À la fin de cette enquête, j'aurai une demande à vous faire. En attendant, mon histoire aura le mérite d'occuper quelques heures de votre existence percluse de confort. Quant à moi, chercher à distinguer les traces du passage de cmatic à travers tant d'années me servira de dérivatif, voire d'expiation. À mon âge la culpabilité, si elle existe, n'est qu'une façon comme une autre de tromper l'ennui. Il arrive toujours un moment où le plus horrible des cadavres exhumé du plus sordide des placards n'est plus qu'une momie qui sent bon la Fleur séchée et vous rappelle votre jeunesse.

Mes hésitations à entrer dans le vif du sujet tiennent davantage à la forme qu'au fond. Quel style préférez-vous ? Je peux remonter mille ans avant notre ère et faire du shi jing :

« Un homme a crié ! dit la mère.

— Un homme est tombé, dit la fille.

— Lève-toi ! Et regarde son visage.

— Mère, c'est celui de ton époux. »

12

Ou bien aimez-vous le XXe siècle pleurard, à la ding ling ?

« Le vent, aujourd'hui encore, souffle sur ha rebin. Mon amant hurle sans cesse dans la pièce d'à côté. Il hurle depuis deux cents ans et ses cris me rendent folle de rage. »

Je peux aussi donner dans le classique :

« Elle rêva d'une charogne et à son réveil, elle ne sut pas si elle avait rêvé cette charogne ou si c'est la charogne qui avait rêvé d'elle. »

J'hésite sur la forme. Quant au fond, je peux déjà vous promettre de l'enfant mort, de la femme étranglée, de l'homme assassiné et de la veuve inconsolable, des cadavres en morceaux, divers poisons, d'horribles trafics humains, une épidémie sanglante, des spectres et des sorcières, plus une quête sans espoir, une putain, deux guerriers magnifiques dont un démon nymphomane et une… non, deux belles amitiés brisées par un sort funeste, comme si le sort pouvait être autre chose. À défaut de style, j'ai au moins une histoire. En revanche, n'attendez pas une fin édifiante. N'attendez pas non plus, de ma part, ni sincérité, ni impartialité : après tout, j'ai quand même tué ma mère.

Ce n'est pas un sujet qui peut se passer de mensonges.

Pour réaliser mon enquête, je m'en tiendrai aussi rigoureusement que je le pourrai à des données fiables et à des témoignages de première main. À défaut, j'inventerai au plus près du possible. Inutile de préciser que le Réseau constituera ma source principale d'information : il nous tient lieu à tous de mémoire, de musée et de garde-meubles, en plus de poubelle, de serviteur multi-tâches et de liquide amniotique.

Reste à planter le décor. Jouons ensemble, voulez-vous ? Entrons dans un de ces modules ludo-éducatifs qui retracent en quatre chapitres la vie de nos ancêtres, il y a deux siècles de ça.

Chapitre un : « Démographie et ingratitude ». À l'époque où vivait cmatic, les blancs au ventre sec commençaient à peine à réaliser que leur règne touchait à sa fin. Les lois d'airain de la démographie donnaient pour gagnants les prolifiques asiatiques, leur peau d'ivoire, leurs yeux bridés et leurs alphabets démentiels, dont on a peine à imaginer aujourd'hui l'épouvantable complexité. Entre nous, je n'ai jamais compris qu'on n'ait pas élevé mille statues pour honorer le groupe d'érudits qui, un jour, a réuni tous les kanjis japonais et les idéogrammes chinois, mis à plat les simplifications taïwanaise, coréenne, hongkongaise voire communiste, et réconcilié les syllabaires pour en faire cette langue souple et simple qu'est le mandarin moderne. Sans eux, nous aboierions tous l'anglo-hispanique et ces linguistes n'ont même pas une tour à leur nom. L'histoire n'en est pas à une ingratitude près.

Chapitre deux : « Morphogénétique et appâts sexuels ». En ce temps-là, les asiatiques raffolaient déjà de tripotage génétique prénatal et de look occidental. Je dois à ma mère, traditionaliste à Cheval sur ses gènes mandchous, de ne pas être née avec des yeux bleus ronds comme des soucoupes, des seins à ne pas voir mes

14

pieds et des cheveux jaunes bouclés comme un champ magnétique. Vous me direz que nos contemporains ont le même défaut, mais ils sont plus mesurés. On croise même parfois *en vrai* des femmes aux cheveux noirs et à la poitrine menue alors qu'au temps de cmatic, on pouvait croiser la dernière propriétaire d'implants mammaires.

Chapitre trois : « Génocide et design ». À l'époque de cmatic, les noirs et les rouges existaient encore mais on cataloguait avec prudence leurs génotypes qui se raréfiaient. Ces deux morphotypes humains s'effaçaient lentement dans les brumes dorées qui baignent les souvenirs ou les dieux et, pendant ce temps, blancs et jaunes mettaient tranquillement en conserve les séquences « teint cuivré amérindien » et « chute de rein nigériane », celles dont nous nous servons encore pour améliorer nos bébés. Ce pillage m'exaspère. Notre rage d'utiliser jusqu'au dernier acide aminé le bagage de types humains que nous avons d'abord détruits revient à ajouter le mauvais goût à la sauvagerie. Vous me répondrez que ce sont les blancs, et pas nous, qui ont dépeuplé l'afrique et les deux amériques, qui les ont pillées, qui y ont entretenu un feu roulant de dictatures et de guerres civiles et les ont finalement achevées avec des maladies indigènes croissant sur une misère d'importation, et vous aurez raison. Je me souviens d'une blanche midaméricaine qui avait affligé ses enfants d'une peau amérindienne, *in memoriam* en quelque sorte. Sur ces visages où seuls auraient dû jouer les reflets de lourdes tresses noires, les bouclettes blondes étaient grotesques. Ce qui me console, c'est que les séquences qui décident de la texture d'un cheveu ou de la forme d'une fesse ne sont que l'écume de notre adn. Les rois congo et les sujets mayas vivent encore en nous, au même titre que chez les britanniques et les perthiens, puisqu'à cent générations nous avons tous les mêmes ancêtres. Je sais, ce calcul vous hérisse, mais je n'y peux rien.

Finissons le module scolaire.

Dernier chapitre : « Géopolitique et ruines ». Il y avait des places à prendre dans les pays du nord vidés par la dénatalité. Privé de misère, le pan-islamisme vacillait. La seconde paix pakistanaise devait bientôt achever de tourner cette page morbide, et la religion chrétienne orthodoxe n'avait pas encore pris le relais dans la grande course aux démences religieuses. Le sud-américain se barricadait dans une indépendance exsangue et promettait des horions à tout ce qui bougeait, la russie lui donnait poliment la réplique (c'était avant la grande scission mogole). On se battait autant qu'aujourd'hui le long de frontières compliquées mais la perspective d'une guerre intra-européenne aurait fait rire : l'europe n'était pas encore ce semis de petits fiefs à demi inondés. Le nord rêvait à sa grandeur passée et le sud ruminait sa rancune de pauvre immémorial, tous deux incapables de comprendre que l'axe de la terre avait bougé et qu'il fallait désormais parler est-ouest. Les populations polaires rechignaient à abandonner leurs peaux de Phoque rendues inutiles par le réchauffement, en attendant que la disparition des Phoques ait raison de leur nostalgie. L'australie finissait de transformer les terres aborigènes en champs bâchés grouillant d'usines Céréalières sur Pattes, le dernier Tigre chantait un requiem à

16

la dernière Panthère, j'ai vu de mes propres yeux un vol d'Hirondelles. Je me souviens même d'un Papillon, mais ce n'était peut-être qu'un rêve. Quoi d'autre ? Forts des découvertes de masayo, les techniciens s'amusaient avec la fusion froide et les pompes à huile minérale achevaient de rouiller. Il y avait autant de misère qu'aujourd'hui mais les bidonvilles étaient à l'air libre, il y avait moins d'étendues inhabitables et beaucoup moins de réserves naturelles mais on y trouvait encore des Grenouilles. La natalité se stabilisait à peine, dans les classes supérieures on mourait impotent aux alentours de cent vingt ans. Certains utopistes espéraient encore lutter contre la désertification ou sauver venise, d'autres rêvaient tout haut à d'anciennes saisons douces, des températures raisonnables et des pluies d'eau pure. On bronzait à l'air libre, mais pas sans danger. La californie existait, tokyo aussi, la malaisie et la hollande n'étaient plus que des souvenirs, les ruines d'istanbul fumaient, kyushu était deux fois plus grande qu'aujourd'hui, les tempêtes de neige au-dessus de l'antarctique commençaient juste, le Réseau n'était même pas standardisé, enfin vous voyez que je ne suis pas jeune.

Maintenant, quittez le module scolaire, fermez les yeux et entrez dans ce lointain présent, sur les traces de cmatic. Tout d'abord, imaginez un vieux vaisseau à trajectoire parabolique. Vous avez dû en voir quelques-uns au tout début de votre enfance ; celui-ci est frappé aux armes du gouvernement d'elbasan. Il abaisse son vol, crève les nuages et amorce la longue courbe qui doit le mener au cœur de ha rebin. Le tissu urbain en dessous de lui est à peu près aussi dense qu'aujourd'hui, mais beaucoup moins étendu. Ha rebin tend vers le ciel son front multiple chargé de sculptures : vous reconnaîtriez le bulbe doré de la tour de jade et les doigts effilés du complexe des kamis. Cmatic est assis près d'un hublot et regarde le paysage en contrebas, les sommets des tours étagés à la manière d'un grand orgue, le sol qui se devine au fond de failles mastiquées d'ombre et la masse humaine qui semble à peine une écume rongeant le bas d'une falaise. (Oui, le sol est encore habité. Plus pour longtemps.) Cmatic pense peut-être à sa mission passée ou à celle qui l'attend, ou alors il essaye de dormir. Le voyage depuis l'australie est long et les sautes de vitesse sont fatigantes. Mal pressurisé, mal isolé, l'habitacle du vaisseau est une glacière sèche et bruyante.

Accrochant au passage les reflets versatiles des faisceaux publicitaires, le vaisseau plonge dans l'arc vert de la tour aéroportuaire huong. Vous ne l'avez pas connue. Le vol via vide a rendu inutiles ces immenses courbes de métal et de glace qui généraient les champs nécessaires aux atterrissages urbains, ainsi que d'abominables désordres organiques dans un rayon de plusieurs centaines de mètres. Elles avaient leur genre de beauté.

Imaginez le vaisseau glissant le long de l'arc, deux bras d'acier qui se déploient pour le stabiliser et un couloir d'accès qui vient coller sa bouche contre la carlingue. Les passagers descendent lentement puisqu'à l'époque, il fallait encore que chacun stationne quelques secondes sous un portique d'identification. Le lecteur du portique enregistre la venue de cmatic à ha rebin,

18

et stocke tout ce que contient la puce intraderme qu'il porte au bras.

Je vous livre le contenu de la puce tel que s'en souvient cette antique machine même pas quantique : cmatic, trente-cinq ans et quelques jours, sexe masculin, type nord-européen, naissance nord-européenne, citoyenneté nord-européenne. Ces données, dans lesquelles l'originalité ne brille pas et le mérite personnel encore moins, constituent pourtant un bon laissez-passer pour les hauteurs. Elles sont condition, vecteur et signe de réussite sociale. D'ailleurs, le simple fait de disposer d'une puce d'identité valide place d'emblée cmatic sur le versant ensoleillé de la condition humaine de son temps. L'étoile européenne a bien pâli depuis.

La puce en dit davantage : cmatic mesure près de deux mètres, ce qui est encore rare. Son bilan de santé est bon à l'exception du poids, qui se situe légèrement en dessous de la limite inférieure de la normale, mais la fiche génétique prénatale explique que cmatic a été programmé comme ça. Elle mentionne aussi qu'il a un taux de mélanine naturellement bas et des yeux bleu clair cerclés de noir. Cette teinte fraîche et soutenue, ce vertige de glace coquettement souligné d'un trait de khôl porte le nom de e123.5 : la fibre poétique des généticiens donne une assez bonne idée du néant. E123.5 était à la mode trois décennies auparavant, le beau regard de cmatic se répète donc jusqu'à l'écœurement chez les passagers qui piétinent derrière lui le sol élastique du couloir d'accès. Implicitement, e123.5 en dit long sur

19

les parents de cmatic : ils sont de culture dominante et disposent d'assez de moyens pour effectuer des choix prénataux, mais pas suffisamment pour payer à leur embryon autre chose que le traitement standard. E123.5 était compris dans une série de manipulations courantes incluant notamment l'éradication de vingt-cinq maladies auto-immunes. On vendait au bébé une bonne santé, on lui offrait en prime de beaux yeux. Peut-on voir dans cette dépense une preuve d'amour parental ? Plus probablement, le couple procréateur de cmatic n'aurait jamais reçu l'aval de sa compagnie d'assurances s'il avait décidé de mettre au monde un enfant non rectifié génétiquement. Les choses n'ont pas beaucoup changé.

Cmatic porte les cheveux livrés avec les yeux, un blond très fin d'origine danoise, naturellement porté au fouillis, ravissant sur un visage de vingt ans et qui vieillit mal. Il bénéficie aussi d'une protection contre la calvitie, manipulation coûteuse qui trahit cette fois, chez ses parents, une réelle aisance financière, le souci de leur progéniture et la conscience de leur propre vieillissement. Ou alors, il s'agit d'une heureuse prédisposition naturelle de cmatic. En fait, je n'ai jamais cherché à savoir quels rapports cmatic entretenait avec sa famille. Peut-être était-elle très unie et momentanément brouillée mais j'en doute. Elle n'est intervenue à aucun moment dans l'affaire que je commence à vous raconter, laquelle a duré des mois et s'est finie de façon atroce. Un père aimant, une sœur proche ne l'auraient pas laissé mourir seul. Ces européens ont toujours eu de drôles de mœurs.

Il me suffit de faire appel à mes propres souvenirs pour confirmer ce que raconte encore la puce : la peau

20

de cmatic a été peelée récemment, elle est plus fraîche qu'on ne l'attendrait chez un homme travaillant à ciel ouvert. Le reste de la mémoire est encombré par un curriculum à arborescence large, des autorisations multiples, une liste considérable d'avantages sociaux et un suivi médical au-delà du méticuleux bref, cmatic est un entomologiste échelon II classe IV. Cette caste, sans être de celles où l'on recrute les hommes de pouvoir, est un grade assez choyé de technicien. L'échelon II classe IV ressemble à notre ordre urbain branche analytique : on y consigne les intelligences atypiques, en les priant de se concentrer sur un sujet éloigné de toute répercussion politique directe. Abondance de moyens et cloisonnement des responsabilités permettent aux échelons II de se livrer sans retenue aux recherches les plus coûteuses, et aux échelons I de gouverner en paix. De ce point de vue, cmatic est proche de nous ; il se débat sans espoir dans un treillis infrangible qui, malgré tous les ascenseurs sociaux et toutes les protestations d'égalité, a la même allure que toutes les organisations humaines depuis la nuit des temps : une pyramide.

Pour qui sait reconstituer les données effacées, la puce mentionne aussi que cmatic a récemment fait un séjour en polynésie, en tant qu'expert missionné par l'oise-se (organisation internationale de surveillance écologique-section entomologie). L'intitulé de mission comporte deux fois le terme paludisme. Seul un natif ou un expert trouverait bizarre d'associer polynésie et paludisme. Vous devez avoir quelques notions des ravages que causait cette maladie ; nous aurons l'occasion d'y revenir.

La puce s'arrête là. D'autres informations sur cmatic existent, dans d'innombrables serveurs militaires. Il a dû les consulter, par pure vanité : il est toujours flatteur de savoir qu'on vous espionne. Je l'ai fait aussi, en piratant les immenses archives bagdadies. J'y ai appris qu'on le crédite « d'aptitudes concrètes et de tendances schyzotypiques ». Le terme signifie peu ou prou « qui aime la solitude ». Un terme équivalent existe en roe tahiti, « celui qui mange à l'écart des autres ». C'était, sous la dernière reine pomare, un crime puni de mort : aucune civilisation n'aime qu'on se suffise à soi-même. Les mêmes rapports attribuent en outre à cmatic des prouesses sexuelles notées avec une exactitude qu'aucun enjeu stratégique ne m'a semblé justifier. Les détails d'oreiller sont sûrement, pour un espion, la preuve qu'il a effectué un travail soigneux.

J'imagine que, quand il entre dans ha rebin et dans ma vie, cmatic a depuis longtemps cessé d'épier sur le Réseau ce reflet déformé de lui-même. La satisfaction de se savoir fiché et le plaisir de se contempler de l'extérieur ne doivent plus occuper beaucoup de place dans cet esprit saturé d'angoisse. Je suis persuadée qu'au moment précis où il longe de son pas silencieux un des tubes transparents jetés entre deux façades de ha rebin, il ne jette même pas un regard sur la vertigineuse soupe de vapeurs et de navettes qui fermente à l'extérieur. Il pense peut-être au travail qu'il vient d'achever avec désespoir, à celui qu'il doit commencer avec dégoût, et je suis sûre qu'il pressent déjà qu'il est en train de mourir.

22

Les archives de la défunte oise n'étant pas protégées, il est facile de savoir ce que cmatic fait en sortant de l'aéroport : il va directement à l'appartement que lui a réservé l'oise-se, au 257e étage de la couronne supérieure d'un complexe résidentiel nommé krasnaia fugu. Que cet octopode de verre violacé ait, depuis, été remplacé par les lignes exquises de li po est une preuve que tout, en ce monde, ne va pas forcément de mal en pis.

J'imagine que cmatic, en entrant dans son domicile provisoire, ne jette pas un œil autour de lui : cet homme-là est trop bien né. Le confort lui est aussi naturel que l'oxygène et le superflu l'encombre. Regardons à sa place : on bâtit encore couramment des pièces avec des angles agressifs et des ouvertures rectangulaires. Les baies en vitrage doré s'éclaircissent et se voilent à volonté, les parois sont blanc Citronné ou vert Menthe, le mobilier aérostatique est en plastique moulé, transparent comme l'eau potable. Cette combinaison de nuances claires et de reflets tient lieu de soleil et d'espace dans la plupart des habitations de la ville. (On en trouve encore quelques spécimens dans le quartier des Saules.) Un mélange d'électronique et de matériaux intelligents assure à l'ensemble une hygiène presque aussi parfaite que la nôtre. La puce s'est sûrement chargée d'informer ces appareils des goûts et des envies de leur nouvel hôte. Pour le moment, encore assommé par le voyage, cmatic a surtout besoin d'une température élevée, d'un repas nord-européen et d'une bonne nuit de sommeil. Il s'assoit sur le sol tiède, monte du plat de la main une table aérostatique et découvre, sous un couvercle homéotherme, un Steak saignant sur des Légumes. Ne déconnectez pas d'horreur : le goût de la chair morte va et vient à travers les siècles, il ne signifie pas grand-chose. Et rassurez-vous : la Viande de cmatic ne contient pas un seul atome carné.

Je m'avance beaucoup en supposant que cmatic décèle rapidement, derrière le goût saturé d'authenticité (un grain de sel plus gros que les autres dans le Beurre français, un peu de terre cachée dans l'œil d'une Pomme de terre bouillie, un tendon résistant qui longe le bord de sa Viande), l'habileté des gastronomes de transnationales alimentaires, passés maîtres dans l'art de l'erreur qui sonne vrai. Mais je suis peut-être assez proche de la vérité : on cache peu de choses aux grands malades. L'émotivité de cmatic doit affleurer sa peau et ses papilles. Sent-il, derrière les parfums factices, la fadeur des pâtes nutritives ? Leurs ersatz ne doivent pas avoir la perfection des nôtres. Mettons qu'il jette dans la colonne de déchets à la fois son Steak à peine entamé, son pantalon et sa chemise. Le serveur du 257ᵉ étage du fugu indique en tout cas qu'il a mangé très vite, commandé des vêtements et pris ensuite une longue douche.

M'immerger dans les archives du fugu ne m'a pas du tout réconciliée avec l'éthique transnationale. Vous n'imaginez pas comme ces consortiums hôteliers sont avides de préserver leur mémoire, toutes leurs mémoires, sans se soucier d'y mettre l'ombre d'un sens. Ils appellent « patrimoine industriel » un interminable ramassis de comptes chafouins et de faits divers. Les dosettes de cirage et de Saké y sont consignées

24

en colonne, les meurtres crapuleux aussi. Je pourrais vous détailler des siècles de trafics minables, des générations de cinq à sept, des milliards de masturbations solitaires, pas mal de suicides et quelques petits drames navrants qui se sont tous déroulés dans ces chambres Mentholées louées pour une nuit, ou pour un an. La plus pathétique de ces histoires est peut-être celle d'un nommé hjaelp, un polaire décati qui, il y a deux cents ans, croyait encore aux vertus créatrices du papier d'Arbre, du crayon à encre, de la nicotine et de l'alcool de Grain. Il est mort d'overdose au 368e étage du fugu, après trente ans de cuites et de travail acharné dans le même studio, en noyant dans son propre vomi ce qui était peut-être une belle œuvre. Je me demande souvent s'il est vraiment à plaindre.

Le décès fut constaté à 8 h 25, le corps évacué à 8 h 32, les effets personnels à 8 h 47, la désinfection prit fin à 9 h 03, à 9 h 14 monsieur viaderpuram honorait monsieur giès sur le slackbed (à moins que ce ne soit le contraire). Monsieur giès quitta la chambre à 9 h 35, monsieur viaderpuram déposa une plainte sur le réseau du fugu à 10 h 01 (il manquait un céladon dans sa mallette d'échantillons). Quant à monsieur hjaelp, personne ne réclamant son corps, il fut équarri. Au mieux, il a fini en fumure sur mars. Le fugu hérita de ses hardes, les brada avec d'autres auprès d'un retraiteur en gros et en tira quelques yuans, qui furent imputés sur le compte « bénéfices non commerciaux ». Sur la fiche funéraire de monsieur hjaelp, archivée dans la fosse numérique du fugu et sobrement constituée d'une hélice adn, d'un visuel *post mortem* et d'une date, il n'y a ni un sceau ni

25

une strophe pour prolonger d'un soupir son bref sillage sur la mer des hommes. *Sic transit gloria mundi*, il en est de même pour la misère. Heureusement.

La suite est pure invention, mais j'ai si souvent vu cmatic regarder au-dehors en posant sa main à plat contre la vitre que je suis certaine d'être dans le vrai. Il est sorti de sa douche et se tient debout devant le mur vitré, nu, encore fumant d'humidité (on se lavait à l'eau douce chaude). Au-delà des lumières de ha rebin, très loin au-dessus de lui, la nuit est tombée. Pas très loin de là, beaucoup plus bas, je dors. L'obscurité n'est pas encore perceptible dans le vacarme lumineux de ha rebin mais cmatic la sent qui descend doucement, à la manière d'un Thé qui infuse. Elle superpose sa mollesse de chevelure dénouée aux contours aigus des tours, et ce doit être un soulagement pour ses yeux fatigués. L'ombre applique la tendresse de l'incertitude aux angles urbains, pose des bandages sur les cicatrices les plus voyantes, étouffe les jeux épuisants des reflets et souffle sa buée autour des lumières crues. Cmatic suit du regard le ballet des navettes : contre le métal obscurci des tours, elles laissent de brèves traînées diurnes, des impressions pourpres de soleil couchant et d'éphémères Écorces d'Orange. Il est possible aussi que cmatic ne voie rien de tout ça, et qu'il écoute seulement son cœur battre à grands coups.

Socialement, cmatic a été un bon élève et il est devenu un bon exécutant. Bien né, instruit, vif d'esprit, ni imaginatif ni émotionnel, il serait à un tout autre échelon s'il portait à l'humanité ce mépris revanchard qui fait

26

les meneurs. Or il ne lui porte rien du tout, qu'une indifférence massive. À un niveau plus personnel ses amours sont brèves, ses amitiés sont professionnelles et je vous ai dit ce qu'il en est, ou plutôt ce qu'il n'en est pas, de ses liens familiaux. En bref ce n'est pas un affectif, un champion de la remise en cause ni un monstre d'empathie, et il ne pratique pas l'introspection. Humainement, cmatic est un Œuf : plein de promesses et en forme de zéro. Physiquement, il n'a pas l'habitude de se méfier de lui-même ni de contester les certitudes de la génétique et de la médecine : sa machine biologique a été conçue pour durer et son bilan de santé est bon, donc il va bien. Mais il n'a pas non plus l'habitude de nier l'évidence : ce soir-là, devant les lumières de ha rebin, une main brûlante posée sur la vitre glacée, il sent des choses sombres bouger dans sa poitrine et beaucoup de force en-allée. Pour avoir vécu les mêmes angoisses que lui, j'ai l'impression de suivre parfaitement le fil de sa pensée qui s'affole et fait des nœuds. Par exemple, je parie qu'un urbain tel que lui s'était imaginé qu'il irait mieux sitôt qu'il serait de retour en ville. Je ne parle pas de ha rebin en particulier mais de la Ville, cette brassée de tours dupliquée tout autour de la terre sous différents noms et dont ha rebin n'est qu'un avatar mandchou. Il avait sûrement espéré que la présence massive de la Ville suffirait à dissiper les fantasmes nés sur les atolls fiévreux de la polynésie mais, cette fois, la Ville ne peut rien pour lui : son arrogance a la pesanteur de la bêtise, son immensité est le crachat d'un idiot sur un seuil obscur. Cmatic voit finir le temps où, pour lui, tout était réductible à des termes aisément manipulables. Il sent fuir entre ses doigts d'innombrables certitudes, et d'abord celle que les buveurs de sang humain peuvent se résumer en un seul mot : Moustique.

La première fois que j'ai vu cmatic, j'ai remarqué ses mains avant son visage : maigres, nerveuses et desquamées de frais, elles portaient, malgré la perfection du peeling, un palimpseste de piqûres d'Insectes. Plus tard j'ai cherché, dans le passé de cmatic, un quelconque entraînement à la souffrance, ou une tournure d'esprit qui lui aurait fourni une protection naturelle contre elle : je n'ai rien trouvé. Il m'a paru, tout au long de cette histoire, comme un cerveau démâté qui essaye en vain de ramener ses pensées saccagées à quelques thèmes connus. Dans le vacarme d'un corps qui se défait, il tentait sans succès de siffloter de pauvres refrains rationnels. Je crois qu'il n'a jamais admis que sa pensée objective se révèle incapable d'enclore la totalité de ses problèmes et de les résoudre. Épargné par la pauvreté et les deuils précoces, naturellement disposé à la mesure, cmatic débarquant à ha rebin n'a de la douleur qu'une expérience contingente. Même la suée ardente de l'amour s'est laissé regarder de loin, à partir du moment où il l'a voulu et s'y est appliqué avec rigueur. Il en a sûrement tiré de l'assurance, persuadé de venir à bout de tout puisqu'il avait triomphé de l'altérité. Mais un corps souffrant n'est pas un partenaire qu'on peut flanquer dehors.

Je commence à comprendre, au fur et à mesure que je vous écris, la raison pour laquelle je m'intéresse à cmatic : nous avons tous été cet Œuf étroit, si dense

28

qu'il ne laisse aucune place au doute, jusqu'à ce que la coquille craque et que nous nous étonnions de tant nous répandre, pour ne laisser sur cette terre qu'une auréole malodorante. L'éveil de cmatic aux dures réalités de la mort est un jeu de piste que je n'en finis pas de parcourir. Cet homme d'une banalité qui confinait au symbole a approché sa propre fin avec une conscience que j'envie. Je ne dis pas qu'il m'a, par une attitude remarquable, ouvert une porte quelconque sur l'acceptation de notre mortelle condition : la seule chose en lui qui, durant sa lente agonie, l'a disputé à la terreur est le point d'interrogation. Mais il n'est plus. Voilà bien un effort que je n'ai pas encore fait, et qui suffit à transformer ce quidam en mystère. À travers le sombre miroir, l'ombre portée de n'importe quel être humain s'étend jusqu'à l'infini.

Revenons à cet homme nu et fumant, appuyé d'une main contre la nuit, la seconde protégeant son cœur affolé. Il doit finir par avoir froid et par se trouver un peu sentimental. Le fugu indique qu'il a commandé un pantalon et un haut en intissé jetable noir. Rien à voir avec nos vêtements intelligents qui veillent sur notre santé et notre humeur, les siens savent tout au plus gérer la sueur et réparer leurs accrocs.

Cmatic s'habille et déballe ses affaires. Je les ai fouillées aussi : rien que du professionnel. J'aurais cru qu'elles contiendraient au moins un souvenir personnel, par exemple le diagramme d'un parfum ou un extrait 3d : rien. Cmatic étale une série de cartes mémoires et choisit l'une d'elles, un rectangle de plastique pétrolier frappé aux couleurs de l'oise-se, un idéogramme bleu sur blanc. Il la syntonise à l'écran mural, neutralise les baies vitrées, lance l'enregistrement et s'assoit pour le regarder. Noir et doré, il doit ressembler à une Guêpe tremblant dans l'alvéole blonde de sa chambre.

La séquence contenue dans la carte est brève, l'essentiel ayant été dit de visu quelques jours et une demi-planète auparavant. En mélangeant ce que je sais et ce que je déduis de la suite, je peux vous faire un résumé du tout : cmatic doit emménager dans un appartement de ha rebin au sud du quartier wuyi, tour woroïno, 41e étage, 2538 la falla. Au-dessus habite une femme soupçonnée de manipulations mentales. Agit-elle seule ou pour le compte d'autrui ? En ce cas, de quelle secte, quel groupe d'influence, quelle triade, quelle église ? Combien de victimes, lesquelles et comment ? Ensuite, le cas échéant, des preuves pour la faire plonger sous le coup de la loi 112 253 concernant les atteintes à l'intégrité psychique. On soupçonne un réseau, et surtout un élevage illégal d'Animaux ou d'Insectes. Cmatic se sait à la fois trop et mal qualifié pour ce poste d'espion mais il n'a pas le choix. Celui qui lui a donné cet ordre a peut-être insisté, avec de grands effets de voix, sur la personnalité perverse de la manipulatrice et son hypothétique extrême dangerosité. Quelque chose comme :

« Si nous vous envoyons là-bas, vous imaginez bien que c'est parce que nous avons épuisé toutes les méthodes habituelles ! Cette créature est d'une habileté qui déjoue tous nos moyens. Seul un élément brillant tel que vous, etc. »

C'était une façon comme une autre d'enrober, avant de la faire avaler à un entomologiste sur le chemin de la reconnaissance, la pilule amère d'une nomination qui ressemble à un placard sans gloire. Si ni l'un ni l'autre n'ont cru à ces protestations grandiloquentes, c'est dommage : elles étaient juste un peu au-dessous de la vérité.

Cmatic écoute l'enregistrement deux fois de suite, se couche tout habillé, s'endort peu après et se réveille quelques heures plus tard en sursaut, la bouche ouverte comme un noyé. Cette fois encore, il a dormi d'un sommeil inhabituel. Rien à voir avec les sommes légers de l'anxiété ou les éclipses foudroyantes de la fatigue physique : il a sombré d'un coup dans l'absence et chaque retour l'effraie. Ça, je l'apprendrai de sa propre bouche.

Plus encore que la lourdeur de son sommeil, la médiocrité de ses réveils l'inquiète. Ses paupières n'en finissent pas de se relever, sa poitrine ne se soulève qu'avec peine et la journée à venir lui paraît aussi consistante qu'une poignée de sable. Il se lève pourtant, ou plutôt roule hors du lit bas tandis que l'appartement déploie des trésors d'affabilité. Un jour doré sourd des vitres encore floutées, doux mensonge au vu de l'épaisse brume grise qui enveloppe ha rebin, et des odeurs factices de petit déjeuner se répandent lentement. Le cœur de cmatic recommence à battre à grands coups tandis que la peur l'envahit à nouveau. Il ne s'est encore jamais senti si faible. Pourtant le bilan médical énonce des nouvelles rassurantes, alors cmatic met son rythme cardiaque décousu sur le compte d'une indécision psychologique. Il sait déjà ce que n'importe quel médecin lui dirait : qu'il rentre d'une mission traumatisante,

31

qu'il ne trouve plus dans le dépaysement les mêmes satisfactions qu'autrefois et qu'il atteint l'âge où les questions sexuelles se compliquent de ce que les européens appellent pieusement : les nécessités entêtantes de la génération. Figurez-vous qu'on y croit dur comme fer : face à la dénatalité européenne, les démographes ont torturé toutes sortes de chiffres pour les obliger à attribuer au célibataire sans enfants une espérance de vie minable. Je me demande comment ces natalistes musclés enjambent sans trop de foulures le problème énorme de la surpopulation. Mais il est vrai qu'ils n'estiment pas que cent petits jaunes valent un seul bébé blanc. (Et puis peut-être que cette histoire de nulliparité naturellement mortifère n'est pas fausse, mais ça fait longtemps que notre longévité ne doit plus grand-chose à la nature.) En clair, la médecine officielle conseillerait probablement à cmatic de se reproduire pour se guérir, même si son caractère s'oppose à toute idée de stabilité *in habitus*. Cmatic sait qu'il est depuis longtemps rangé dans la case des *mobilis*, des hommes et des femmes supportant mal de partager leur vie quotidienne. Des solutions étudiées existent sur le marché de la nuptialité, bien sûr : des femmes et des hommes soigneusement sélectionnés jurent qu'ils ont très envie d'accueillir dans leur vie ces météores inquiets, et s'engagent par contrat à leur dispenser de l'affection aux heures voulues et à s'en passer le reste du temps, ce qui consiste à meubler leur abandon d'innombrables ambitions, au premier plan desquelles figurent des enfants chargés d'éponger leurs frustrations. Comme tous ses congénères, cmatic éprouve un dégoût radical pour ces mariages arrangés et comme eux, il soupçonne, ou du moins il soupçonnait jusque-là qu'il y viendrait un jour. Mais un instinct sonne, à son horloge, une heure bien plus funèbre. Au point qu'il en arrive à regretter de n'avoir jamais pris le temps de promener son vague à l'âme dans un des catalogues des maisons de placement conjugales, au chapitre *mobilis*. Tenir dans une case, c'est toujours faire partie de l'humanité.

Ne riez pas : rien n'a changé. C'est tout juste si le Réseau donne une allure plus fluide à ces quêtes amoureuses pourries par leurs propres incohérences. Il est vrai aussi qu'Il peut fabriquer des avatars dont l'incohérence est le métier. Rappelez-vous simplement qu'avant cent ans, l'amour est La grande affaire, avec la famille. Vous m'avez déjà affirmé que passé cet anniversaire-là, seuls subsistent l'ambition et son avatar matériel, l'argent. Je vous informe qu'un siècle plus tard, l'ambition elle-même ne se résume plus qu'à une seule exigence : qu'on vous foute la paix. Vieillir, c'est simplifier. Cela dit, la paix coûte cher.

Cmatic rassemble ses idées, ses forces, ses cartes mémoire, balaye ses rêves nuptiaux, commande un repas mandchou (Thé aux Amandes et gâteau aux Fleurs d'Acacia), n'avale pas grand-chose et prend une navette pour woroïno. C'est une tour encore récente. Les premiers étages hors-sol ne sont pas luxueux et l'ombre y est permanente. Son appartement au 41ᵉ, triste et laid, touche le mien.

Il est temps de parler de moi.

II

Il m'est arrivé, il y a longtemps, d'aller patauger dans mes propres marécages chromosomiques, à la recherche de mes origines. Sur le moment, j'ai tiré de ces recherches toutes sortes de conclusions philosophiques dont ma mémoire s'est fort heureusement débarrassée. Tout ce dont je me souviens, c'est que je suis le Fruit d'un Arbre local. La génétique m'a brassée entre le kamtchatka, pékin, la mongolie et le japon. Ayant quitté l'afrique en moins soixante mille, mes ancêtres se sont installés dans le nord-est asiatique et ont trouvé le coin assez plaisant pour ne plus en bouger. Ce n'est pas une attitude conquérante mais c'est une forme de sagesse. De toute façon, l'histoire leur a apporté suffisamment de sujets de distraction : la mandchourie, zone frontière entre la sauvagerie nippone, l'arrogance chinoise, la démence russe et la furie mongole, pour ne rien dire des coréens, a eu largement sa part de massacres.

Ma mère était au courant de nos origines casanières et en tirait une fierté sans borne. Elle se voyait toute mandchoue et de la plus haute extraction : la bannière jaune pur. Si vous ne le savez pas, cette bannière a appartenu

35

à une famille mandchoue qui a régné sur la chine pendant deux siècles. Il est vrai qu'une de mes innombrables ancêtres a été une des innombrables concubines d'un des innombrables empereurs qing, ce qui suffisait à ma mère pour considérer tous les chinois comme ses serfs. On l'aurait peinée en lui rappelant que les qing n'étaient qu'une bande de toungouzes mal peignés qui n'a eu qu'à pousser pour faire tomber un pouvoir ming pourri par trois siècles de règne, et à se pencher pour le ramasser dans la gadoue. Mais ma mère n'était pas qu'élitiste : elle était aussi xénophobe. Son mépris de l'inde me navrait. Pas moyen de lui faire entendre qu'un mandchou a plus de gènes communs avec un indo-européen qu'avec un shangaïen. Cette écervelée faisait brûler des essences thaï devant des minggi chinois aux doux sourires de bodhisattva hindous, à genoux sur un tatami japonais, parmi les reflets de la Laque rouge de l'autel, celle qu'on retrouve dans l'angle sacré des isbas russes. Ensuite elle se relevait en souriant finement, certaine d'avoir rendu à ses ancêtres un bel hommage patriotique. Ça m'énerve encore.

Cette hypertrophie égotiste peut se comprendre : ma mère était une *jetlag*. Je ne sais pas jusqu'à quel point vous connaissez la triste réalité que recouvrait cet aimable synonyme de putain. Rendue orpheline par une des nombreuses inondations qui ravageaient alors les alentours de ha rebin, peu fortunée et peu qualifiée, ma mère n'a eu le choix qu'entre la misère des chômeurs et celle des prostituées. Un jeune homme est entré dans sa vie et ils ont commandé un enfant commun au centre de procréation de wuzhan. Le jeune homme est

36

tombé, victime d'un sniper coréen, avant même qu'un obstétricien pressé ne fende d'un coup de scalpel la poche placentaire. Je suis née posthume, vous voyez. Ma mère a refusé de me congeler et emménagé avec moi dans un studio de woroïno, probablement grâce à la recommandation d'un client satisfait. De ce petit studio elle a réussi à faire trois pièces minuscules : deux chambres et un salon. Je ne peux pas dire qu'elle a décoré les lieux ; elle y a entassé tout ce qui devait se trouver dans un appartement mandchou. J'ai donc grandi dans du blanc clinique et de l'or clignotant, entre l'obligatoire petit autel, le sempiternel gros crachoir, la traditionnelle cage à faux Oiseau qui chantait faux et la célèbre collection d'hologrammes « joies du printemps » (« Fleurs d'Abricotier », « Fleurs de Pêcher », « Fleurs de Cerisier » et « Fleurs d'Iris »). Plus tard, elle a économisé pour acheter le dyptique « Paon faisant la roue » et « Canards mandarins s'ébattant sur l'eau ». Oui, il y avait aussi le yin yang en plastique noir et blanc, l'ombrelle du hangzhou roulée dans son fourreau et le plateau laqué de fuzhou, rempli de porte-bonheur en jade. Oui, vous pouvez me plaindre.

La profession de ma mère reflétait les aléas des voyages de l'époque : on ne joignait pas iakoutsk à alice springs en une heure. Nombre d'employés expédiés par monts et par vaux ne ralliaient leur famille qu'une fois de temps en temps. Très logiquement, ils finissaient par ne plus tolérer la solitude des complexes hôteliers, ni la promiscuité des maisons de Thé. Les transnationales avaient senti le filon ; ma mère était affiliée à l'une d'elles, l'irhiang-dong. Elle recevait avec deux

37

heures d'avance la liste des exigences de son client, jointe à un petit ballot d'accessoires. Il ne lui restait plus qu'à tendre la portière en Coton blanc ou le sari broché d'or, installer en bonne place un petit dogû ou un grand bouddha, sortir son plus beau obi ou son tailleur gris perle et préparer le Thé ou le Café, ou la Hinano fraîche. Je me souviens encore des rubriques de sa liste : tenue d'accueil, décor, repas, thèmes de conversation, scénario sexuel. Je me rappelle aussi une Bière masaï à base de saucisson des Forêts, mixture indicible commandée par un client tanzanien, qui a jeté ma mère dans un de ces fous rires nerveux qui sont un de mes meilleurs souvenirs d'elle. Je me souviens aussi d'un caribéen homosexuel, beau, pâle, triste et drôle, contraint par une direction homophobe de faire semblant d'apprécier l'avantage salarial que représentait ma mère, et avec qui elle a passé sans doute une de ses meilleures nuits, simplement à rire en disant du mal de l'irhiang-dong. Un vanuati aux poils torses et un philippin minuscule sont tombés amoureux d'elle : elle les a écoutés avec une grâce souriante de geisha, puis elle a tiré la porte et vomi sur ses propres pieds. Elle a eu un certain penchant, ou du moins une relative absence de dégoût, pour un levantin aussi onctueux que les loukoums poudrés qu'elle lui servait et un gigantesque finnois délavé à la voix très douce. Malgré ses opinions, elle tolérait assez bien les hindous, peut-être parce qu'elle aimait le Curry d'un amour contrarié par sa dignité mandchoue et que leur présence était une bonne excuse pour en manger. Mais elle haïssait sans mesure les australiens et les alaskiens.

38

Ma présence était souvent demandée en début de soirée, dans le rôle du rire-joyeux-d'un-enfant, et il n'était pas rare qu'on m'affuble pour l'occasion d'une perruque rousse ou d'une couche d'huile de Poisson. Je ne peux pas dire que j'ai tiré, de ces cohortes de pères-d'un-soir, une immense ouverture culturelle. Ces voyageurs ne venaient pas chez nous comme de grands vaisseaux chargés de fatigues et de trésors. Ils s'y échouaient plutôt comme des Baleines, pressés et harassés, pour se rouler dans une boue qui n'était pas tant celle de l'amour tarifé que de leur soumission Bovine. Qu'une femme n'ait que sa vulve pour vivre est une aventure assez banale, qu'un homme apprécie de promener son membre dans ce havre sec et ennuyé semble dans l'ordre des choses. Disons seulement que ces deux-là n'ont pas une haute estime de leurs bas morceaux. La comédie qui consiste, pour un andin en transit, à exiger d'une fille de joie qu'elle mâche une Feuille de Coca et lui serve une poignée de Feijao avant de le sucer sur fond sonore de chutes d'iguaçu, peut encore passer pour un bel effort poétique de recomposition d'un monde perdu. Mais savoir que la Feuille de Coca, le Haricot noir et la bande-son seront facturés à l'organisme même qui empêche cet homme de mâcher réellement sa Coca sous la brume enchantée d'iguaçu, et trouver la chose normale, m'inspire un profond dégoût. S'il m'arrivait un jour d'entrer dans une habitation fardée sur mon ordre pour y étreindre une femme blanche de fatigue sous l'autobronzant, j'accepterais peut-être de plonger dans ce corps reluctant un de mes organes. Après tout, quand on subit son existence, il n'y a rien qui venge mieux que de s'imposer à quelqu'un d'autre. Mais je ne tolérerais sûrement pas qu'on y mêle les musiques que j'aime, les saveurs qui me manquent et les odeurs qui me mettent la larme à l'œil ! Et surtout, savoir que mon employeur a financé le tout au lieu de me payer un billet retour me ferait à coup sûr débander.

Dans ces pauvres soirées, la jouissance, qui servait de prétexte, comptait peu. Beaucoup de nos invités, comme les appelait ma mère, s'endormaient misérablement au fond de leur verre de Chica, minés par un rythme de vie éreintant, et se réveillaient en sursaut pour bondir vers un rendez-vous urgent d'où ils ne revenaient jamais. Mais au bout du compte j'ai trouvé, dans le sable de ces échouages masculins, de jolis Coquillages. À défaut d'une culture, j'ai réuni une collection d'épaves. Un français m'a offert un flacon de Muguet, un brésilien a oublié une édition papier du *dom casmuro* de machado de assis, un linguiste afrikaaner m'a laissé le souvenir d'une conversation intéressante sur les mérites comparés de l'isindebele et du xitsonga. Mon goût des langues mortes vient peut-être de lui. J'ai dansé sur les beaux rythmes de la samba canção et du gnawa, sans mesurer les distances qui séparent ces deux assemblages rythmiques. C'est à peu près tout ce que je peux dire des michetons de ma mère. C'est déjà assez généreux de ma part.

Ne m'attribuez pas un sort pitoyable : l'irhiang-dong, comme toutes les maquerelles, se piquait de vertu. N'importe qui pouvait prendre ma mère n'importe comment, mais personne ne pouvait ne serait-ce que dire un gros mot devant moi. Je n'ai eu à subir aucune obscénité, je n'ai même pas réussi à en entrevoir une seule ; j'ai finalement dû aller satisfaire ma curiosité sur le Réseau. Alertée par le mouchard, ma mère en est restée si bouche bée qu'elle a oublié de me punir. J'ai retrouvé dernièrement les scènes piégées par le mouchard : elles sont délicieusement désuètes. Les visages ne sont pas beaux, les corps non plus. Il y a de la graisse qui tremble, de la sueur qui ruisselle, des grognements et des poils. Seul le plaisir manque. Rien à voir avec la perfection de nos anatomies rectifiées et les pinacles orgasmiques qu'autorisent nos métabolismes améliorés. L'ensemble est assez répétitif : ne connaissant pas les joies de l'apesanteur ni celles des avatars xénomorphes, n'ayant aucun capteur ou attribut sexuel supplémentaire, nos ancêtres perpétraient toujours les mêmes quatre ou cinq positions. Je ne me souviens pas exactement de l'effet que m'ont fait, sur le coup, ces galipettes en 3d même pas interactives. Je crois que j'en ai conclu que parvenir à l'âge adulte n'était pas un objectif très reluisant.

Ma mère ne tirait de sa profession ni honte ni fierté, seulement de l'ennui. Sa véritable vocation était ailleurs : elle se multipliait pour me consoler de mon sort. Dans son esprit geignard, j'étais une malheureuse orpheline privée de père, de frères, de grands-parents, sans oublier les oncles, les tantes et les cousins, bref je manquais de Racines, de Tronc tutélaire et d'ombre protectrice. Elle en pleurait de pitié. Elle m'imposait impitoyablement, à travers ses larmes, une triste image de moi-même : celle d'un petit machin grelottant au milieu d'une Steppe glaciale. Ensuite, elle se désolait de

41

me voir angoissée et cauchemardeuse. Sans s'en rendre compte, elle déplorait sa propre situation et s'en revanchait en me couvrant des attentions dont elle rêvait pour elle-même. Inlassablement, elle courait d'une zone puériculturante à une autre, me bourrant d'activités d'éveil et de relations sociales. J'ai tout connu, depuis les classiques Jardinets chinois où l'on jouait à la Prune verte et au Cheval de Bambou, jusqu'aux sommets de l'innovation éducative qui consistait, pour l'époque, à laisser les enfants baguenauder dans des piscines sphériques encombrées de jouets aquatiques, le nez tartiné de pâte d'oxygène. J'ai eu des masques, des ombres et des marionnettes peintes qui valaient chacun une nuit de jetlag. J'ai eu aussi des abonnements infinis à des voyages pédagogiques tridimensionnels, qui m'auraient peut-être plu si ma mère, bouffie d'un orgueil que je ne méritais pas, n'avait systématiquement choisi des programmes trop compliqués pour moi. Elle avait décidé que j'étais en avance sur tout, d'au moins deux ans, et je bâillais au nez de la pédagogue virtuelle qui essayait de m'expliquer pourquoi le ciel bleu est jaune et la mer rouge, verte, alors que je peinais encore à différencier le lendemain de la veille. Un jour, j'ai eu le malheur de manifester un intérêt pour le dessin qui a été confondu avec un don pour la calligraphie. Le soir même, ma mère m'a confiée à iasmitine, notre voisine du dessus. Elle est revenue le lendemain matin, couverte de bleus sous sa poudre blanche et m'a tendu, avec une bizarre grimace qui mêlait sa souffrance de pute maltraitée, sa raideur mandchoue, sa fierté de mère et je ne sais quelle démentielle confiance en moi, un vrai rouleau de Papier

42

de Riz enveloppé dans un coupon de vraie Soie Animale, et douze bâtons d'encre.

Que mon amour pour l'écrit ait survécu à ce rictus est un miracle.

Ce jour-là, j'ai tellement pleuré sur mon insupportable cadeau que le Papier a été trempé. Ma mère l'a séché patiemment. Ce faisant, elle me regardait de côté. De temps en temps, elle ouvrait la bouche comme pour me parler, et la refermait sans rien dire. Cette discussion qui n'a pas eu lieu aurait peut-être tout changé.

Pourquoi ai-je pleuré, me demanderez-vous ? Parce que je l'aimais. Et que je me voyais pour elle comme un poids intolérable. Je n'avais pas encore compris que je pesais sur son dos comme une paire d'Ailes en Bourgeon. Je ne savais pas non plus que pour cette femme inculte et rétrograde, la Calligraphie était la discipline reine et méritait une majuscule. Mon maigre entendement ne me permettait que de me détester ; il ne manquait qu'un pas pour la haïr, elle.

Nous arrivons à ce genre d'instant où tout bascule dans une vie. La mienne ne comptait pas tout à fait huit années.

J'aimais bien les jeux aquatiques. Une campagne publicitaire a commencé à marteler par toutes les voies possibles les avantages de disposer à domicile d'une mini-piscine sphérique. Des offres de crédit miroitaient sur les flancs bleus de ces mirages tièdes, la pâte d'oxygène était offerte. Ma mère a consulté de nombreux catalogues et, un soir, elle m'a confiée à nouveau à iasmitine. Cette nuit chez iasmitine fut suivie de beaucoup d'autres. J'ai eu le courage de me renseigner sur l'emploi que ma mère faisait de son temps : la réalité est aussi moche que vous l'imaginez. L'irhiang-dong vendait ses fichiers à d'autres maquerelles, spécialisées en complications. Ma mère avait décroché un petit contrat d'accessoire : elle passait des nuits lucratives et très, très longues à jouer les décorations humaines. En croix contre un mur, vêtue de pigments mouvants, elle faisait office de tableau, ou à quatre pattes, tartinée de vernis à Bois, elle servait de table. Les sévices physiques figuraient à peu près explicitement dans le contrat, le loueur exigeant de pouvoir prouver à ses invités la docilité de ses sofas humains. Les incidents étaient monnaie courante : quoi de plus décoratif dans un aquarium qu'une noyée aux cheveux épars ? Sans compter les torchères mal placées qui mettaient le feu à leur bougeoir. Il faudrait des heures pour passer en revue la liste des dégradations qu'on peut infliger à un bien mobilier, surtout quand il est de location. Le contrat de ma mère, qu'elle avait probablement discuté âprement, comportait un certain nombre de clauses restrictives qui réduisaient d'autant sa paye. Elle a notamment refusé qu'on teste sur elle les premiers nanorobots à usage privé. Elle a bien fait : un guéridon de ses amis a vu, un soir, un godemiché programmé de travers lui ressortir par le scrotum. Ma phrase est mal tournée : j'espère que ce pauvre garçon n'était plus en état de voir quoi que ce soit. J'arrête làdessus. De toute façon, j'étais parfaitement consciente de ce que ma mère faisait de ses nuits. Je rectifie : ignorant tout, à part l'expression de son visage quand elle

44

rentrait au petit matin, j'imaginais encore pire. Il n'y a pas de limite aux angoisses enfantines.

J'ai eu ma piscine sphérique, avec la pâte d'oxygène offerte en prime. J'y ai passé des heures, à arranger des arceaux de Chrysanthèmes en mousse. La froideur de la Steppe s'arrêtait là où commençait l'eau tiède, la pesanteur de la culpabilité cédait la place à une légèreté de spectre et l'ombre des tours disparaissait derrière mes Jardins circulaires. Si j'ai été heureuse, c'est à cette époque-là et dans cet endroit-là. En rêve, je flottais encore. Mon sommeil s'est amélioré. Rassurée par mes nuits paisibles, heureuse de voir que la sueur de ses reins et le sang de ses ecchymoses coulaient sur moi en beaux rêves bleus, ma mère a aussi pris une meilleure mine.

L'eau posait alors un problème encore plus épineux que maintenant. Elle n'était pas rare : elle était malsaine. Les nappes phréatiques restituaient avec minutie toutes les pollutions des siècles passés. Pompées à trente mètres, elles livraient un concentré de pesticides antiques ; pompées à cent cinquante, il fallait encore la nanofiltrer, la chlorer et l'irradier aux u.v. pour qu'elle soit utilisable. L'eau des sphères ne fut que microfiltrée : elle était saturée de malathion, de chlorpyrifos, de lindane, de plomb, de mercure, de cadmium. J'ai barboté là-dedans trois mois, on m'a hospitalisée le quatrième. Le diagnostic a été sans espoir : on ne savait rien faire contre un empoisonnement aux métaux lourds.

Je vous passe les détails, les bulles bleues brisées à coups de masse par des familles hurlantes, les enfants mourant dans les couloirs des hôpitaux bondés, les rebondissements du procès de cet énième scandale de l'eau. Ma mère m'a veillée sans relâche. Elle a massé mon ventre durci par les crampes, dosé avec minutie les patchs antalgiques, scruté les moniteurs avec une sévérité inlassable, torché mes débordements et s'est couchée sur mes convulsions. Décidée à vaincre ou mourir dans ce combat perdu d'avance, aussi pâle et froide que la laque stérile des murs de l'hôpital, elle s'amenuisait en même temps que moi et s'émaciait avec décision à mon chevet. Ses mains glaçaient les miennes. Pour la première fois, je lui en ai voulu : est-ce qu'elle ne pouvait pas se réjouir d'être bientôt libre, au lieu d'accabler de remords les misères de mon agonie ? Mourir ne me gênait pas plus que vivre, j'aurais aimé que ma mère me donnât carrément une bonne raison de m'en féliciter. J'aurais voulu l'imaginer menant sans moi une existence meilleure, avec des besoins d'argent moindres, moins d'invités et plus du tout de tracas mobiliers. Je me disais que, délivrée du fardeau que je représentais, elle pourrait peut-être trouver un autre travail dans une autre ville, ou bien un autre compagnon et avoir, un jour, un autre enfant, bien vêtu de famille celui-là, et chaussé de Racines épaisses. Mais cette femme obstinée avait visiblement résolu de me suivre. Il me semblait, décidément, que je faisais tout mal et que je répandais le malheur comme une mauvaise odeur. Pendant ce temps où je me tordais dans les affres physiques et morales, elle souriait inexorablement. Avec un courage qui tirait des Miaulements d'admiration au personnel médical, elle essuyait mon front et fredonnait de tendres vieilleries, « lune voilée, Oiseau dans la brume ». Puis, dès qu'elle

46

me croyait endormie, son sourire faisait un nœud et elle commençait à chevroter « teinté de sang » ou « tu me manques vraiment ». Ces chansonnettes ne mettaient aucune gaieté dans mon demi-sommeil. Franchement, je l'aurais volontiers étranglée. Ensuite, mon état a encore empiré et je suis passée dans l'ombre froide qui précède la mort. Qui dira quel soleil étrange, montant derrière son dos terrible, crée cette obscurité où le noir a tant de nuances ? J'ai vu des lueurs étonnantes.

Je peux exactement imaginer la scène : une machinerie quelconque a informé ma mère que tout était fini. Je n'étais plus qu'une chair inerte qui cesserait bientôt de s'autoventiler. Le personnel hospitalier n'attendait que ça pour récupérer la couchette. Ma mère a donc rangé ses chansons, son sourire, le poème de mao haojan qu'elle était en train de me lire à voix haute. Elle s'est levée, a lissé sa jupe infroissable, repoussé la licence de fin de vie sans la signer, ôté comme autant de Vermines les patchs et les capteurs qui me couvraient, m'a prise dans ses bras et est allée droit chez iasmitine.

La voilà, cette femme terrible par qui tout est arrivé.

Au physique, c'était une petite créature génétiquement brouillée où le demi-maori dominait. Elle avait une chair fine et mate, un visage rond, un nez fin, de beaux yeux sombres et une bouche naturellement laquée. Ses cheveux noirs bouclaient autour de son front ridé et ses pommettes coulaient en bajoues. Son corps, dru et droit, résistait mieux au temps. Pour moi, bien sûr, ses cinquante ans la rangeaient parmi les antiquités mais malgré ce grand âge, elle plaisait à l'œil. Son élégance asiatique n'avait rien d'exceptionnel mais son port de tête magistral, la rondeur de sa nuque notamment, semblait syrien. Quelque chose de lointain, d'obscur, d'africain pour tout dire, guettait au fond de cette eau calme.

Au civil, elle était allergologue-naturologiste, c'est-à-dire qu'elle inoculait à ses patients divers jus de poussière ou de Parasites pour les désensibiliser, puis les bourrait d'argile verte pour les purger. Son bureau, spacieux et glacial, débordait de diplômes et de machines bizarres : un podoscope et un irm, un scan ophtalmique et un réflexogyre d'antique facture, en plastique minéral crème. Aux murs, une botanothèque impressionnante impressionnait. Elle pratiquait l'iridologie, l'aroma-thérapie, la phytothérapie, l'oligothérapie et ravissait ses patients en leur fournissant d'authentiques essences de Radis, de Chou ou de Mandarine. À cette époque, chaque étage de chaque tour disposait d'un petit Jardin Potager soigneusement entretenu et le nôtre était essentiellement sponsorisé par iasmitine. (Je parlerai plus tard de la femme qui s'en occupait.) Ne vous y trompez pas : les diplômes de iasmitine étaient certifiés et elle soignait efficacement. Sous-estimer l'efficacité de iasmitine a été l'erreur de tous, dans cette histoire.

Au fond du bureau d'allergologue de iasmitine s'ouvrait une autre porte. Celle-ci franchie, vous entriez dans un autre monde. Dans ce second bureau, iasmitine pratiquait, comment dire... un pseudo-charlatanisme à l'usage des patients que la science médicale ne rassurait pas. Elle y jouait à la voyante, à la prêtresse, à ce que vous voulez qui mêle les puissances objectives de la

48

nature et les délires spécieux du rêve. Elle n'y rendait pas un culte particulier : je l'ai vue touiller le bouddhisme, l'hindouisme, le jaïnisme, le zoroastrisme, le confucianisme et le taoïsme avec un sans-gêne complet. Dans son bagou défilaient des ancêtres, un dieu unique aux faces multiples, des sphères tournoyantes, une roue sans fin, l'éternelle impermanence et dix millions de démons. J'aimais quand elle m'expliquait que le rose de l'aube est le reflet du sang d'un dieu dressé entre la terre et le soleil. En tout cas, elle avait le sens de la mise en scène : son second bureau stupéfiait. Temple de rituels fumeux qui exigeaient d'innombrables accessoires, il se vautrait dans les symboles et drapait ses mensonges d'une débauche de splendeur. Les Soieries pourpres dégueulaient le long des murs, les coussins cramoisis flambaient comme des braises sur de lourds tapis vermillon. La porte, de ce côté-là, était couverte de Laque écarlate et on y avait peint deux esprits grimaçants, un noir et un rouge, brandissant sabre et hache, avec les yeux comme des grelots de cuivre. L'inévitable source coulait près de l'inévitable cage à Oiseaux et l'air puait tous les Encens du monde : des bougies et des Papiers parfumés brûlaient par palettes, des rouleaux de fumée débordaient de cassolettes pendues au plafond par des chaînettes d'argent, on n'y voyait pas à deux pas. J'étais la seule que ce décor n'impressionnait pas. Indifférente à tant de mystères, je jonglais avec les osselets des oracles, je faisais des grimaces aux dragons brodés et je cachais sous l'autel des réserves d'Arbouses confites qui y moisissaient. Car, quand iasmitine me gardait, je n'avais pas droit de cité dans son premier bureau mais dans le second, je faisais office de génie familier, de lare, de kitsune et presque rien ne m'était interdit.

Maintenant que vous avez identifié iasmitine comme le type même de la belle femme sur le retour et professionnellement déchue, devenue une empaumeuse un peu ridicule avec ses bibelots de pythie, il est temps que vous chaussiez mes yeux d'enfant. Sans ça, vous ne verrez jamais en elle qu'une guérisseuse de 42e étage. Elle a trompé tous les adultes.

Vous êtes devant la deuxième porte. Ouvrez-la et laissez-moi passer devant. Remarquez que j'ai cinq ans, six ans et que je suis ravie. Pour moi, arriver chez iasmitine, c'est retourner à la matrice. Dans cet espace confiné, rouge, chaud et sombre, je suis absolument libre et seule. Personne ne pense à m'éduquer ou à me plaindre, j'en régresse de contentement.

Dès que iasmitine entre avec un client, mon jeu préféré consiste à me cacher dans les plis du décor et à la regarder officier. Elle procède par étonnements successifs. Premier étonnement : le patient cligne des yeux, patauge un peu dans la pénombre, tousse dans les vapeurs des aromates et remarque le grand plateau d'argent, brillant comme une lune, où des Grappes de Raisin et des Figues sont posées négligemment sur des Feuilles de Jicai. Pendant toute la séance, il mourra d'envie d'aller toucher les Fruits du doigt, pour voir s'ils sont vrais, et il n'osera pas. Deuxième étonnement : le patient s'assoit sur le pouf que lui désigne iasmitine, dodeline de la fesse le temps de comprendre que ce meuble est complètement dépourvu d'intelligence ergonomique, lève la tête

50

et aperçoit un obscène petit crâne d'Antilope accroché au mur, avec un Mufle mité et d'opulents pendants de perles. En général le patient grimace, de dégoût. Iasmitine s'agenouille en face de lui et commence tranquillement à se farder : elle couvre le dos de ses mains d'entrelacs noirs, avec un pinceau minuscule, et frotte ses paumes de vermillon. Le patient s'inquiète vaguement, s'ennuie confusément, iasmitine lui propose alors des nourritures bizarres : aiguillettes de Paon, Escargots au Cumin, Hérissons frits, Cigales grillées. Elle lui verse du Vin de Lotus, amer et laiteux. Le patient, déconcerté, hésite à croire ou à ne pas croire à des ersatz. Ce n'est pas très bon, ce n'est pas très présentable, ça pourrait être n'importe quoi d'autre qu'une Cigale ou un Escargot mais dans ce cas, n'aurait-on pas essayé de faire plus ressemblant ? Il grignote en jetant des regards inquisiteurs à droite et à gauche : les voyantes habituelles utilisent des illusions 3d, des jeux de lumière ou d'air et des ectoplasmes finement programmés, quand elles ne vous bourrent pas de drogues hallucinogènes. Mais ici, rien. Les tentures ne bougent pas, les bougies brûlent avec un sens aigu de la gravité, le détecteur alimentaire reste muet. Et quand un pli s'agite dans le décor, iasmitine sourit et dit, en refermant ses boîtes : « C'est une petite voisine qui joue sous l'autel. » Alors le client regarde encore le crâne mité, et se demande s'il ne s'agirait pas d'un Crâne. Les perles sont ternes comme des Perles, la soie tendue aux murs montre de longs accrocs reprisés avec un soin qu'on ne prend que pour la Soie. Le patient considère à nouveau le plat de Fruits, les boîtes de fard qui semblent en vrai Bois un peu fendu, et il se demande s'il n'est pas assis dans l'endroit le plus luxueux qu'il ait jamais vu : une réserve de matières naturelles. Pendant ce temps, iasmitine déballe ses instruments divinatoires. Elle utilise un peu n'importe quoi, avec une préférence pour les Coques de Noix. Tandis qu'elle gratte silencieusement, sur un Papyrus, les résultats de ses observations, le patient sent monter en lui l'âme triste et douce du Bois coupé, de la Soie râpée et des Fruits mûrissant parmi les Feuilles. La fumée défaille dans l'ombre tiède. Iasmitine délivre alors son drôle de diagnostic, mélange de platitudes cultuelles, de généralités apaisantes et de détails personnels très précis qu'elle a probablement grappillés sur le Réseau. Son ordonnance parle style de vie, hygiène de l'esprit et amulettes. Elle choisit ces dernières une par une, avec des hésitations sans fin : un bouton de Fleur séché, un Coquillage enroulé comme un lobe temporal. Parfois, il arrive que le patient tende une urne funéraire mais iasmitine lui oppose un refus inflexible : elle ne lit pas dans les cendres des morts ni dans les cartes célestes. Seule importe, insiste-t-elle, la puissance de la filiation, cette roue immense qui entraîne le Fumier et le Bourgeon, la Bouture et les Frondaisons, les centres de procréation et les fumures planétaires bref, iasmitine œuvre comme ravaudeuse de tricot environnemental. Elle replace tous ces gens flottants au centre de leur canevas personnel. Les amulettes, présentées davantage comme des pense-bêtes que comme des principes actifs, sont les meilleurs témoins de sa méthode : d'une simplicité de courbe, nées du miracle obscur de la Germination, elles constituent un point d'ancrage portatif dans ce monde où la réalité se

52

virtualise, se fait fuyante comme le mercure ou les quanta, nie le temps, l'espace, le poids même, brouille l'onde rassurante des générations et brise les cercles fragiles des affections. Aujourd'hui, cette angoisse archaïque ferait sourire. N'empêche que du haut en bas des tours, à bord des vaisseaux et des navettes, en équilibre sur un surf ou un trottoir urbain, titubant dans la pesanteur erratique des voyages interplanétaires et des messageries multiformat, la rétine embuée par un double ou triple filtre informatif, toujours évoluant et toujours en retard d'une adaptation, le patient de iasmitine éprouve un perpétuel vertige. Alors il touche de temps en temps, au fond de sa poche, une Coquille d'Amande ou la boucle sèche d'une Écorce de Grenade et il se sent mieux. Il se rappelle le temple de iasmitine, cet endroit vieillot, d'un pourpre amorti d'utérus, où s'enchaînent sans précipitation des gestes sans normes qualité ; il sourit, respire un bon coup et replonge.

Vous pouvez refermer la porte du temple et sortir. Mon tableau vous a plu ? Bien sûr, iasmitine ne gagnait pas sa vie et sa réputation seulement en distribuant des débris Végétaux. Mais cmatic vous parlera mieux que moi des cérémonies les plus étonnantes, où je n'étais pas conviée. Moi, je me contentais de tripoter les accessoires en coulisse. En ces temps où on ne comprenait encore rien au vieillissement, les femmes cachaient des tenseurs de peau dans leur bijouterie. Ces petits émetteurs se dissimulaient facilement au bord d'un peigne ou d'une boucle d'oreille et estompaient les pattes-d'oie, rattrapaient les bajoues, défatiguaient les bouches, pourvu

53

qu'ils soient bien positionnés. Un geste inconsidéré pouvait vous lifter les dents ou mettre vos narines au carré. Iasmitine portait toujours un collier impressionnant : elle en possédait une collection, faits de boules d'ambre ou de plaques d'or, et chacun cachait plusieurs tenseurs. Je m'amusais parfois à les essayer et je regardais mes joues descendre, mes lèvres plisser, mes paupières pocher. Les stigmates du temps sur mon visage de sept ans me faisaient rire, ils ne m'ont donné à réfléchir que beaucoup plus tard.

J'ai, jusque-là, assez bien réussi à me pardonner la mort de ma mère et celle de cmatic mais il m'a fallu pas mal de mauvaise foi. Je n'en ai pas besoin pour accepter la mort de iasmitine : je ne l'ai jamais aimée. Et pourtant, elle m'a entourée d'attentions. Ce n'est qu'aujourd'hui que je réalise que, si je suis sortie vainqueur de la lutte mortelle qui nous a opposées, je le dois en partie à sa répugnance à me frapper. Elle m'a toujours accueillie sans conditions dans son antre enfumé, elle a supporté mes caprices de gamine, enfin elle a sauvé ce qu'il faut bien que j'appelle « ma vie ». Aujourd'hui seulement, je sens se tordre en moi le mince Serpent du regret. Je ne parle pas de remords : sa grimace d'agonie reste un de mes plus beaux souvenirs.

Je réalise aussi que, si je suis encore là, c'est parce que tuer iasmitine a terrorisé tout ce que j'aurais pu avoir d'ennemis. Étant venue à bout de ce monstre, cette hydre, ce cauchemar, je ne pouvais, aux yeux de ceux qui la connaissaient, qu'être encore plus dangereuse qu'elle. La vérité, c'est que je ne savais pas qu'elle était si puissante. Je n'imaginais pas que, depuis les plis pourpres

54

de son temple, elle déployait tout autour du monde des anneaux vénéneux de Poulpe noir et je jonglais avec ses osselets en chantonnant, persuadée d'avoir affaire à une vieille Chouette qui débitait des compliments alambiqués à de riches imbéciles. Elle me fichait la paix et me fournissait en sucreries avec une facilité où je ne voyais qu'une reposante indifférence alors qu'en réalité, cette créature avait l'habitude de boire dans des crânes de nouveau-né. Il fallait qu'elle m'aimât beaucoup pour me laisser tirer les fils de ses tapisseries sans m'égorger.

Finissons-en avec le décor. Au fond du temple s'ouvrait une seconde porte. Derrière se trouvaient les Élevages illégaux de iasmitine, ceux que cmatic était chargé de dépister et de détruire. Animaux ou Insectes ? Vous verrez bien. Aucun bruit ne filtrait, aucune odeur non plus : l'isolation était bien faite. Pourtant, personne ne s'approchait sans malaise de cette porte aussi aveugle qu'un mur. Il m'est arrivé de la toucher : elle était très froide et semblait trembler sans cesse, comme un corps qui souffre. Ce qui prouve que ce souvenir remonte à mes sept ans au plus tard : j'étais alors encore sensible au froid et sourde à la plainte infinie du cimetière hurlant.

Nous avons fini le tour de cet antre d'ogresse, pour peu qu'on y ajoute une salle d'hygiène individuelle. Vous n'imaginiez pas qu'une voyante de 42e étage avait droit à plus de quatre pièces ?

Les petits jardins des 41e et 42e étaient entretenus par une vieille dame à laquelle ma mère me confiait quand iasmitine était absente. Elle s'appelait ainademar. D'une affabilité tibétaine, elle avouait cependant des ancêtres

55

européens dans l'épaisseur de sa taille et dans je-ne-sais-quoi de raide et de blafard. Ma mère trouvait qu'elle puait le suédois. Moi, je l'aimais.

Cette femme, discrète dans ses relations avec les autres, n'admettait aucune souplesse dans sa relation à elle-même. Elle portait fièrement un doigt tordu par une arthrose d'un autre âge. Ses hanches étaient entièrement prothésées, mais la voussure de son dos indiquait qu'elle ne suivait pas de programme hormonal post-ménopause. Pourtant elle était soigneuse, et je n'ai jamais vu une mèche dépasser de son chignon blanc. Simplement, elle portait ses quatre-vingts ans moins bien que d'autres leurs cent dix parce qu'elle refusait de refuser les ravages du temps. Quand je lui suggérais de relancer sa pigmentation capillaire ou de porter des patchs pour réépaissir la peau, elle souriait doucement et disait, de sa voix râpée par l'accent de shantung :

« Mon petit, on a l'âge de ses souvenirs. »

Jamais personne d'autre ne m'a appelée « mon petit ». Je suis comme tout le monde : j'ai voué un amour sans borne à la première personne qui m'a manifesté de la tendresse. Ma mère n'en avait aucune : elle se multipliait pour moi, mais vous avez vu ce qu'il en était et combien ce dévouement ne pouvait pas parler à une petite fille. Dans le même temps elle se refusait à toute effusion et se pliait avec docilité aux usages, qui voulaient qu'on punisse les enfants à proportion qu'on les aimait. D'accord, apprendre les règles est important pour évoluer en ce monde, encore faut-il aussi enseigner l'envie d'y vivre. J'ai été abondamment engueulée et très peu câlinée : cette femme qui vivait de son corps refusait que je l'embrasse de peur que je la décoiffe. Il entrait sûrement dans son refus beaucoup de dégoût d'elle-même et du contact d'autrui. De toute façon, la bannière jaune pur ignore le bisou, la dignité mandchoue méprise l'embrassade, enfin elle se trouvait de bonnes excuses. J'ai rêvé jusqu'à l'insomnie de ses mains sur moi, d'une caresse sur ma tête, d'un baiser sur mes crises d'angoisse, j'ai longtemps attendu que d'une étreinte, elle m'arrache à la Steppe où elle m'avait elle-même repiquée : rien. Cette Méduse me glaçait de terreur puis me refusait le soulagement de sa chaleur ; le problème est que j'ai fini par lui rendre tout son dû de froid.

Ainademar s'occupait donc de deux Jardins, c'est-à-dire d'une douzaine de minuscules serres tassées dans des recoins de couloirs. Ces Jardins d'étage représentaient tout l'apport en Verdure de la plupart des habitants de woroïno. (Les grandes Jungles vertes qui valsent au-dessus de nos têtes, soubassées d'antigravitons et dégoulinantes de Fougères épaisses, sont une invention du siècle dernier.) Le poste d'ainademar avait un nom : polléinisatrice. Il ne restait déjà pas grand-chose des polléinisateurs naturels et on n'avait pas encore mis au point les nano-insectes, alors ainademar passait ses journées à s'y substituer. Elle promenait toujours, en bandoulière, une boîte noire remplie de pinceaux, de pipettes et de morceaux de tissu très fin sur lesquels elle recueillait de minuscules pincées de Pollen. J'adorais la regarder faire. Ses gestes étaient d'un calme de lac et le bruit de ses ongles cherchant un instrument au fond de sa cassette me jetait dans des langueurs moites. Elle portait en général un masque de gaze et je me souviens du sourire voilé, lent et heureux, qu'elle m'adressait quand elle avait réussi la difficile insémination du Cornichonnier. Elle s'essoufflait rapidement : ses poumons étaient nés dans une atmosphère beaucoup plus oxygénée et son réflexe respiratoire avait de fréquents ratés. Alors elle s'asseyait près de moi et me caressait l'épaule, comme à une partenaire avec laquelle on vient de réussir une tâche difficile. Ensuite je l'aidais à nettoyer ses instruments, ou à broyer dans un mortier ses étranges emplâtres à Greffons. Elle m'offrait des Pois à l'Anis ou des Baies d'Aubépine confites, en bâton, et me parlait de ses Plantes, de l'anémie de son Osier, de la reprise de son Bambou. Son seul souci était qu'il fallait bien qu'elle vive de son métier, c'est-à-dire qu'elle cueille de temps en temps quelques-unes de ses Plantes. Ce qui lui était aussi agréable que d'étrangler un Chat. Alors je le faisais, moi, avec un sentiment d'utilité magnifique. Je déversais ma récolte sur ses genoux et nous la rangions ensemble. Les heures coulaient, douces comme l'oubli, dans la petite serre mouillée de faux soleil et de brume. J'aplatissais les Pétales des Fleurs de Pêcher, coupais les Tiges des Pivoines dans le sens de la longueur, liais en berlingot les Feuilles d'Artichaut et les alignais dans des caissettes. Pendant ce temps, les mains abîmées d'ainademar accomplissaient des miracles : colliers de Roses, sceaux gravés dans des piécettes de Cèdre, flûtes de Roseau. Depuis – bénie mille fois soit cette femme –, je n'ai jamais présupposé aucun rapport entre l'apparence des gens et ce qu'ils sont capables d'accomplir. Cmatic a dû manquer de ce sage enseignement : il a cru pouvoir tuer iasmitine à mains nues, comme une simple femme.

58

Penchée sur son travail, raide dans son costume de rhumatismes, ainademar me racontait des histoires qui me semblaient aussi vieilles qu'elle : les trois royaumes combattants, le rêve dans le pavillon rouge. Je hurlais de rire : c'était plein de héros qui marchaient tout droit vers l'horizon, à l'air libre, avec un simple chapeau de Paille sur la tête et de l'Herbe jusqu'aux genoux, et de barques glissant sur des eaux potables piquées de Hérons et couvertes de Nénuphars sous un grand ciel bleu. Le plus grand regret de ma vie est d'avoir abandonné ces veilles solaires au profit de ma bulle aquatique.

La détestation qui existait entre ainademar et iasmitine était massive et je croyais la comprendre. L'élégante iasmitine, boucanée dans l'Encens, ne pouvait que mépriser une femme courbée et qui sentait la terre. Ainademar, elle, haussait souvent les épaules devant les demandes délirantes de iasmitine (Pousses d'Orme, Azalées rouges). Mais en fait, la distance entre elles deux était bien plus grande que tout ce que j'imaginais, grande comme entre la terre des Moissons et celle des ossements, entre Gaia et Kali, entre le cercle parfait et la droite acérée, entre la sagesse de l'âge et la folie de l'éternité.

Qu'est-ce qu'ainademar a vu de mon retour ? À travers les petits carreaux d'une serre du 42e, a-t-elle aperçu ma mère entrant chez iasmitine, ma tête livide ballant sur son coude ? Ou était-elle assise au bord du muret du bac à Joncs du 41e le jour où je suis retournée chez moi, raide sur mes deux pieds, efflanquée par des semaines d'agonie, les doigts joints et la tête penchée ? Moi, je ne l'ai jamais revue.

Je ne sais pas si iasmitine a roulé ma mère dans son Encens et ses belles paroles avant d'administrer la potion qui m'a guérie de mon sommeil de plomb. Lui a-t-elle expliqué avec sincérité ce qu'il en était ? S'est-elle laissé supplier ? Ou au contraire, est-ce qu'il lui a fallu menacer ? A-t-elle osé donner la composition exacte de sa mixture ou bien noyé ce Poisson amer dans vingt Tisanes ? Je n'en sais rien ; on n'est jamais invité aux scènes qui importent le plus. Quand j'ai rouvert les yeux, j'ai vu le dragon d'or brodé sur le mur rouge du temple, mais je l'ai vu blanc sur noir.

Le réveil a été lent, la convalescence plus lente encore. De fait, elle dure toujours. Ma mère m'a assez répété qu'on ne peut pas se remettre d'une maladie aussi grave que la mienne sans séquelles. Elle avait le sens de la litote.

Je me souviens n'avoir jeté qu'un regard sur ce monde décoloré par la fatigue et m'être rendormie en me disant vaguement qu'après un bon somme, les couleurs reviendraient. Il m'arrive encore de l'espérer ; le cerveau est une brute pourrie d'espoir.

Je ne me souviens pas être rentrée chez moi. Beaucoup plus tard, je me suis levée et j'ai activé le miroir : j'avais un peu grandi et beaucoup maigri, ma figure était épouvantable et mes cheveux magnifiques. On aurait dit un clou blanc dans un Nid de Corbeau. Si je vous dis : nez saillant, lèvres rétractées, joues sans tonus, crispation asymétrique du visage, par là-dessus un enduit uniforme badigeonné depuis le front jusqu'aux pieds, mi-cireux mi-terreux, et enfin une buée sur l'œil comme

60

de la poussière sur une vitre, savez-vous ce que je décris, à part moi-même ?

Ma mère est entrée dans ma chambre. Elle m'a remise au lit et, avec une douceur suspecte, elle a coupé mes ongles et massé mon dos. Ses mains sur ma peau étaient brûlantes. Elle a aussi massé l'une après l'autre mes articulations incroyablement raides, déplié mes doigts, redressé ma nuque. Ensuite un invité s'est annoncé, alors elle m'a recouchée, recouverte, abandonnée et pour la première fois, je me suis vue tomber au fond de ce nouveau sommeil qui devait désormais être le mien, et qui est parfait comme la mort.

Je n'étais pas au bout de mes premières fois.

Iasmitine avait prescrit un régime drastique : une bouillie sans goût ni morceaux, matin et soir. Le deuxième jour, j'ai volé des beignets aux Œufs ; j'ai vomi une semaine entière. Le reste de ma nouvelle vie s'est révélé être du même acabit : moi qui adorais me promener dans les coursives des étages commerciaux, j'ai dû y renoncer. Le bruit me faisait mal, la lumière aussi. Ma mère m'a acheté des écrans dermiques, des protections thermiques, un casque acoustique mais à quoi bon ? Les éclats de couleur des fontaines publicitaires ruisselaient désormais en noir et blanc. Je n'acceptais pas mieux la lenteur et la raideur de mes membres, ni d'avoir froid en permanence. Pour me consoler, iasmitine m'offrit une amulette, un torque d'argent que je devais porter en permanence autour du cou, et qui était un vrai bijou d'adulte. On peut distraire ainsi les petites filles ; on a plus de mal avec les grandes.

III

Revenons à cmatic, trente-cinq ans, européen de luxe et entomologiste émérite, sans ami, amour ni famille, débarqué à ha rebin avec une santé écornée pour traquer l'Élevage illégal chez iasmitine. Il s'est installé sans bruit à côté de chez nous. Une navette a livré, sous container, un kit d'ameublement choisi dans la tranche économique adéquate. Le brillant jeune homme a dû trouver étrange de devoir nettoyer lui-même sa table.

La première fois que je l'ai vu, c'était un soir comme les autres. La neige tombait dans le lacis multicolore des faisceaux publicitaires : gris clair, gris foncé. Je venais de me disputer avec ma mère. J'avais alors des crises de hargne, probablement pubertaires, auxquelles elle opposait un calme exaspérant. Le nez obstinément vissé dans un rond de buée je regardais, au-dehors, les sculptures de glace dont les mandchous peuplaient en hiver les coursives et les terrasses. Le froid atroce de ha rebin maintenait le taux de pollution à un niveau incroyablement bas. Le signal de visite a vibré, j'ai décollé mon nez et je me suis retournée. Ma mère a écouté les informations du home-net : l'homme qui attendait sur le seuil était européen-born, employé de l'oise-se échelon II, trente-cinq ans, germ-free, gama-free, casier-free, un vrai profil de client. Elle a jeté un œil soupçonneux sur le visuel qu'affichait la porte ; c'était notre nouveau voisin qui venait nous présenter les compliments d'usage.

Cmatic est entré avec une timidité de grand, a accepté un jus de quelque chose tandis que je le dévorais du regard. Cet homme qui n'arrivait pas en appartement conquis m'a immédiatement plu. Lui m'a accordé l'indifférence polie que la plupart des nullipares infligent aux enfants. Cinq minutes plus tard, il déversait ses soucis dans l'oreille complaisante de ma mère. Peut-être qu'elle savait s'y prendre, ou alors qu'il s'était dit que se plaindre de maux vagues était le meilleur moyen de se faire conseiller une visite à iasmitine. J'ai commencé par l'écouter distraitement, préférant admirer ses longues mains abîmées, ses grands yeux clairs et la grâce Végétale de ses cheveux dorés, vivaces comme les vrilles de la Vigne sur son front sérieux. Puis j'ai reconnu la nature de son sommeil telle qu'il la décrivait. J'ai vu la pâleur de sa peau, la façon dont elle épousait le creux des tempes, l'arceau des orbites, le dessin strié des maxillaires, et j'ai reculé dans l'ombre. Sous la chair en décrue, la tête de mort perçait avec impatience.

Ma mère a docilement parlé à cmatic de iasmitine et de ses Plantes. Ça faisait pourtant longtemps que leurs rapports s'étaient relâchés : elle ne me confiait plus à elle ni à ainademar. La première se contentait de me fournir trois fois la semaine un petit verre de remède foutrement imbuvable, la seconde avait disparu depuis des années et de toute façon, ma mère ne me confiait

64

plus à personne. Depuis que j'étais tombée malade, elle s'occupait de moi avec plus de tendresse qu'auparavant, mais aussi avec moins d'espérances dans ma brillante future carrière et donc moins de dépenses, c'est-à-dire moins de clients et moins d'absences. Libérée des programmes pédagogiques, de la Calligraphie et de l'obligation d'être géniale, je me sentais à la fois soulagée et déçue.

L'éloge que ma mère a fait de iasmitine à cmatic m'a tiré des glapissements d'exaspération. Je n'avais aucune estime pour une femme tout juste bonne à m'imposer un monde sans couleur et une bouillie sans goût. Cmatic a tourné vers moi un nez curieux, j'en ai profité pour cracher d'une traite mon mépris pour cette marchande de Tisanes, en usant d'un vocabulaire beaucoup trop élaboré pour mon âge apparent. Les yeux de cmatic se sont arrondis démesurément, ma mère s'est crue obligée d'expliquer en bafouillant que j'avais un retard de croissance physique. J'aurais rougi de rage si j'avais pu : j'essayais encore d'ignorer l'immuable puérilité de mon corps, et je ne pardonnais pas la moindre atteinte à ce considérable effort d'aveuglement. Je n'ai jamais compris que l'être humain se gargarise autant de son amour pour la vérité, lui chez qui ce gaz rare ne provoque que des poussées meurtrières.

Cmatic est revenu souvent chez nous. Que ç'ait été pure stratégie professionnelle de sa part ne m'a traversé la tête que tardivement ; je n'avais pas l'âge de tempérer mes enthousiasmes. Aucun bouleversement hormonal n'avait commencé à troubler mon organisme, d'ailleurs je l'attends encore, mais une obscure mémoire senti-

65

mentale levait dans mes rêves des bras couverts de sueur qui brandissaient des nuits blanches et des poésies filandreuses.

À chaque visite, cmatic saluait avec une minutie d'étranger en territoire hostile, s'asseyait et buvait sans appétit son jus d'Airelles. Ensuite, il essayait de faire parler ma mère. Habituée qu'elle était à se taire et écouter, elle a dû se dire que tant de sollicitude cachait quelque chose. On peut être borné sans être stupide. Elle esquivait donc les questions les plus retorses avec sa souplesse de putain et son infrangibilité d'asiatique. Aucun européen n'était de force devant ce mur fuyant. Je ne faisais pas tant de difficultés : j'aurais avoué à cmatic le secret de la vie éternelle s'il me l'avait demandé, et si je l'avais su. Qu'il me parle comme à une adulte me remplissait d'une reconnaissance incontinente. Il a essayé d'en profiter, en vain. Pourtant, nos entretiens crispaient tellement ma mère qu'il a dû croire être sur la bonne voie, ou au moins sur une voie quelconque mais ce qu'il attendait de moi, c'était des ragots relatifs aux activités illégales de iasmitine. Or, j'aurais cru faire trop d'honneur à cette pythie en la laissant soupçonner d'un délit. J'étais intarissable sur la botanique et sur l'Agriculture Potagère, mais la voisine du dessus ne m'inspirait que des ricanements. Je me moquais de ses diplômes, ses vieux appareils et ses bibelots à prétention Authentique avec une verve qui décourageait mon interlocuteur.

La tension visible de ma mère pendant nos conversations avait une cause précise, cmatic s'y est complètement trompé. Toujours muette, elle m'écoutait pérorer en secouant avec vigueur son éventail de tissu peint. Comme, un soir, je tendais à cmatic un bol de Thé, mes doigts ont failli effleurer les siens. Ma mère a bondi, éventail en avant. Nous sommes restés tous les trois pétrifiés, les sous-bols aérostatiques tanguant doucement entre nous. Puis cmatic s'est levé, il a salué et il est sorti. J'ai agoni ma mère d'insultes que je ne pensais pas connaître. Je savais qu'elle avait voulu faire croire à cmatic qu'elle le soupçonnait de pédoperversion alors qu'elle n'avait peur que d'une chose : qu'il découvre combien mon contact était insane. La fin de cette scène a été pathétique. J'ai tout reproché à ma mère, y compris de ne pas avoir de sang. Je voulais dire que j'étais vexée de ne pas être encore réglée. Pour d'obscures raisons, si la grossesse se portait de plus en plus en poche externe, les débordements mensuels se subissaient dans toute leur splendeur archaïque et avec fierté, en plus. Ma mère s'est trompée sur le sens de ma remarque – c'était une soirée lézardée de quiproquos –, elle m'a répondu avec son insupportable douceur je ne sais quelle énormité, que c'était grâce à ça que j'avais le teint le plus blanc de toute la mandchourie. J'en ai craché de dégoût. Dans la foulée, elle m'a promis de se réconcilier avec cmatic. Mais cette histoire de peau et de sang m'avait retourné la tête, je suis allée me coucher sans répondre. Je me retenais simplement de réfléchir, de toutes mes forces.

Ma mère a présenté des excuses, cmatic aussi, et il est revenu chaque soir chez nous. J'en ai été heureuse pour moi, et plus encore pour lui. Il poursuivait un but qui n'était pas moi, d'accord. Malgré la prétention de l'adolescence s'ajoutant à la myopie de l'amour, je n'osais quand même pas croire que le seul charme de ma conversation l'attirait chez nous. Mais il devenait de plus en plus évident qu'il était gravement malade, qu'il était seul, qu'il avait peur, et que voir d'autres gens le soulageait. Acuité et altruisme : comme vous le voyez, je commençais à vraiment tenir à lui. Et tandis qu'il déversait obstinément dans nos oreilles un mélange confus de confidences gênantes et d'interrogations sournoises, j'observais ses longues mains qui tremblaient, ses grands yeux quelconques noircis par une peur que rien ne peut rendre banale, et ses cheveux d'or aussi beaux qu'un Saule pleurant sur une tombe. La mort traquait ce visage unique, pressée qu'elle était de lever le rideau de chair sur le grand rire universel du crâne.

Professionnellement, cmatic devait se morfondre : son enquête piétinait misérablement. Il a finalement pris rendez-vous avec iasmitine, laquelle l'a très vite cerné. Elle lui a prescrit quelques séances d'aromathérapie qui ne l'ont pas soulagé, ensuite elle l'a emmené dans son second bureau d'où il est ressorti avec un Gland vert dans la poche. Ça n'a pas eu davantage d'effet. J'ai sous le nez un rapport de cmatic à ses supérieurs datant de cette époque : visiblement, iasmitine a fait preuve d'une intelligence remarquable. Elle ne lui a pas manifesté de méfiance, elle ne l'a pas non plus traité comme un client quelconque. Il en a su plus, et moins. J'imagine assez la scène, qui a dû avoir lieu dans le premier bureau. Normalisée par la clarté froide de cet espace médical, bien calée entre sa botanothèque et son scan, iasmitine a dû répondre aux innombrables questions de cmatic avec un bon sourire de connivence. Hochant doucement sa belle tête d'idole, ses mains magnifiques modestement croisées devant elle, elle lui a fait comprendre qu'elle était contente d'avoir un client aussi cultivé, et qu'elle était ravie de pouvoir exposer ses méthodes à quelqu'un capable de les apprécier. Et puis, avec une tranquille impudence, elle lui a révélé une partie de ses secrets.

Une des spécialités de iasmitine était la guérison des chagrins d'amour. On venait de loin pour se débarrasser de cette plaie qui décentre le monde, le désenchante et le démâte. Iasmitine ordonnait d'abord six mois de souffrance et de psychotropes. Elle prescrivait des voyages, une thérapie sunlyenne ou une autocritique introspective, au choix, voire des activités manuelles, bref elle plagiait ovide et son *art de ne plus aimer*. C'était sa forme à elle de loyauté, ou de respect humain. Ensuite, si aucun mieux ne se profilait, elle demandait au patient un fragment de l'être aimé, un cheveu le plus souvent. Suivaient quelques cérémonies bruyantes, au cours desquelles le patient était griffé à l'aide d'un petit trident trempé dans une décoction savante. Sitôt cicatrisé, il devait revoir l'objet de sa flamme, ou à défaut un visuel, ou encore respirer l'odeur d'un de ses vêtements. Le résultat était stupéfiant.

« Je les rends physiquement allergiques à celui ou celle qu'ils aiment, voilà tout, a dû dire iasmitine à cmatic en souriant finement. On ne pense pas volontiers à quelqu'un dont la simple idée provoque des écoulements de morve. »

Ce que iasmitine oubliait de dire, c'est que son traitement fonctionnait atrocement bien et que perdre le pivot de sa propre roue n'est pas le meilleur moyen de la

69

relancer. Les amoureux guéris traînaient des vies catarrheuses, sevrés d'une peau mais pas du besoin que celle-ci comblait. À ces existences débarrassées de la douleur, le sens manquait toujours. Leur big bang affectif ne s'effondrait pas sur lui-même pour exploser à nouveau, réinventer le tournoiement des galaxies et repeindre en or les confins de l'infini. L'entropie régnait sans recours dans ces vies éparses. Tout le monde n'a pas le courage de mourir d'amour.

Cmatic a noté dans son rapport qu'il trouvait l'idée ingénieuse. Cet homme était un crétin.

Iasmitine a dû aussi lui parler de son assistance aux fins de vie. Assez souvent, des hommes et des femmes minés par une protéine maligne, un métal lourd, un virus irrémédiablement mutant, un rayonnement tératogène ou un trop grand nombre d'années venaient chercher chez elle une fin décente. Vous connaissez la façon dont va le monde : la plupart de ces demandes venaient non des patients, mais de leurs proches. À leur décharge, j'ai constaté que l'horreur de voir souffrir un être aimé l'emportait le plus souvent, dans leurs motivations, sur le désir de se débarrasser d'un malade encombrant. Mais je me souviens aussi de ce jeune homme aux yeux fous, dévoré par le *meixue*, qui m'a confié d'une voix essoufflée que se réveiller chaque matin pour voir le soleil descendre le long des tours de ha rebin lui paraissait justifier tous les traitements et toutes les souffrances. Ses parents ne l'entendaient pas de cette oreille : la décrépitude de leur fils les hérissait. Ils n'ont pas supposé qu'il ait pu avoir une autre opinion. Iasmitine a ouvert la porte de son bureau, et le soleil suivant

70

a été obscurci par les buées filtrées de l'incinérateur de woroïno. On ne se méfie jamais assez des gens qui vous aiment.

Iasmitine a raconté à cmatic les moindres détails de la cérémonie : pour l'occasion, elle drapait sa salle de bains de tentures noires, vertes ou blanches selon les croyances. Le mourant convenablement drogué était déposé dans la baignoire, objet d'un luxe incroyable que cet usage rentabilisait largement. Le corps coulait lentement dans un mélange de pâte d'oxygène et d'azote à trente-sept degrés centigrades. Iasmitine a expliqué à cmatic qu'avoir les poumons saturés de liquide tiède rappelle à l'organisme le stade fœtal, ce qui est censé permettre à l'esprit de retourner à l'inexistence de la même façon qu'il en est sorti, sans heurt et en toute confiance. Il semble même que, pour parfaire l'illusion, elle faisait diffuser dans le même temps des comptines enfantines et des battements de cœur assourdis. Elle était bien capable de pousser le mauvais goût jusque-là. Cmatic, bien sûr, a trouvé le processus astucieux et demandé à visiter la baignoire. Il n'a pas tiqué sur le couvercle transparent qu'on tirait par-dessus cette mix-ture de chair, d'air gélifié et de grossesse à l'envers, le temps qu'un sel quelconque mêlé à l'oxygène pâteux fasse son office funèbre. Iasmitine lui a juré qu'il suffi-sait de ralentir peu à peu le rythme et le niveau sonore des battements de cœur pour que le patient passe de vie à trépas sans autre additif. Il l'a crue ; moi, j'en doute. Les autopsies n'ont jamais révélé aucun poison dans le corps des euthanasiés, mais iasmitine était iasmitine.

De toute évidence cmatic, en se promenant entre le

71

premier bureau, le second et la salle d'hygiène, est passé plusieurs fois devant la porte froide du cimetière hurlant. Son oreille n'a rien entendu, son œil n'a rien vu, sa peur l'a très bien perçu. Il a noté avec indignation, dans un de ses rapports, qu'il supportait mal un prétendu courant d'air glacé censé hanter les Soieries pourpres du temple, ou plutôt que « la suspecte a mis au point un contraste thermique élevé pour déstabiliser ses clients ». Le délit a dû sembler un peu maigre au lecteur du rapport. Sauf si celui-ci était au courant de toute l'affaire, auquel cas il s'est probablement dit, avec un cynisme hélas quelconque, qu'elle était en bonne voie. De toute façon on était en pleine flambée des rota et, même s'il faisait trop froid à ha rebin pour que les épidémies y fassent autant de ravages qu'à shanghaï ou pékin, les autorités avaient quand même bien autre chose à foutre que de soupçonner les courants d'air. Fallait-il que cmatic ne comprenne rien à lui-même pour confondre un vent coulis avec une suée d'agonie.

Une fois enregistré et expédié son nouveau rapport, cmatic est venu passer la soirée chez nous. Ma mère l'a docilement écouté raconter la perplexité vaguement déçue que lui inspirait iasmitine. Foi de lui, cette guérisseuse lui semblait plutôt habile, vaguement malhonnête et très peu criminelle. Ma mère a acquiescé avec bonhomie à tous ces qualificatifs. Depuis la scène et la réconciliation dont je vous ai parlé, elle entourait cmatic de prévenances de commande et, à entendre ces énormités, son masque n'a pas varié d'une ligne. Quand cmatic a levé le camp, elle n'a pas fait un mot de commentaires. Elle a débarrassé les bols de Thé vides avec cette lenteur vacante qu'elle mettait peu à peu dans tout ce qu'elle faisait. Quelque chose s'abîmait en elle, doucement : j'avoue à ma grande honte que sa détresse ne m'inspirait aucune pitié. Cette femme m'avait élevée, c'est-à-dire contrainte : ce sont des choses qu'on ne pardonne qu'aux dieux, auxquels on ne pardonne rien d'autre et surtout pas un moment de faiblesse. Je comprends maintenant qu'elle voyait approcher inexorablement l'heure de toutes les vérités et qu'elle ne me supposait pas, à raison, capable de les supporter. Incapable de regretter ses actes ou de les approuver, elle s'étranglait avec sa propre impuissance. Je suis persuadée qu'elle a passé toute la nuit suivante à mon chevet, tenant à la main un wakizashi frotté de fumée : je l'ai rêvé avec précision. Or, je ne rêvais plus. J'imagine que cette nuit écœurante n'a réussi qu'à lui prouver ce qu'elle savait déjà : qu'elle ne m'éviterait rien et qu'elle m'aimait toujours. J'imagine aussi qu'une fois cet échec entériné, elle s'est sentie soulagée jusqu'au désespoir. Comme on l'est quand on a, d'un regard, constaté que le tsunami approche et que la montagne, là-bas, est toujours aussi loin.

La journée d'après l'a vue légère, gaie et pâle comme yukionna, la femme des neiges japonaises. Dès cet instant, elle a mis dans sa vie une sorte d'ordre. Elle a notamment cessé de se repaître d'articles sur les troubles adolescents, à l'aide desquels elle essayait de discerner ce qui, en moi, tenait de la hargne inhérente à mon âge et ce qui n'en tenait pas. Dans la même optique, elle achetait en ligne de nombreuses études sur les troubles psychiques des handicapés pré-pubères, ou les anomalies behavioristes des longues maladies infantiles,

73

et son doigt blanc et sec suivait les courbes des dia-grammes flottants tandis que le Réseau déversait dans ses oreilles un vocabulaire alambiqué. Elle a annulé cette commande ruineuse. Que pouvait-elle faire de plus ? Crever l'écran et me montrer les mécanismes des ombres ? Je l'ai longtemps soupçonnée d'être trop lâche pour ça. Je crois maintenant qu'elle n'avait pas l'habi-tude de parler, et encore moins d'être écoutée. Et puis, je vais vous avouer une chose malsonnante : ma nature était étrange, mon aspect déconcertant, mon caractère méchant et mon comportement n'avait aucun rapport ni avec les joujoux de l'enfance, ni avec les gadgets de l'adolescence. Je ne suis pas loin de penser que ma mère pleurait en secret sa petite fille aux joues roses et subis-sait comme une pénitence la présence d'un monstre à ses côtés.

Tandis que ma mère s'inventait une nouvelle façon de survivre, à mon grand désarroi la mienne se désar-ticulait. J'avais, jusque-là, aménagé mes jours de façon supportable mais je cessais peu à peu de m'en contenter. Avec la sobriété des gens chroniquement épuisés, j'avais recherché un confort économe, une immobilité farcie d'activités intellectuelles décousues : l'irruption de cmatic dans ma vie a précipité tous ces songes vaporeux sous forme de flaque. Je précise qu'il s'agissait d'une flaque d'électrons : figurez-vous que je fais partie des premiers immergés.

Les univers personnels de l'époque étaient à ceux d'aujourd'hui ce qu'un droïde est à un symbiote, mais

74

des gosses pas plus bêtes que nous se sont contentés de soldats mécaniques et de poupées parlantes pendant des siècles. Ces u.p. de fortune se fabriquaient à la main à partir d'un noyau qui générait de la 3d, du son et parfois quelques impulsions sensitives. Le noyau poussif de mon premier u.p. branlait sous les applications patchées, les addenda additivés, les extensions mal compatibles, les plugs mémoriels au bord de l'amnésie et les flux catarrheux du Réseau naissant. C'est en assemblant cette fragile pagode de cybersonges que j'ai développé mon talent pour l'arnaque. Je ne suis pas plus douée que quiconque mais j'ai plus de pratique que n'importe qui. À l'époque, j'ai surtout acquis de réelles compétences dans l'art de tromper la domotique, esquiver les mouchards et reprogrammer à distance les appareils usuels. Je me souviens de mon premier méfait : un matin comme les autres, ma mère a déposé à mon chevet ma sempiternelle gamelle de bouillie. J'ai jeté un regard haineux au bol autochauffant et décidé de me rendormir. J'y étais presque parvenue quand le bol m'a fait savoir que la mixture était impatiente de se faire boulotter. J'ai activé mon tout premier abaque programmatique, composée d'un tableur 3d, d'une matrice de réception et d'un émetteur infrarouge : elle a fonctionné. En regardant les grumeaux de bouillie couler sur les murs, j'ai souri comme pas souvent au cours des dernières années. Je n'étais peut-être qu'une petite Crevette plombée mais côté pouvoir de nuisance, je commençais à me poser un peu là.

Laissez-moi m'attarder un instant encore sur le sujet : je ne peux pas traiter par un complet mépris ce qui m'a

75

tant consolée, protégée et instruite pendant mes années de convalescence, je veux parler de mon premier u.p. Il était bleuâtre (gris doux à mes yeux) et rempli de fleurs flottantes, mais je ne prétends pas à un univers fantasmatique moins niais que les autres. On a bien raison de dire que pour se connaître soi-même, il suffit de revoir les séquences infantiles de son u.p. mais il ne faut craindre ni le ridicule ni l'ennui. J'ai aussi bricolé le casque de protection que m'avait offert ma mère, le dotant d'une extension de mon u.p. afin d'emporter partout, autour de moi, une bulle fleurie, une température élevée et des refrains stupides, à la mode de nankin. Je sortais avec ça sur la tête et je déambulais à pas lents dans les coursives commerciales de woroïno, plaignant ceux que je croisais et qui marchaient hâtivement dans la lumière crue, leur champ de vision encombré par deux ou trois mires informatives. Chiffres et images déferlaient sur leur visage, leurs oreilles ruisselaient d'actualités, le monde leur rentrait dedans littéralement par tous les sabords, comme un bateau qui prend l'eau. Ils étaient en effet à plaindre, je n'étais pas tellement à envier. J'ai prêté une fois ce casque à ma mère : elle est devenue si pâle que j'ai reculé. Puis elle a ôté le casque, lissé ses cheveux, s'est assise lentement et a commencé à pleurer. Pour la première fois de ma vie, je n'ai pas essayé de la consoler. Je ne me suis pas affolée, je ne lui ai pas sauté au cou, je me suis contentée de rester debout près d'elle, caressant la laque noire de mon casque avec une moue de fatigue : comme d'habitude, j'avais tout fait de travers et j'allais me faire engueuler. Ma mère a relevé la tête, vu ce pli nouveau sur mes lèvres, obscène comme du spermicide sur une bouche de sept ans, et ses pleurs ont redoublé. Peut-être s'est-elle douté qu'elle n'avait pas fini de me voir avec cette tête de Bois, et je crois en effet que je n'ai plus souvent eu, en sa présence, d'autre expression. Je comprends maintenant son chagrin : j'avais recréé avec exactitude le décor de ma mort. Je me comprends aussi : mon u.p. était à moi et je n'avais pas grand-chose d'autre.

Cachée dans mon u.p., je me suis inventé des frères, des sœurs, des amis, des amants et des Animaux, j'ai parfois mélangé le tout. J'ai joué à tous les jeux en Réseau, m'attirant de temps en temps de véritables admirations que je me suis plu à refouler en m'imaginant que j'avais le choix. Je laissais les messages sans réponse trembler le long de ma mire, comme de beaux Fruits interdits. Je me suis empiffrée de données absconses sur des sujets hétéroclites, le bakufu d'edo, les vieux moteurs mécaniques, le chemin des mille courbes et des dix mille couleurs, les différents visages du ku hawaïen, les politiques médicamenteuses. De là me vient une culture échevelée, lacunaire et peu portée sur l'utile. Il m'arrivait parfois de sortir de ma bulle et de me lancer dans des réalisations plus concrètes, toutes adaptées à ma faiblesse physique : papier découpé, qi gong ou nanobiologie. Ma mère rôdait avec inquiétude autour de moi tandis que je débarrassais des souches virales de leur membrane d'antigène, inoculais leur génome à n'importe quelle bactérie pêchée dans mes cheveux et comparais mon vaccin de fortune aux modèles officiels en braillant de déception. Comme vous le voyez, j'ai eu une enfance normale d'enfant malade. Et puis cmatic est arrivé et les corrigés virologiques ont perdu tout intérêt.

Cmatic allait de plus en plus mal. Il mangeait de moins en moins, se plaignait de mille maux, son visage s'allongeait, le dessous de ses yeux se fanait, ses mains étaient celles d'un vieillard. Seuls ses cheveux continuaient à croître et à briller, avec une vigueur de Chiendent poussant sur un charnier. J'ai lu toutes les plaintes qu'il a envoyées à ses supérieurs, sans obtenir d'autres réponses que de vagues encouragements, des rappels à l'ordre ou des propositions d'examens médicaux complémentaires. Il n'en a pas refusé un seul : les résultats étaient toujours désolants, c'est-à-dire parfaitement normaux. Il a aussi suivi une fast-psychothérapie, un mélange d'hypnose, de psychotropes et d'analyse transactionnelle. Il a expliqué à ma mère que ça lui apportait beaucoup, mais pas la santé. À demi allongé sur notre sofa usé par des centaines de fessiers masculins, il nous racontait en souriant quelques-uns des souvenirs qui étaient remontés lors de la dernière séance : c'était toujours anodin et gentillet. Il expliquait ensuite qu'il ne parvenait pas à se persuader que la solution se trouvait quelque part en lui, à demi enlisée par les sables de l'enfance. Je crois qu'il se savait très malade et découvrait peu à peu que le corps médical occidental n'admet pas l'échec ; dans son langage, « Je ne sais pas » est toujours remplacé par « C'est dans la tête ». Ensuite cmatic fermait ses paupières bleues et partait dans un de ses sommes écrasants tandis que ma mère reprenait, sur ses genoux joints, les petits travaux manuels qui remplaçaient progressivement ses prestations multilingues. Qu'il s'agisse d'iconographie 3d ou du ravaudage des Soieries de iasmitine ou d'une autre voisine, j'aimais bien la voir travailler comme ça : elle me semblait prendre place dans une infinie lignée de fileuses, tisseuses, couseuses, brodeuses et dentellières. D'innombrables générations de femmes ont, à travers les siècles, laissé leurs yeux sur des ouvrages minutieux et mal payés. Ma mère me paraissait atteindre une stature historique, celle de la femme veuve qui reprise patiemment la survie de sa famille à la lueur d'une chandelle. La chandelle était halogène mais ça ne changeait rien à cette détresse alimentaire, ni à son inextinguible patience. L'humanité doit tout à ces parques obscures qui ont nourri leurs enfants maille après maille, puis tiré leur suaire sur leurs yeux usés sans une plainte tandis que le monde se chargeait de leur précieuse progéniture, transformant leurs fils en chair à canon et leurs filles en chair à soldats. Tant de résignation effraie, elle intimide aussi. Les Animaux ne s'embarrassent pas de portées quand les circonstances ne s'y prêtent pas. Si toutes les mères abandonnées avaient fait pareil, si elles avaient, sans patience, jeté leurs rejetons dans la marmite à soupe au lieu d'essayer de les élever, l'être humain ne serait plus qu'un mauvais souvenir. Pardonnez-moi cette digression, mais les siestes de cmatic près de ma mère font partie de mes souvenirs les plus paisibles. Je restais un temps à les regarder, sans même me douter que je me repaissais de la belle image d'un couple parental harmonieux. Puis je m'éclipsais dans mon u.p. pour reprendre mes activités virtuelles ; je n'ai pas encore dû vous dire laquelle m'a le plus occupée.

J'ai cherché ainademar pendant des années. Je recevais parfois de petits sachets de Graines, sans un mot d'accompagnement mais chargés de son adn. D'après les adresses d'expédition, elle faisait le tour du monde. Lorsque j'étais à l'hôpital, elle était venue me promettre que, quand je serais grande, nous voyagerions ensemble jusqu'aux anneaux de saturne pour faire du patin sur l'atmosphère gelée d'europe. Vous vous imaginez la scène ? Cette femme dévorée par l'âge, penchée sur cette fille plombée par l'eau ? Moi dans ma balancelle d'une coudée de large et elle, me racontant des histoires de voyages dont mille nuits de jetlag n'auraient pas seulement pu payer l'enregistrement ? Des voyages absolument inaccessibles à nos espérances de vie, à nos moyens et à nos conditions physiques. Il semble que les ritournelles près de finir rêvent de codas symphoniques. Mais j'ai cru à europe jusqu'à la dernière seconde. La façon dont cmatic se concentrait avant de déployer l'effroyable effort de se lever, à chaque fois qu'il nous quittait, me rappelait le tremblement silencieux d'ainademar lorsque sa visite s'achevait et qu'elle devait se soulever du pliant réglementaire. Elle rassemblait ensuite ses affaires, les pans un peu râpés de ses vêtements de tissus, me souriait avec une confiance mystérieuse et s'en allait à pas menus, dans la grande lumière glauque de l'hôpital qui dissolvait sa petite silhouette têtue.

Je l'ai traquée sans relâche. J'ai pisté chaque adresse de ses envois, lancé les Chiens du Réseau sur toutes ses

80

traces, greffé son adn à mille fichiers et peaufiné des index monstrueux de mots clefs, de sons clefs, de visuels clefs. J'ai passé des heures à bâtir des algorithmes tordus pour évaluer la pertinence d'une requête fondée sur vingt-quatre pour cent de chignon, dix de cheveux blancs, quarante-sept d'arthrose, huit de résidus de Pollen et onze de prothèse de hanche. J'ai fracturé des bases botaniques mieux protégées que les consortiums financiers et épluché le passé d'ainademar avec la même absence de vergogne. (De ce passé, je ne vous brosserai même pas le plus grossier tableau. Une femme pauvre n'arrive pas à quatre-vingts ans sans avoir parcouru tout le clavier des orgues de la douleur, les détails sordides suivant de près.) J'avais installé mille alertes, elles me réveillaient souvent la nuit : j'activais la lueur bleuâtre de mon u.p. et plongeais dans les méandres de l'information, découvrant à quito une façon bien particulière de greffer les Abricotiers, à oulan bator un adn apparenté, à massawa un cadavre de vieille femme aux hanches lésées et aux doigts tors. Inlassablement je vérifiais, je triais, puis je reportais le certain, le probable et le possible sur une grosse mappemonde plasmatique. De temps en temps je la déployais devant moi et je la faisais tourner. Le voyage hypothétique d'ainademar s'inscrivait en longues courbes grasses ou pointillées : elle avait enfanté là, c'était sûr, et enseigné là, c'était prouvé, mais c'était bien avant ma naissance. Ici, par contre, on se souvenait du passage récent d'une femme qui savait comme personne empêcher les Vivaces de mourir. Je faisais des paris avec moi-même : elle avait dû faire rajeunir sa peau, ou au moins teindre ses cheveux. Voyager demande des compromis. En revanche, je ne l'imaginais pas ayant fait remplacer ses doigts. Cette quête inlassable avait ses contradictions : pour m'abandonner ainsi et me laisser sans nouvelles, il fallait qu'elle ne m'aime pas. Cette constatation était dangereuse ; je n'étais pas assez riche en affections partagées pour supporter, sans que mon âme tombe et blettisse, le désamour de la seule personne en qui j'avais confiance. Mais le fiel de cette possibilité était encore plus doux que celui de son unique alternative : sur ma mappemonde, les chemins s'effilochaient. Sans les sachets de Graines que je recevais de loin en loin, j'aurais conclu avec cohérence qu'ainademar était morte. L'hypothèse qu'elle ait été vivante ailleurs, même sans moi et sans avoir besoin de moi, me faisait du bien. Si vous avez aimé, vous aurez reconnu ce symptôme inimitable. La chercher, c'était comme marcher sur un fil tendu entre les deux gouffres de l'abandon et du deuil.

J'ai harcelé ma mère pour qu'elle pose des questions dans les étages. Une voisine a témoigné qu'ainademar lui avait parlé de voyages, une autre, qu'ainademar lui avait confié que les tensions avec iasmitine la minaient et qu'elle cherchait un poste ailleurs. Un voisin du dessus a parlé d'addiction à soigner, un voisin du dessous d'un petit-fils indigne à remettre dans le droit chemin, ou d'une arrière-petite-nièce à arracher au tapin, voire à la suburb. Une greluche qui ne l'avait même pas connue a juré avoir entendu parler de gains faramineux gagnés au jeu et sa cousine, de dettes contractées dans des casinos illégaux dont ainademar avait dû fuir les tenanciers. Sur vingt étages de woroïno, la malveillance le disputait à la frénésie de paraître renseigné. J'ai mis le holà à cette enquête de proximité quand un gaomiste du cinquantième étage a juré qu'ainademar avait disparu après lui avoir volé une lanterne à motif original, l'a accusée d'être partie faire fortune avec, du côté du jiaodong, et finalement a menacé ma mère de poursuites judiciaires. La coupe de ragots débordait.

Je suis allée, une fois, voir l'endroit à partir duquel la piste d'ainademar se morcelait en suppositions : qingming. Je connais encore par cœur les circonstances de son départ, d'après les archives des sas de woroïno et les dires des voisins. Elle a quitté woroïno tôt, un matin de printemps, et emprunté le tapis qui circulait de tour en tour sous une fine couche de duraglass mal étanche. On l'appelait le « tube des pauvres ». Les rayons y tapaient durement, la pollution y pénétrait librement, au coude à coude avec les germes, et les pluies acides gouttaient sur la tête des passants mais il était toujours saturé de monde car c'était le seul tube gratuit. Beaucoup de gens y vivaient à l'année et les coursives fixes, de part et d'autre des deux tapis, étaient encombrées de réchauds et de nattes. Quand ils voulaient chier, baiser ou accoucher en paix, les habitants tendaient des écrans de copypapier. De temps à autre, le service d'entretien basculait les coursives sans prévenir et les passait au méthanal.

Une fois arrivée à qingming, ainademar a, comme l'exigeait l'administration de l'époque, échangé sa puce extraderme contre un brassard de transit, lequel a dû tomber aussitôt en panne s'il a jamais fonctionné. Qingming était ce genre d'aéroport où les gens disparaissent.

Construits en suspens au-dessus d'une plaine d'épuration, ses bâtiments tentaculaires étaient officiellement réservés au fret de marchandises. À fouiller les archives, j'ai fini par me persuader qu'ainademar avait trouvé à s'embarquer pour le dunhuang. Elle m'avait souvent parlé du mont mingsha. Et puis une empreinte palmaire enregistrée au quai douze mille cent vingt-quatre semblait correspondre. Le navire a décollé avec vingt-sept heures de retard, chargé jusqu'à la gueule de protéines et de matelas biodynamiques mal configurés : il n'est jamais arrivé à destination. Quand je l'ai appris, j'ai failli prendre le deuil. Une étude plus poussée m'a démontré que peu de navires partant de qingming atterrissaient là où on les attendait. D'ordinaire, une avarie les forçait à se détourner inopinément vers un port franc.

J'ai passé des heures accoudée à une tubulure, au-dessus du quai douze mille cent vingt-quatre de qingming. Ainademar avait peut-être attendu ici, ou là, et peut-être acheté une galette au Sésame dans cette échoppe, ou bien une de ces barquettes de Fromage de Soja qu'elle adorait… Le ciel était noir, ma mère le voyait jaune sombre, il était en tout cas très bas. Malgré mon casque, ça puait. Les vapeurs délétères avaient creusé dans le métal énorme de fines dentelles pulvérulentes, nos combinaisons piaillaient sous l'overdose de gaz carbonique et d'acide urique. De lourds paquebots ébranlaient les coursives de leur souffle monstrueux. Quand l'un d'entre eux, en accostant ou en larguant, passait au-dessus de nous, on aurait cru que la nuit tombait. J'ai vécu là-bas mille crépuscules. Des navettes scrofuleuses croisaient autour de nous, halant des containers emplis de denrées de contrebande et de chair humaine bradée. Par-delà les ombres portées des navires, la plaine de bin'an, rabotée par les épandages toxiques, tremblait de pourriture à perte de vue. Ma mère et moi sommes rentrées en surf collectif et j'ai repris mes recherches.

Mais revenons à cmatic, notre innocent héros, et à ses siestes écrasantes. Cmatic a fini par vouer aux gémonies la médecine occidentale et son grand sourire inefficace. Il s'est remis entièrement entre les mains de iasmitine qui a dû trouver le cadeau encombrant : elle était assez fine pour soupçonner qu'une autre main que celle du hasard le lui faisait. Cependant elle lui a administré avec honnêteté Herbes chaudes et Plantes sucrées, l'a gavé de fu fang shen fu san et expédié à une multitude de confrères, probablement pour diluer la responsabilité de sa mort prochaine. Ils ont brassé les six causes et les sept émotions, sans succès.

J'ignore ce que iasmitine a compris de toute l'affaire. Assez, en tout cas, pour ne pas faire appel aux services d'un tueur de fond de triade, ou à tout autre mécanisme de traitement des rebuts communs. Cmatic n'était rien, mais l'ombre qui pesait sur lui était celle du meilleur ennemi de iasmitine, et elle a dû la reconnaître. Pendant ce temps, ignorant tout, pressentant beaucoup mais d'intelligence trop étroite pour en tirer profit, cmatic mourait. La peur le rendait fou, l'épuisement aussi. Il dormait debout et agonisait au réveil, titubait en marchant et, sitôt assis, dévorait ses propres lèvres avec une molle cruauté de Parasite. Je garde un souvenir doulou-

85

reux des efforts qu'il faisait pour fixer son attention sur autre chose que le gouffre béant qu'il longeait. Blême, suant une mauvaise eau, ses beaux cheveux feutrés par l'agonie, triturant ses doigts comme du Riz gluant, tout en os et en tressaillements de douleur diffuse, il regardait ma mère travailler avec un intérêt monstrueux, et s'inquiétait sans mesure de mes progrès en lishu. Puis il allait à la fenêtre et s'appuyait à la vitre d'une main, ou des deux, et regardait dehors, interminablement. Il nous posait des questions ineptes, nous lui répondions avec cette bienveillance empruntée qu'on réserve aux fous, aux gâteux et aux imbéciles. Il oubliait nos réponses dans la seconde.

Il est passé brutalement de l'autre côté. Les yeux béants, son regard posé comme un glaviot sur notre petit autel garni de Pommes-stases, il s'est mis à parler, parler, parler d'Insectes, de maladies bizarres, des voyages qu'il envisageait, de cadavres exsangues, d'une femme très belle mais dénuée d'intérêt, d'un homme qu'il avait beaucoup aimé, de nuées épaisses de Moustiques et des postes qu'il pourrait raisonnablement briguer sitôt qu'il irait mieux. Bête ou courageuse comme on l'est à cet âge, je souffrais de le voir dans cet état sans même penser à regarder ailleurs quelque chose de plus gai. Au contraire, je cherchais fébrilement un moyen de l'aider. Il m'a semblé que l'écouter comme je l'aurais fait d'un être sensé, abonder dans son sens et acquiescer à son délire constituaient un bon moyen de l'aider à nier la réalité de son état, et donc de lui faire un peu de bien. Avouez que vous aussi vous êtes passé, au moins une fois, par cette phase dite *infirmière-dévouée*, mélange

86

de sensiblerie flasque et de volonté de toute-puissance. Mais je ne vais pas plus loin : rien n'est plus triste qu'une très vieille créature se moquant d'une très jeune, peut-être parce qu'elle n'a rien de mieux à proposer. Prendre la réalité pour une matière fuyante, qu'on peut éradiquer en l'ignorant, est l'apanage de la jeunesse, de la psychose ou de cette brève maladie mentale qu'est l'amour, et ne mène à rien de très glorieux mais la prendre pour ce qu'elle est ne mène à rien de mieux. Il m'a toujours semblé que l'amour est bien fort comme la mort, mais qu'il l'est à la façon d'un alcool. Chercher ainademar, c'était encore la faire vivre et la regarder voyager. Écouter cmatic, c'était encore espérer une guérison et lui voir un avenir. Croire que le tout avait une quelconque utilité, c'était surtout me supposer être d'une quelconque utilité. Il faut du temps pour trouver qu'être suffit. Au bout du compte, les soûleries affectives ne sont pas plus inutiles que les cérémonies amères du réalisme, et elles sont plus rigolotes.

Chaque soir, une fois épongé le déluge verbal de cmatic avec la même aménité que celle dont ma mère, en son temps, usait pour soulager ses clients, je regagnais ma couchette en remorquant un moral déconfit. Cmatic ne ressemblait plus à rien et je m'interrogeais sur ce dont j'avais l'air. Négligeant mon u.p. et activant mon miroir, je passais des heures à m'observer, ajoutant le dégoût à la déprime. Décidément, j'avais irrémédiablement sept ans. Ma petite taille aurait pu se compenser par une cure d'hormones ou une extension osseuse, il en était de même des seins et des hanches,

87

mais rien ne pourrait jamais pallier mon infantilisme. J'avais définitivement les épaules étroites, la courbe des cuisses droite, le ventre plus saillant que le torse, la tête plus grosse que le reste et des traits marqués du bout du doigt. Je me cachais dans le flot sombre de ma chevelure comme dans une source miraculeuse, un soleil noir de la maturation, j'en ressortais toujours aussi inachevée, tel un Alevin translucide. Cependant ces formes larvaires auraient pu me convenir, si leur consistance et leur coloration avaient été assorties à leur impubescence. Mais elles étaient d'une vieillesse obscène. Je n'avais pas la peau luisante, épaisse et rebondie d'un enfant mais celle, mince et délavée, d'un vieillard. Pire : mes gencives et la muqueuse à l'intérieur des lèvres étaient noirâtres à force d'être violacées, mes ongles aussi. Mon teint était argileux, quelque chose de livide, un peu gris, un peu jaune, et verdâtre. Depuis, les fards intelligents ont arrangé le tout mais sous leurs vibrations blanches et roses, je distingue encore un épiderme de cadavre. De détestation, je finissais par tourner le dos à mon miroir et par activer un second miroir pour voir mon dos. De grandes escarres sombres s'y étalaient. Ma mère les avait un temps massées en espérant les atténuer ; elle avait laissé tomber. Cette géographie particulière me prenait à la nuque, coulait entre mes omoplates, s'étalait sur mes reins, contournait mes fesses, salissait mes cuisses et faisait flaque le long de mes mollets. Mes talons étaient noirs comme la terre et une rigole infecte maculait le bord externe de mes pieds. J'ai longtemps pris pour argent comptant le nom de *purpura thrombopénique idiopathique* que ma mère donnait à cette disgrâce. Mais à constater moi-même ma propre peau pendant tant d'heures de tant de soirs, il est arrivé un moment où j'ai attrapé un de ces désespoirs qui sont mauvais conseillers : j'ai décidé d'en savoir plus. Il fallait bien que j'en arrive là.

Je n'ai même pas noté la date.

Concernant mes taches, je n'ai rien trouvé de croyable. Mais puisque j'étais partie pour regarder la réalité en face, j'ai aussi fait un tour du côté de mes données civiles : j'étais reconnue lourdement handicapée, impotente classe 3 physiquement et mentalement. L'empoisonnement au plomb me valait une petite rente à vie. Ce simple terme, « à vie », m'a été plus pénible que tout, tout ce que j'avais déjà enduré et tout ce qu'il me faudrait encore supporter. J'avais essayé de croire à une convalescence, j'avais absorbé ma bouillie en rêvant de futures orgies de sucettes, j'avais enfilé des tabliers enfantins bleu triste en imaginant mes futures jupettes d'adolescente dégoulinant d'hologrammes, j'avais astreint mes membres raides à des exercices d'assouplissement quotidiens dans l'espoir toujours déçu d'un progrès et j'étais la seule à ignorer que c'était pour rien. J'endurais à chaque minute le froid, la monochromie et cette raideur qui faisait craquer mes membres comme des caissettes alimentaires dans un compacteur, je traînais le physique d'un enfant pourri roulé dans des boues d'épuration, une fatigue aussi haute que woroïno et une solitude plus épaisse que ses murs : qui osait appeler ça une vie ? Et combien valait-elle ? Le calcul avait été fait : la rente était d'une maigreur incroyable. Elle ne couvrait aucun frais d'études, ni même de vêtements ou de nourriture. Disons que son montant correspondait à l'addition d'une couchette anti-escarres et d'un banc-perfusion. En clair, je gisais toujours officiellement au fond du coma. Quand j'ai eu fini de renouer la protection de la banque de données qui m'avait révélé mon triste état civil, l'aube dégringolait jusqu'à moi. J'ai levé mes yeux ternes vers cette douche glacée, grise et blanche, épaissie par le smog des bas étages. Je me suis dit que ma mère aurait pu faire constater l'évolution de mon mal et exiger davantage de mon empoisonneur : un suivi psychologique, un parcours universitaire adapté, et surtout un traitement osseux, et dermatologique, et endocrinien, et hormonal, et, et, et – je m'en tapais la tête contre le sol, la colère m'ayant jetée à genoux parmi les fractales mouvantes du Réseau et les reflets sales du matin. Puis je me suis levée et, nue comme un ver, j'ai quitté mon alvéole pour aller plonger mon bras dans le manchon du contrôleur médical. On ne portait pas encore de nanorégulateur métabolique intégré, il fallait mesurer un certain nombre d'indicateurs physiologiques une fois par semaine à l'aide d'un petit appareil externe, un contrôleur médical surnommé *médic*. Mon intention première était de sauvegarder un diagnostic complet et de l'envoyer à la surveillance des mineurs avec une lettre circonstanciée. J'espérais je ne sais quoi, un procès, la prison pour ma mère, le fouet pour iasmitine, et pour moi des soins. Je voulais échapper à ma prison monochrome, où je ne supportais pas d'avoir pris perpète. J'ai lancé une routine complète et, bien sûr, tout s'est révélé normal, depuis l'eeg jusqu'à l'ecg en passant par la tension et le scan, ainsi qu'une douzaine

90

de dosages. Tout en regardant défiler le compte rendu, je sentais les flux inquisiteurs percer ma peau, fouiller mes organes, guetter les résonances de mes fluides et s'enrouler comme des serpents autour de mon cou. Le torque offert par iasmitine a pulsé pendant toute l'opération, j'avais l'habitude. J'ai caressé un moment son petit corps de métal froid puis, pour la première fois depuis des années, je l'ai enlevé. Le médic s'est mis à piauler : j'ai eu le temps de lire les premiers résultats avant que ma mère ne surgisse, grimaçant de sommeil. Je lui ai sauté à la gorge.

Une des dernières fois où j'ai vu cmatic vivant, il venait d'envoyer à l'oise-se un rapport à peu près cohérent. Il s'était intéressé à la télémétrie de l'appartement de iasmitine et avait conclu que l'espace observé, soustrait à l'espace facturé, révélait un manque dont il estimait le volume complètement dénué d'intérêt. On peut pourtant perpétrer des Élevages illégaux dans une surface encore plus réduite mais le cimetière hurlant a des façons bien à lui de se protéger. Il semble qu'il ait fait croire à cmatic que ce rabicoin invisible constituait l'alvéole personnelle de iasmitine. Son kit de couchage et sa boîte nutritive se trouvaient pourtant ailleurs, très exactement dans le temple, dissimulés derrière un paravent de Bambou. De toute façon, même s'il l'avait su, cmatic aurait inventé plus stupide encore pour ne pas avoir à s'intéresser à l'autre côté de la troisième porte. Une fois ce rapport expédié, il est venu chez nous. Sa diction était à peu près claire, pour une fois. Comme une bouteille qui se renverse, il a répandu sa vie à nos pieds. Le dernier épisode s'est révélé le plus intéressant. Ce soir-là, je n'ai pas compris tout ce qu'il a raconté au sujet de sa dernière mission en polynésie. J'ai beaucoup appris depuis.

IV

Vous savez que j'ai eu mon petit succès comme auteur de fresques d'appartement. Mes paysages 3d se sont bien vendus, particulièrement la série « variations polynésiennes pour un lagon et deux motu ». Sur le Réseau, s'il y a une question que j'ai entendue encore plus souvent que « C'est à vous, ce bel avatar ? », c'est « Mais pourquoi la polynésie ? ». On me la pose toujours. J'ai pourtant donné la réponse dans une interview publiée il y a une centaine d'années par la défunte boucle uskr'du. Cet article d'à peine mille signes angliques est disponible chez xiaomao, si ça vous intéresse, mais je peux vous le résumer en une seule phrase : le rêve naît naturellement du dépaysement. Ou, si vous préférez : une bonne histoire naît d'un bon conflit d'atmosphères.

Imaginez un Jardin, avec des Tilleuls et des fontaines, au fond duquel passe une femme désuète, de ce genre qui porte un chignon lisse piqué d'une épingle d'argent et ne fait jamais rien d'autre que marcher à petits pas et repeindre ses sourcils d'un air sérieux. Considérez ensuite n'importe quel port rongé par le sel et le vent, résonnant de cris, du bruit des machines et du roulement de mille plantes de pieds courant à l'ombre des grands navires après un travail, un bordel, une bagarre ou une friture d'Algues. Vous pouvez ajouter une odeur de Jasmin au premier décor et une odeur d'iode à l'autre, vous mourrez d'ennui dans les deux. La femme se promène, se farde et bâille, les marins jouent, boivent et crachent. Maintenant, prélevez au pinceau la délicate jouvencelle du premier monde et déposez-la dans le second. Laissez-la grelotter ne serait-ce qu'une minute sur un môle trempé d'embruns, à trois pas d'un débit de Saké ou de l'aile tronquée d'un navire à quai, je vous promets que vous n'aurez pas à attendre plus longtemps que l'action commence. Ou bien faites entrer dans le Jardin aux Tilleuls un marin sec de soif, fou de faim, puant le Kelp et le métal bouillant, vous aurez bientôt des anecdotes amusantes à raconter. Vous pouvez aussi éparpiller de coûteuses Fleurs de Tilleul sur le quai misérable, pour voir, ou verser du Saké dans les fontaines, vous voilà paré contre l'ennui. Créer une histoire, c'est opposer des atmosphères. Raison pour laquelle j'ai incrusté d'immenses ruines nigérianes ou écossaises au cœur de lagons polynésiens, avec le succès que vous savez. On ne s'en lasse jamais : ces éléments hétérogènes produisent du rêve par simple friction.

Je dois à mes fresques de ne pas être morte de faim. Je leur ai aussi dû, un temps, une notoriété encombrante. Elle a passé, comme le reste. Bien sûr je n'ai jamais vu l'écosse, le nigeria ou la polynésie. Mais j'y ai vécu comme j'ai tout fait, par procuration. Pour connaître le vert transparent des lagons, il m'a suffi de suivre cmatic en pensée jusqu'à tahiti.

94

Narcissique et obsessionnel, cmatic archivait tout ce qu'il pouvait de sa vie et je me suis, un triste jour, retrouvée dépositaire de ce fatras. Grâce à quoi nous allons remonter ensemble jusqu'à ce temps où il se croyait encore un jeune scientifique plein d'avenir.

Il avait trente-quatre ans et envoyait des courriers à tort et à travers. J'ai pu, en les étudiant, me faire une idée de l'homme qu'il était à ce moment-là. Bien plus beau que dans mon souvenir, à la fois plus en chair et plus ferme, il luisait autant qu'un charme d'or. Son apparence négligée de chercheur soulignait à ravir sa perfection génétique : on peut se permettre d'avoir les cheveux ébouriffés et la barbe apparente quand on possède des chromosomes tirés à quatre épingles. Professionnellement, son curriculum ployait déjà sous les prints, les pre-prints et les view-per-peers bref, c'était une sommité. Ou disons une sommité en Herbe, et que l'Herbe était montante. Ce n'était aussi, après tout, qu'un tripoteur de gènes, un hybrideur de sondes, un fusionneur de chimères parmi cent millions d'autres et il le savait. Ses beaux yeux célestes rayonnaient de la plus banale ambition. Depuis quelques années, il se spécialisait fébrilement dans les Moustiques : il faut bien camper sur un créneau. Nulle part, dans toutes ces petites vidéos, je n'ai retrouvé la longue Palme blonde tremblant de folie qui passa un jour ma porte, en tendant devant elle des mains torturées.

J'ai visionné une cinquantaine de messages. Il y en a davantage mais la jactance précise de cmatic, bondée de logique et bardée de concision, m'a vite fatiguée. On est trop sérieux quand on n'a pas cent ans. Fina-

95

lement, j'ai compressé le tout comme on le fait des liasses de monnaie funéraire : elles ont leur utilité, mais elles inspirent surtout le souci de trouver un rangement commode. Auparavant, j'ai quand même pris le temps d'extraire une moyenne sémantique et visuelle de l'ensemble du corpus, et elle m'en a appris un peu plus. Et d'abord, que cmatic utilisait préférentiellement les termes « exon », « plasmide » et « réverse ». Traduction : il n'avait de vie relationnelle que professionnelle. Il se présentait toujours à son destinataire de face, cou coupé, arrière-plan neutralisé. En clair : il était conformiste et méfiant. Enfin, j'ai réussi à isoler quelques comportements plus personnels : des rires constipés, quelques sourires sinueux et une dizaine d'hésitations assez touchantes. Presque toutes ces mimiques émotionnelles s'adressaient au même interlocuteur, un guangxi nommé shi.

Il faut maintenant que je vous présente shi. Shi, *la pierre*, portait bien son nom. La joue longue, le menton carré, le nez bref et le front plat, cet homme magnifique n'était même pas beau. Je me dis souvent qu'on ne fait plus de mâles comme ça, c'est de mon âge.

Shi est le seul protagoniste de cette pitoyable histoire à avoir vraiment choisi. Je veux dire : effectué des choix, à rebrousse-poil du destin qui voulait lui imposer des catastrophes. À plusieurs reprises, je l'ai vu tout brûler sous ses pas pour sauver ce à quoi il avait décidé de tenir. Il a tout donné à une science, tout perdu pour un ami et tout risqué pour une femme. Bien sûr, encore plus que d'une grande âme, ce genre

96

d'attitude procède d'une grande chance. La première chance de shi résidait dans sa capacité innée à vouloir. Vouloir n'est pas donné à tout le monde. Il faut naître avec des yeux qui voient clair, un cerveau qui décide vite et des bras assez puissants pour agir. Par là-dessus, il faut suffisamment de talent pour que ce que vous voulez, que ce soit une femme, une amitié ou une science, veuille aussi de vous. Et il faut encore la dose suffisante d'orgueil pour estimer que cette science, cette amitié ou cette femme vaut la peine qu'on se donne puisqu'elle est choisie par vous. L'ensemble de ces qualités fait de shi une espèce peu commune. Vous comprenez maintenant pourquoi je n'ai pas donné à cet homme le rôle principal de mon histoire : trop de perfection fatigue. Le souvenir de shi a toujours été pour moi un bon remède contre la tentation du suicide ou du meurtre de masse. On peut estimer que l'humanité n'a pas tout raté, puisqu'elle réussit de temps en temps des créatures comme lui.

Outre ses qualités, shi a eu pour lui les circonstances. Dans sa vie couturée de décisions tranchantes, il n'a pas eu à affronter de choix impossibles, ou de ces situations qui exigent du meilleur courage des trésors d'à-peu-près. Il appartenait à cette race bénie qui dispose d'un sabre affûté et ne rencontre que des nœuds d'un seul tenant. Je me suis souvent demandé ce qu'aurait fait shi s'il avait été mon père. M'aurait-il laissée mourir à l'hôpital, après avoir mis une grande baffe à iasmitine ? Probablement. Cela n'aurait rien ajouté à sa gloire, et peut-être rien réglé. J'imagine qu'il aurait emporté ma mère dans un tourbillon de larmes innombrables et de fornications fécondes dont ils seraient tous les deux sortis mouchés, un nouveau marmot dans les bras. Shi avait cette façon simpliste de régler les problèmes les plus délicats, mais elle ne fonctionne pas à tous les coups. Ma mère, ivre de culpabilité, aurait peut-être finalement égorgé dans son sommeil ce parâtre assassin. Plus probablement, elle lui aurait reproché ma mort chaque jour du restant de son existence, empoisonnant le petit appartement avec l'odeur de Chou aigre de la haine conjugale. Le sort a une façon bien à lui de fondre en marmite à bouillie les armes étincelantes des généraux-Tigres. J'espère que shi a pu, jusqu'au bout, mener une vie violente et droite, assortie à son fil guerrier. Je n'ai jamais vraiment cherché à savoir.

Pour que vous n'alliez pas imaginer mon héros sous la forme d'une grosse brute au front bas, je précise que shi avait la rougeur facile, de longs cheveux soyeux comme une bannière et que, quand il souriait, ses yeux glissaient sur le côté avec une timidité charmante, enfin il était adorable en plus d'admirable. Beaucoup de sang blanc roulait dans ses veines, je le soupçonne aussi d'avoir été légèrement ouigour ou kirghize, je parie qu'il s'en fichait complètement. Professionnellement, son curriculum n'avait pas le foisonnement parfaitement étagé de celui de cmatic. C'est qu'il était arrivé à shi de vivre à vingt ans, et aucune carrière ne le pardonne. Je mets au crédit de cmatic qu'il traitait shi exactement d'égal à égal, dans un monde où le montant du salaire d'un chercheur était directement lié à la fréquence de consultation de ses articles sur le Réseau. Shi était moins lu, moins payé, moins connu et reconnu que cmatic mais il

98

était plus intelligent et cmatic le savait. C'est-à-dire qu'il le sentait et ne se l'est jamais avoué, vous connaissez ces européens. Mais enfin cmatic vouait à shi une solide admiration, à rebours des conventions sociales, et en matière d'amitié on ne trouve pas mieux. Une certaine expérience concrète avait délié les neurones de shi, et cmatic appréciait cette largeur de champ qui complétait son ambition à angle aigu et sa méthodologie un peu sèche. Cette alliance du ciseau et du maillet formait un de ces couples de cerveaux qui, d'ordinaire, accouchent des plus belles œuvres humaines. Cmatic et shi auraient peut-être réalisé un chef-d'œuvre Insectoïde ou nucléique, si l'iat leur en avait laissé le temps.

Voilà pour shi et cmatic. Reste le troisième protagoniste : la polynésie. Connaissez-vous ces archipels ? On a toujours trompé tout le monde sur leur véritable nature. On présente encore la polynésie comme un vert paradis : vertes ses eaux, vertes ses Frondaisons. On oublie de dire que la putréfaction aussi est verte. Ces atolls idylliques ne sont en réalité que des rochers instables éparpillés sur des millions de lis d'eaux stériles. Peut-être voyait-on les choses autrement du temps où les lagons grouillaient de Poissons, de Coraux et d'Algues, et de tous ces Animalcules marins étranges qu'on nommait Poulpes, Oursins ou Étoiles de mer, mais j'en doute. La mer était nourricière, elle était cruelle à proportion. Le pêcheur qui s'y risquait se faisait immanquablement goûter par les Requins, terme aimable pour exprimer que le goût de la chair humaine déplaisait à ces monstres et qu'ils la recrachaient immédiatement. Le nageur amputé ne devait pas s'en trouver consolé. Les Murènes ne faisaient pas autant la fine bouche, elles attaquaient tout ce qui bougeait et avalaient tout ce qu'elles réussissaient à arracher. S'en tenir aux hauts fonds ne servait à rien, on finissait inévitablement par marcher sur un Poisson-pierre, à quoi on gagnait de mourir sur-le-champ plutôt que par morceaux. Il ne restait plus aux natifs qu'à rester assis sur les rives qui grouillaient de Sans-pieds, sortes de Vers à peine moins venimeux que les Poissons-pierres. Entre l'aridité des plages et la sécheresse de la roche volcanique, les hommes pouvaient quand même s'établir sur une mince bande de terre saline où ne poussaient que des Tubercules et des Cocotiers, lesquels engendraient à leur tour la plaie grouillante des Crabes à une pince. Une source d'eau potable suintant dans ce désert faisait office de miracle. Ajoutez à ça des pluies ininterrompues, des tempêtes brutales, une moiteur qui transformait chaque plaie en infection, chaque aliment en bouillon de Culture et chaque objet usuel en Moisissure, et vous aurez une bonne idée de l'enfer. Sauf que vous avez oublié les Moustiques. D'accord, de mon côté, j'oublie la beauté des Fleurs polynésiennes. Il n'empêche que, cachées derrière les haies d'Hibiscus et les guirlandes de Tiare, les idoles tahitiennes sont des piliers de lave noire aux faciès brutaux. Montre-moi le visage de ton dieu, je connaîtrai celui de ton monde.

Les présentations sont terminées, les ombres en place, les dieux célébrés, la représentation peut commencer. Regardez, et écoutez.

100

Shi et cmatic sont deux jeunes entomologistes emplis d'innocence et de plans de carrière. Shi et son menton carré parlent Culex Pipiens à un cmatic mal peigné. Cmatic répond que l'oise-se vient de lui envoyer un ordre de mission étrange : « Soupçon de paludisme en polynésie ». C'est-à-dire qu'on aurait trouvé des plasmodies à moorea, l'île jumelle de tahiti. L'oise-se suggère que cmatic aille là-bas avec shi, les deux hommes se réjouissent de cette occasion de se revoir mais avec des réserves de maiko nouant son premier obi. C'est que le sujet n'a rien de réjouissant : le paludisme, comme la plupart des maladies parasitaires, a muté pendant des siècles avec exactement une main d'avance sur les progrès de la science. Cependant les traitements palliatifs ont peu à peu ôté toute urgence à cette course et un progrès génétique décisif vient juste d'y mettre un terme. Le paludisme est officiellement vaincu, du moins pour cette fraction de la population qui a accès à l'instanciation chromosomique. Par conséquent, une brutale montée d'érythropoïèse chez quelques résidents polynésiens pourtant dûment vaccinés, traités voire génétiquement améliorés n'incite pas à la joie, fût-ce des retrouvailles.

Cmatic valide l'ordre de mission de l'oise-se, met en ligne son dernier article, boucle son bagage et rejoint shi à cuzco. Peut-être font-ils ensemble la tournée des chicherias. En ce cas, ils traînent de table en table leurs cartes mémoire et leurs fragiles écrans souples, se remplissant de Pisco, fusionnant leurs bases, croisant leurs données, contactant des démographes et des épidémiologistes et se foutant éperdument des magnifiques sommets andins qui les entourent. Puis ils sautent dans un vaisseau en partance pour la polynésie. Quelques heures plus tard, ils débarquent leur science, leur peau fraîche et leur âme curieuse dans le chaudron glauque de tahiti. Vous vous doutez qu'ils n'en sortiront pas indemnes, ou c'est que vous n'avez rien compris à mes explications sur les conflits d'atmosphères.

Les deux hommes sont sûrement, à leur arrivée sur le tarmac de papeete, couverts de colliers de bienvenue. Peut-être ont-ils droit à de vraies Fleurs, ou à des ersatz en authentique plastique pétrolier. Aucun luxe là-dedans : à cette date charnière entre la civilisation des énergies fossiles et la nôtre, il y a encore des Fleurs naturelles et le plastique pétrolier est assez banal. Mais il se raréfie, s'abîme vite et le génie humain patauge dans d'étranges gadoues composites, ne sachant à quel polymère se fier pour fabriquer les ustensiles courants. Nous ne nous souvenons plus de ce qui a précédé notre fibroverre mais figurez-vous qu'à l'époque on essaye, entre autres, de réutiliser la silice radioactive des châteaux de déchets nucléaires, pour en tirer un plastomère bon marché. Si c'est le cas des guirlandes passées au cou de shi et cmatic, elles doivent briller la nuit. À moins qu'elles ne soient en pyrogum, bizarre tentative de mâtiner les énormes décharges de Caoutchouc automobile et les oxydes métalliques des usines de retraitement. Il se peut même qu'ils bénéficient des premières Fleurs-stases, mi-fossilisées mi-pourries : le traitement n'est pas encore très au point. De toute façon, ils doivent se débarrasser de leurs colliers en les jetant sur une table de bar, à côté de leur première Bière locale. Je parie qu'ils prennent quand même cinq minutes pour

102

admirer le ciel poudré, la mer immense, le balancement de houle des Palmes, les jolies filles serrées dans leur pareo et qu'ils passent, dès la sixième minute, à des considérations plus intéressantes : la politique.

Il y a bien longtemps, la polynésie était sous domination française. Cette ethnie avait des mœurs étranges. Friande d'armements dangereux qu'il fallait bien tester de temps en temps, elle effectuait ses essais en polynésie, pays situé à ses propres antipodes, afin de pouvoir continuer à engendrer sur son territoire national des écologues d'envergure, des listes interminables de droits fondamentaux et des enfants en bonne santé. La polynésie a donc longtemps été un réservoir de secrets militaires, d'espionnage stratégique, de tensions politiques et la tradition s'est maintenue, à défaut de la nationalité française. Sous les yeux fatigués de cmatic et shi, papeete fait défiler des lobbyistes de l'iat, des officiers de l'africamericana, des cadres de l'oise, des sbires du laogen et des taupes de tout bord. Les russes du koltso ont probablement envoyé des ressortissants iakoutes, qui se fondent mieux dans la population sino-maori qu'une horde de moscovites velus.

Mais je vous parle espagnol, peut-être ? Ces organisations, dont le museau diplomatique cache mal les crocs expansionnistes, ont disparu depuis belle lurette. Disons plutôt qu'elles ont changé de nom, et que leur sphère d'influence s'est modifiée avec la géopolitique. En bref : l'iat, *international association of territories*, branche nord-américaine de la très vieille *un*, se prétend encore une émanation étatiste mais elle repose déjà entièrement entre les griffes apatrides des trans-

103

nationales. Nous l'appelons aujourd'hui *skywalk-orbite terrestre*. L'africamericana, née d'un bel effort afro-brésilien de se dépêtrer d'un hémisphère nord vampirique, porte en ses flancs tout ce que vous connaissez du diaraf et de son bras armé, le ndeup. Le ndeup, l'armée obscure sans pitié ni limites, négatif du kkklan ; le ndeup pour qui tous les blancs se nomment *chawa*, la vermine. Que les plus belles idées d'entraide aboutissent à des mafias racistes, qui ont tour au soleil depuis rio gallegos jusqu'à mogadiscio et portent des noms de traitement psychiatrique, semble une loi naturelle.

L'oise, elle, est une organisation paneuropéenne : l'excuse de la surveillance écologique lui permet de mettre son nez à peu près partout avec un minimum de formes. Aujourd'hui, il n'en reste pas grand-chose. Le laogen, cette bonne vieille racine han poussée sur les restes de l'asean, accouchera de tout ce ramassis d'instances asiatiques dont la plus pénible est notre propre gouvernement. Enfin le koltso se transformera, après injection de fanatisme chréthorthodoxe, en volia. Les russes semblent ne pas pouvoir se passer de tyrannie planifiée. Tant que j'y suis, voulez-vous un petit historique de la croix pan-muslim, de l'axe prétorian ou du disque qui commence déjà à tourner lentement autour d'alice springs ? Non, vous n'en voulez pas. Pourtant, la croix pourrait intervenir dans cette histoire, ne serait-ce que pour embêter l'iat, et on pourrait en dire autant de l'axe est-africain. Mais ils ne l'ont pas fait et au fond, le problème n'est pas là. L'étrange imbroglio que j'essaye de vous raconter n'est pas dû à de simples luttes d'influence. Ses origines sont plus anciennes et

104

plus obscures, c'est un bizarre mélange de siècles et de sang.

Bien sûr cmatic et shi, en buvant leur Bière sur le front de mer, ne voient défiler que d'aimables touristes, des hommes d'affaires au regard pur et des attachés d'ambassade au sourire frais. Ils ne sont sûrement pas dupes de tant d'innocence, cependant le cœur du monde n'a jamais battu à papeete et ils estiment probablement que les types envoyés sur cette caillasse sont des seconds couteaux, des recalés, des dégradés, des cassés et des préretraités. Ils ont tort : si la polynésie grouille encore de militaires, c'est qu'elle a gardé son antique rôle d'éprouvette.

Les deux hommes bâillent tant qu'ils peuvent, s'étirent face à la mer, reprennent une Bière, puis cmatic paye leurs consommations (quinze renminbi pacifiques à l'ordre du *maau bar*, j'ai la facture). Ensuite ils se rendent à l'antenne locale de l'oise, installée à l'ouest de la ville dans les baraquements d'un ancien dispensaire. Ces locaux éternellement provisoires, assemblage de plaques de métal et de barreaux passés au blanc, sont aussi laids que toutes les constructions tahitiennes, exception faite des jolis fare traditionnels. Il faut croire que trop de beauté naturelle décourage le génie humain. Le sous-équipement informatif de l'île ne m'aide pas à mener à bien cette forme particulière d'espionnage qu'est la reconstruction historique, et si le planning affirme qu'ils ont rendez-vous et qu'ils arrivent à l'heure, je n'ai pas la moindre idée de ce que le délégué de l'oise-se leur raconte. En revanche, je connais les difficultés que ce brave fonctionnaire a rencontrées quand il a voulu

105

se mêler de ces décès brutaux. Car, je ne me souviens pas vous l'avoir dit, « soupçon de paludisme » signifie, une fois traduit depuis la langue protocolaire, « trois morts ». Dont deux touristes blancs, ce qui embarrasse une économie fondée sur le tourisme de luxe. Avant qu'on lui accorde le droit de missionner ses experts, le délégué de l'oise-se a dû multiplier les messages en direction de toutes les autorités locales, et les protestations officielles auprès de tous les lobbies, associations, observatoires, cercles d'influence et personnages-clefs, sans oublier les plaintes officieuses et les pressions amicales. C'est un miracle que cmatic et shi aient pu arriver avant que les corps ne soient rendus aux familles, c'en est un autre qu'ils n'aient pas eux-mêmes déjà été victimes d'un accident quelconque.

Sitôt sorti de l'oise-se, cmatic se rend à la petite morgue qui sert aussi à entreposer les paillettes totipotentes de l'hôpital et les sorbets de la résidence présidentielle. La première victime est allongée sur une longue caisse de granité-Poire : c'est bien la seule information compréhensible du rapport que cmatic enregistre pour shi, lequel est allé de son côté prendre contact avec les entomologistes locaux. J'ai découvert, à cette occasion, que cmatic a de réelles connaissances en médecine, et qu'il se débrouille en diagnostic direct. Son impavidité exaspérante lui permet de triturer sans émoi des chairs bleuies par la mort et offensées par la maladie, de pencher un nez pertinent sur les clichés du rapport d'autopsie, puis d'énoncer avec calme, l'œil énorme derrière son filtre microptique : « Plasmodie en croissance montrant des granulations irrégulières. Granulations de schüffner dans les hématies parasitées. Hématies semblables à des comètes. Formes en chevalière, formes en anneau fin, formes en large bande. Double grain de chromatine. » Je vous épargne la suite, ses allures amiboïdes et ses schizontes, elle n'est pas conviviale. Cmatic ne se risque à aucun commentaire. D'ailleurs, celui-ci serait bref : c'est n'importe quoi. La pauvre fille raidie sur son sépulcre de sucrerie a attrapé toutes les formes de paludisme possibles, y compris d'antiques souches telles que la falciparum, depuis longtemps rangée à côté de la vérole et de la variole au rayon des fléaux défunts. Cmatic finit et archive son rapport. Je suis restée penchée des heures sur cette bande-son : on distingue la basse du refroidisseur, des glissements de pieds enveloppés dans des chaussons hygiéniques, le chuintement des lames qu'on sort puis qu'on range dans leurs pochettes transparentes, quelques chuchotements qui indiquent que cmatic n'est pas seul et parfois de hideux clappements mouillés, l'écho d'une chair froide qu'on malmène. Cmatic prend le temps d'observer les trois corps. Il consulte tous les dossiers et pose des questions anodines avec un calme sans faille. Finalement, il envoie un message débordant de modestie au délégué de l'oisese, confirmant la présence de plasmodies variées et de traces de piqûres peu nombreuses. Il assure aussi qu'il ne peut pas se prononcer sur les causes réelles des décès, du fait de son manque de qualification médicale. Puis il ôte sa combinaison homéotherme, tire la porte froide de la morgue, replonge dans la chaleur liquoreuse du soir et, sifflotant sûrement d'un air détaché, rejoint shi de l'autre côté du lagon, sur les hauteurs de moorea.

La station d'entomologie étend ses infrastructures de Bambou sur un éperon rocheux, parmi ce qui ressemble à des Papyrus et des Manguiers, pour autant que je réussisse à le deviner sur le seul visuel qui en subsiste. En fait de laboratoire scientifique, il s'agit plutôt d'une série de huttes couvertes de Palmes, reliées entre elles par des passerelles en Bois sonore. Toutes les surfaces intérieures sont laquées de polyuréthane étanche et des mètres de moustiquaire enduite sont tendus d'un étai à l'autre, transformant ce labyrinthe en vaisseau fantôme. D'ailleurs les entomologistes appellent ces moustiquaires des génois, comme les voiles d'anciens bateaux. À l'extérieur, on a accroché des leurres, des poches de pseudopeau remplies d'hémoglobine de synthèse. De petites pendeloques collées à ces poches émettent les sons et les hormones propres à aguicher le Moustique femelle. J'aimerais savoir vous décrire cette poignée d'entomologistes, tous trempés de sueur et accablés de chaleur, étourdis par les senteurs des Tamariniers, assis à l'ombre des Arbres avec les jambes pendant dans le vide face au grand large, le regard portant vers l'horizon impeccablement linéaire, et qui savourent sans un mot l'inflammation dorée du couchant sur la mer étale. Mais je n'ai pas ce talent et de toute façon, sous ces latitudes, le soleil ne se couche pas : il tombe comme un plomb. De plus, je suis certaine que cmatic et shi n'ont pas passé la soirée à contempler le paysage en silence. Ces deux bavards ont forcément chuchoté jusqu'à l'aube sur un des pontons qui surplombent le lagon. Que pouvons-nous percevoir de ces murmures qui nous parviennent depuis l'autre côté de la terre et

108

de deux cents années ? Ces chercheurs méthodiques doivent raisonner par constatation/question/formulation d'hypothèses. Essayons aussi.

De toute évidence, les trois décès sont des assassinats. Aucun Moustique ne peut véhiculer une pareille variété de parasites, sauf à supposer une Bestiole non seulement transcontinentale, mais aussi transtemporelle. La première question est de savoir qui a commis ces crimes. La seconde, de comprendre ce qu'ils font ici, eux. Sont-ils chargés de cautionner ? Ou de dénoncer ? Je parie que shi arrête tout net, au bord des lèvres de cmatic, je ne sais quelle logorrhée scientifique pétrie d'une franchise dangereuse. Ou bien est-ce cmatic qui retient shi au moment où celui-ci s'apprête à réemprunter au pas de course le pont de moorea, pour aller casser la gueule du délégué de l'oise-se ? Je ne sais pas. J'hésite entre deux images, qui d'ailleurs ne s'excluent pas l'une l'autre. La première représente cmatic debout, arpentant nerveusement le ponton qui craque, ses boucles collées de sueur dépoussiérant les plis chargés de Pollen de la moustiquaire. Il compte sur ses doigts roses les faits les plus évidemment criminels :

« Seuls le vivax et l'ovale provoquent une hypertrophie des hématies, et le dernier cas de plasmodium vivax a été répertorié en 2078 en papouasie neutre. Aucun traitement moderne n'est adapté à de pareilles vieilleries, comment ces pauvres gens auraient pu résister ? Ils n'ont pas été contaminés par un Moustique : on leur a inoculé ces souches par intraveineuse. D'ailleurs l'immunochromatographie… » Shi, assis en tailleur, le dos appuyé contre un étai en Bambou, tourne entre ses doigts blancs un sachet d'Hinano ruisselant de condensation. Il écoute cmatic avec un calme de pierre et finit par le couper d'un :

« Franchement, tout ça est beaucoup trop évident, non ? »

L'autre image, c'est celle de shi campé face à l'obscurité, les bras étroitement croisés et le nez pincé par la rage, tandis que cmatic, assis sur le sol laqué dur à son corps raide de blanc, muet et ruisselant de sueur, regarde d'un œil morne ses longues jambes abandonnées devant lui.

« Dans quoi nous ont-ils fourrés, ces salauds ? rage shi. Et ils attendent quoi, de nous ? Qu'on leur signe un certificat d'impaludation ? Ou qu'on endosse le crime ? Il joue à quoi, notre chef ? Pourquoi n'est-il pas allé lui-même à la morgue ? »

Ensuite, les dents toujours serrées, shi divague sur l'identité des victimes :

« Qu'est-ce qu'ils ont fait, ces pauvres gens ? Elle, c'était la petite amie du président de ce trou perdu, elle a baisé avec le second en sandwich avec le troisième, monsieur le président a fait le jaloux et maintenant, il compte sur nous pour signer une attestation de *mors necessaria* ? C'est ça ? Ou alors, c'est son adversaire aux prochaines élections qui nous a fait venir ici pour créer un énorme scandale ? À moins qu'il n'ait lui-même… », etc.

Cmatic hoche la tête en rythme, comprenant à toute vitesse qu'on peut tuer bêtement, pour des bêtises, quitte à tuer encore et encore, bêtement, pour couvrir tant de bêtise et surtout, qu'il est le prochain sur la liste.

110

Puis, s'accrochant à l'inaltérable confiance qu'il porte à la raison, au moins scientifique, il lâche peut-être :

« Il faut en parler aux autres ento'. »

Ou bien est-ce shi qui explique à cmatic qu'on ne se sort pas de ce genre de bourbier sans aide extérieure ? Toujours est-il qu'ils confient probablement leurs angoisses aux membres de l'équipe tahitienne et que ceux-ci compatissent car, à dater de ce jour, ils ne repasseront pas le pont de moorea, malgré les mises en demeure répétées du délégué de l'oise-se. Ils se joignent aux missions de recherche des entomologistes locaux et font, à dos d'aquasquad et de planimoteur, des miles et des miles marins entre les atolls, traînant sur leur dos des poches de copysang et des moustiquaires pliées. Officiellement, ils cherchent le vecteur du polypaludisme des trois défunts : il est difficile au délégué de l'oise-se de leur en tenir rigueur. Officieusement, ils fuient une très sale affaire à laquelle ils refusent d'être mêlés. Fondamentalement, ils font une énorme bourde. Mais il est encore trop tôt pour dénouer les fils de cette toile, aussi embrouillée que toutes les intrigues politiques. Le plus ennuyeux, en matière politique, est que chacun des participants croit qu'il est seul à avoir lu sun tzu et machiavel. Résultat, vous y croisez cent mille connards qui nomment « tactique » leur sauvagerie, « influence » le goût des autres pour leur argent, « efficacité » leur absence de vues à long terme, « réalisme » leur manque de convictions et « victoire » les bourdes du camp d'en face. Le pire, c'est que tous ces abrutis osent donner le beau nom de « vie de la cité » à ce qui n'est qu'un sport sanglant.

Pendant que cmatic et shi arpentent les sables et les marigots des marquises, tendant leurs poches de sang à l'appétit des minuscules Nonos et des énormes Polynesiensis, les Moustiques locaux, le délégué utilise intelligemment le rapport que lui a fait cmatic. C'est-à-dire qu'il l'expédie par voie diplomatique dans des altitudes hiérarchiques où on se chargera de pousser des cris à sa place, lui-même tenant à sa peau. Ce qu'il en sortira, vous l'apprendrez de la bouche de shi. Pour le moment, celui-ci révise ses connaissances sur les Simulies, Diptères Simuliidae Simulium Inseliellum ou, si vous préférez, horribles petites Mouches noires vecteurs de la cécité des rivières. Laqué d'un répulsif qui craque sur sa peau à la manière d'une banquise, les deux genoux dans la vase, il s'exerce à reconnaître les amas gluants de Larves parmi les détritus Végétaux d'hiva hoa, et à distinguer la variété Adamsoni de la Buissoni. À un bras de mer de là, sur l'île de tahuata, cmatic répertorie les sept stades de développement de la Gallinum en râlant. Shi lui répète avec une constance narquoise que rien n'est meilleur, pour un chercheur, que de remettre de temps en temps le nez dans les réalités du terrain, à quoi cmatic répond :

« Ces saletés sont capables d'infliger deux mille piqûres par homme et par jour. Et on s'étonne que l'homme ait massacré la nature. »

Il semble qu'ils apprécient tous deux la brièveté des journées tropicales, douze heures exactement, qui leur laissent de longues soirées pour dévorer d'authentiques Poissons de lagon cuits sur d'authentiques feux de Bois, s'initier au polynésien et discuter sans fin, le cul dans le sable et les yeux dans la croix du sud. Ergotent-ils sur la mutation des Simulies ornithophiles s'adaptant à la raréfaction des Oiseaux ? Ou essayent-ils de comprendre ce qui leur arrive, à la lueur des interminables explications de leurs collègues locaux ? Ceux-ci les régalent peut-être de détails sur les rapports de force iat-oise-afri-camericana, les phobies de leur président, les prouesses sexuelles du responsable des exportations de Poe Pipi ou les problèmes familiaux du gestionnaire des Cocoteraies de moeata ; personne n'en saura jamais rien. De ces soirées, je n'ai que les rares échos des quelques conversations à distance entre shi et cmatic, et ils gardent sur les confidences de leurs collègues un silence prudent. De même, ils évitent de se féliciter ouvertement d'avoir mangé à dîner les filets d'un Tarao Maraurau, pêché en toute clandestinité dans ces eaux déjà désertes, mais je sais qu'ils l'ont fait. Cet épisode permet de mesurer la distance qui nous sépare de ces hommes : ils n'ont pas encore compris qu'ils vivent à l'époque de la sixième grande radiation d'Espèces depuis le cambrien, qu'elle est déjà irréversible et que tout assassinat Animal n'est pas une bonne idée au service d'une bonne recette, mais une impardonnable catastrophe. Ces jeunes gens qui devraient être, plus que d'autres, soucieux de la nature et au courant de tout le sang qu'elle a perdu, font allusion à l'inconvénient de mastiquer des Arêtes avec une bêtise écœurante. D'accord, ils ne savent pas que leurs proches descendants en seront réduits à insérer des aiguilles de copycartilage dans leurs protéines pour se donner l'illusion de manger du vrai Poisson, mais ils devraient le deviner. Ils ont assez de culture et de loisirs pour pouvoir se livrer au jeu angoissant de l'anticipation. Je n'arrive pas à leur trouver d'excuses.

Peu à peu, le charme triste de ces îles perdues semble faire son effet sur eux. Ils piaffent un peu moins d'impatience de se trouver si éloignés des rouages du pouvoir et leurs craintes précises laissent place à une angoisse plus diffuse, celle que distillent le ciel souvent bas et les grands vents qui viennent du large. Ils se remémorent les contes qu'ils ont entendus la veille, celui de la vahiné qui ramasse la tête coupée d'un dieu et dont les descendants sont condamnés à presser leurs lèvres sur la bouche sèche des Noix de Coco, ou de ce vampire blanc qui attire les hommes au large de papenoo, ou encore de ce père qui donne sa chair à manger à ses propres enfants, sans oublier les racontars beaucoup moins légendaires au sujet des heva tupapau, phalanges d'hommes qui suivaient les enterrements traditionnels avec mission de tuer à coups de bâton tous ceux qu'ils croisaient. À la lumière assez obscure de ces récits, le voile primesautier d'une polynésie toute de chants et de femmes à poil fait long feu. Du moins, le peu qui pouvait en subsister dans l'esprit de deux jeunes gens accueillis par trois meurtres sur un lit de sorbet aux Poires. Accablée de vernis répulsif et de chaleur mouillée, leur peau s'irrite et leurs esprits suivent. Les jours gris et les nuits lourdes les accablent, l'horizon immense suintant de pluies inlassables leur pèse. Ballottés sur leurs frêles esquifs de sable, ils sentent monter en eux le chant plaintif des marins, celui des semaines en mer avec la solitude au cœur. Chacun réagit à sa façon : shi se replie derrière un silence minéral, cmatic

114

montre des impatiences sèches d'impératrice mère. S'ils n'avouent pas que les nuées de Moustiques finissent par les exaspérer, c'est par pure vanité professionnelle, et ils accueillent avec soulagement la perspective de quelques jours de relâche à taiohae. On les loge en bordure de la ville, dans des paillotes sans confort mais étonnamment fraîches, face à la baie splendide. C'est sous un de ces toits de Palmes rendus gris comme l'argent par le sel, le soleil et la pluie, qu'au septième matin un des membres de l'équipe est retrouvé mort.

Les rapports de l'oise sont très détaillés, je vous les résume : heimata s'est peu débattu et il est mort rapidement. On sait de quoi : hémorragie massive. Il est presque complètement exsangue mais il n'y a pas une goutte de sang sur le sol gris. Il laisse deux enfants en bas âge et des dettes. Avant midi, cmatic et shi reçoivent du délégué de l'oise-se l'ordre, cette fois comminatoire, de rentrer. Leur réponse est laconique : pas question. Ils se sentent redevables à ce groupe d'hommes et de femmes qui les ont accueillis, et peut-être sauvés. Ils n'ont pas d'aussi tendres dispositions envers le délégué. De toute façon, ils n'ont pas à lui obéir : leur seule obligation consistait à émettre un avis d'expert sur un soupçon de paludisme. La chose étant faite, le reste de leur emploi du temps les regarde. Les chercheurs de l'oise disposent traditionnellement d'une grande liberté d'action dès qu'il s'agit de mener à bien des recherches ayant trait à leur spécialité, et aucun d'entre eux ne se fait faute d'en user. Cela dit, l'oise est un employeur comme les autres : la désobéissance se paye cher et longtemps. Je me demande combien de temps cmatic, si

115

soucieux de sa carrière, balance avant de choisir son camp. Je me demande si c'est shi qui le convainc, s'il y parvient en mille phrases, en deux mots ou si un coup d'œil suffit. En tout cas, c'est cmatic qui ergote avec le délégué tandis que shi passe au microptic le fare du défunt. Il ne trouve rien ; le moindre recoin a déjà été aspiré par les forces de l'ordre, à fin d'enquête. Les échanges audio entre les membres de l'équipe sont brefs, factuels. On y sent cette lenteur froide qu'ont les gens choqués quand ils essayent de faire face.

Les premiers résultats de l'autopsie tombent le soir même : le peu de sang d'heimata ne contient aucune substance allogène, ses os sont intacts, ses viscères impeccables et son épiderme ne présente aucune lésion. Comme on dit, le bilan étiologique est négatif. Il ne reste plus qu'à transporter le corps vers un appareillage médico-légal plus évolué que celui de taiohae. Peu après, cmatic lance une requête sur mot clef « lasthénie de ferjol ». Cette pauvre héroïne d'un mauvais auteur pré-moderne a donné son nom à une anémie aiguë, et surtout à une névrose : coincée dans une situation infecte auprès d'une mère atroce, lasthénie de ferjol a tiré son propre sang, par petites doses, jusqu'à en mourir. C'est l'explication qu'on donne à toute exsanguination qu'on ne peut expliquer ni par une plaie, ni par une pathologie physique. Shi et cmatic ont à peine le temps de se demander si heimata souffrait de cette bizarre démence : le lendemain matin, le responsable de l'équipe est retrouvé raide, déjà froid et plus pâle qu'une lune sur son plancher immaculé.

L'oise a le bras long, mais pas suffisamment pour

empêcher le séquestre que les autorités locales placent immédiatement sur les entomologistes. Une mort subite est un incident, deux font un double meurtre ou un début d'épidémie. Cmatic, shi et les autres sont astreints à résidence dans leur fare gris, questionnés, examinés. Entre deux interrogatoires, ils communiquent fébrilement : constatation/question/formulation/ expérimentation. La question qui les torture tous les deux, celle qu'ils n'osent pas clairement formuler, c'est évidemment : les deux victimes sont-elles bien celles qui devaient mourir ? Quant à l'expérimentation, ils la mènent la nuit suivante, dans l'étroit périmètre de plage que leur ont délimité les forces de l'ordre et que des plantons en combinaison prophylactique surveillent. Cmatic nous a raconté cette nuit-là, à ma mère et à moi.

Les six survivants avalent une dose d'amphétamines, chaussent des lunettes infrarouges et vont s'allonger chacun sur leur natte, toutes lumières éteintes. Je ne sais pas trop quelles armes ils ont sur eux, peut-être un stick électrique, une machette ou un de ces vieux pistolets à injection qu'on appelait Poissons-rêveurs. Les canaux audio sont ouverts, ou plutôt ils s'ouvrent automatiquement au moindre bruit. J'ai écouté de minuscules séquences saupoudrées sur de longues heures de silence : toux nerveuse, soupirs brefs ou profonds, corps bougeant contre des couches trempées de sueur. On perçoit la reptation rauque de la mer, le chuintement des Insectes montant le long des génois (les moustiquaires), et le grand vent qui se roule dans le sable et y abandonne des fibres de Palme. Si j'avais parié sur l'heure la plus

117

dangereuse, celle qui précède l'aube, j'aurais perdu : pas plus tard qu'à onze heures, après cinq lourdes heures d'obscurité, le canal de miss anada s'ouvre. Il semble d'abord que ce soit pour rien. Sur les autres canaux, les respirations sont suspendues. Le témoin de fréquence ondule et s'élargit dans les infrabasses, puis le son prend de l'ampleur et crève le seuil de l'audible. Il enfle et monte toujours, grondant, monotone, comme une montagne qui implose : la terre semble trembler sous les reins d'anada. Elle dit : « Ni keu araï... », et puis elle a un spasme de régurgitation, se lève en crachant on ne sait quoi et tombe lourdement. Ses membres battent brièvement le sol de Bois sonore. Les autres entomologistes se ruent vers son fare : la suite de la bande-son est une galopade éperdue dans la nuit et le sable, parmi les grésillements affolés des lampes-torches. Shi saute sur le plancher du fare d'anada, se jette à genoux près d'elle et jure. Cmatic, toujours dehors, s'arrête brutalement de courir. Il balbutie aussi :

« Qu'est-ce que... »

Les autres membres de l'équipe s'entassent en désordre dans le dos de shi, puis ils se font tous sortir par les plantons qui tabassent au hasard, leurs hurlements distordus par les masques stériles. Trois minutes plus tard, ce bout de plage paisible est devenu un charivari de cris. Les cinq entomologistes sont menottés ensemble à une poutre de soutènement, une meute de miliciens passe les lieux au crible, repoussant les ténèbres et la peur en hurlant des ordres et des injures. On emporte anada ; on ne la sauvera pas.

« J'ai vu, m'a raconté cmatic, à travers mes filtres

118

infrarouges j'ai vu ce nuage sanglant, cette masse noire formée de milliers de petits points écarlates qui sortait par la fenêtre d'anada et filait le long de la baie, comme une tornade couchée, un ver monstrueux, une coulée de lave, une nuée ardente... »

Attaché à côté de lui, shi a retrouvé son calme minéral. À mi-voix, cmatic lui raconte ce qu'il a aperçu, le nuage sanguinolent, le tore infernal...

« Mais c'était quoi, bordel ? »

Shi tend son doigt. Au bout de celui-ci, encore tremblant et les pattes emmêlées, son abdomen gonflé ayant explosé en lâchant une longue goutte de sang, il y a un Anophèle. Et shi dit à cmatic :

« Ça. »

Cmatic fronce les yeux pour mieux voir : Anophèle Funestus. Il secoue la tête : le plus proche Funestus vole dans la région de niamey, de l'autre côté de la planète. Où shi aurait-il pu en trouver un ?

« Dans la bouche d'anada », lui répond shi.

Revenons dans mon petit appartement au moment où cmatic, affalé, raconte sa polynésie :

« Vous ne connaissez rien aux Moustiques, n'est-ce pas ? » ricane-t-il en hochant sa tête épuisée. J'ai un geste de dénégation. Ma mère, occupée à décliner en sept couleurs sur sa tablette graphique un petit flocon de neige publicitaire, fait admirablement semblant d'écouter.

« D'abord, il faut savoir qu'avec la raréfaction de la Faune, ils ont appris à se contenter de peu de sang. Mais le spécimen qu'avait récupéré shi semblait de vieille souche : un gouffre à hémoglobine, à vue de

119

nez au moins du huit millimètres cubes par ponction. Il faut savoir aussi que les Moustiques ne se déplacent pas en Essaims denses. Certains mâles Chironomes le font, mais pas les Funestus femelles. Et surtout, bon dieu, quand ces saloperies piquent, elles injectent dans le corps des anticoagulants, des substances inflammatoires, des enzymes digestives et des vasodilatateurs, bref un cocktail dont on n'a pas détecté la moindre trace dans l'organisme d'heimata. Et puis ça laisse des *trous*, bon sang ! Et, *space mortgage*, ça met au moins deux minutes à se remplir la panse ! Et pour vider un corps de son sang, même à dix millimètres cubes par bestiole, vous savez combien il faut de piqûres ? Presque un million ! Et puis, d'où ont-ils pu venir ? Et surtout, comment sont-ils tous apparus d'un coup, juste à cet endroit, pour repartir tous ensemble comme… comme un vent d'enfer ? Et vers où ? On aurait dit… on aurait dit, merde, un gestalt mû par je ne sais quel instinct commun, une volonté unique de tuer et de disparaître ! »

Je crois que cmatic recrée, pour ma mère et moi, exactement le discours qu'il tient à shi, au cœur noir de cette longue nuit, alors qu'ils tirent tous deux avec une rage inutile sur leurs poignets cisaillés par le film de sécurité. Mais la conviction de shi est déjà faite, la terreur presque mystique de cmatic ne l'intéresse pas.

Le matin se lève vite, beau et brillant. Les entomologistes sont à nouveau interrogés. On leur laisse le ventre vide et le cerveau rempli de questions sans réponses. Ce n'est qu'à midi qu'on leur donne un repas, avec l'avis

120

de décès d'anada. Puis on les claquemure dans leur fare respectif, en fixant sur les ouvertures ces épais treillis de métal contre lesquels cmatic se déchirera bientôt les mains. Non qu'on les soupçonne formellement, mais malheur à ceux par qui le scandale arrive, quand bien même ils seraient les premières victimes. Ils s'installent plutôt mal que bien dans ces vastes pièces absolument vides, n'ayant rien d'autre à faire que pleurer sans bruit, essayer de dormir et échanger leurs impressions via un canal script discret, puisqu'ils ont interdiction d'utiliser leurs canaux audio. Les avocats de l'oise obtiendront sans doute leur liberté le lendemain, en attendant la journée est longue, sauf pour shi. Penché sur son Funestus, il envoie à cmatic des messages sibyllins ; il se méfie d'un éventuel espionnage et il a hautement raison. De toute façon, ces deux-là sont amis depuis si longtemps qu'ils peuvent échanger des « a est/preg/ lab spec », des « former/bid/ridme ? » et se comprendre parfaitement. Pour vous et moi, la tâche est plus ardue mais j'ai passé tant de temps penchée sur ces existences lointaines, à scruter le moindre de leur souffle et de leurs tics de langage, que je crois pouvoir tenter une traduction : *a* signifie Anophèle bien sûr, et *est* est probablement là pour estival. Une espèce estivale de Moustique se caractérise, vous vous en doutez, par le fait qu'elle pond ses Œufs et les voit éclore pendant le même été, tandis que d'autres les laissent mariner tout un hiver. *Preg* est peut-être une allusion au fait que la spermathèque du spécimen que détient shi est pleine, et *lab spec* que son labium, comprenez l'étui qui enserre la trompe perforante, ne ressemble à rien de connu. *Former*

121

désigne une vieille souche d'Insecte n'existant plus qu'en laboratoire, *bid* indique qu'elle a été génétiquement modifiée et *ridme ?* qu'il serait instructif d'avoir accès à son intron, ce fragment de gène non-codant sur lequel il est d'usage que les biotechniciens inscrivent leur signature. Puis cmatic envoie « nym/from ? » et shi répond « proc ». En clair, cmatic se demande où ont pu éclore ces Anophèles, et shi lui répond qu'il n'en sait rien mais que ça ne va pas durer. Ils échangent ensuite quelques considérations sur le dîner qu'on vient de leur servir, mais ni le cœur ni l'estomac n'y sont. À travers les Palmes de leur prison, ils voient le ciel passer du bleu pur au noir d'encre en quinze minutes : l'heure du quatrième meurtre approche et ils sont ligotés sur le chemin des assassins. J'imagine qu'ils se lèvent et arpentent leurs planchers sonores en poussant des soupirs de relaxation, ou en se tordant les mains, ou en essuyant en vain la sueur qui les trempe. Ou bien ils essayent d'appliquer des méthodes de détente psychomotrices. Une entomologiste leur envoie quelques vers de gu cheng, *je suis un enfant sans contraintes*, etc, un autre cite le kojiki. Je leur trouve de l'élégance.

Shi soupçonne qu'on épie leurs scripts. Il n'a aucune envie que qui que ce soit, a fortiori les forces de l'ordre, sache qu'il est au courant de la façon dont ses trois collègues sont morts. Mais le milieu de la nuit approche et la seule alternative qui lui reste est de se rendre complice, par son silence, du meurtre suivant. Alors il se décide à envoyer un message en clair : « Mettez les génois. » C'est-à-dire qu'il leur donne l'ordre de se rouler dans les métrages de moustiquaire qui pendent à l'intérieur des fare. Les quatre autres ont l'intelligence de ne rien répondre et d'obéir immédiatement.

« J'ai arraché ces saloperies gluantes du mur, murmure cmatic, je me suis roulé dedans, et puis j'ai reçu un script de shi. Un tout petit script... »

Je confirme, le message contient deux lettres : « id ». Shi vient d'identifier l'origine des Anophèles et il a compris par où ils allaient attaquer.

« Il s'est mis à tabasser je ne savais pas quoi dans son fare, en fait il essayait de défoncer le plancher ! C'est alors que ça a recommencé. Il y a eu ce grondement, cette vibration montant droit des enfers et shi avait bien vu, ça venait juste d'en dessous ! D'en dessous de son fare et du mien ! J'ai gueulé. Je les ai vues jaillir du sol, ces saloperies passaient entre les planches par milliers, on aurait dit des fumerolles de volcan, et elles se sont ruées sur moi ! J'ai juste eu le temps de refermer ma moustiquaire mais j'avais les mains qui dépassaient. J'étais roulé dans dix couches de tulle enduit de deltaméthrine, de deet, de témephos, de thuringiensis, de sphaericus, de tous les insecticides organiques et biologiques possibles, et elles ont foncé droit sur moi ! Elles m'ont grouillé dessus comme des Vers sur un cadavre, je ne voyais plus rien, et ça remuait, ça bougeait, avec ce ronflement de cargo ! »

Cmatic met un moment pour retrouver son calme. Ma mère lève le nez de son ouvrage, l'arc-en-ciel miroitant sur son visage. Je fais un geste, pour prendre une des mains abîmées de cmatic dans les miennes, et finalement je n'ose pas.

« Elles ont lâché prise quand les miliciens sont arrivés avec leurs torches uva et ont ouvert les ventaux de sécurité. Elles sont passées au-dessus de leur tête et elles ont filé dans l'obscurité. Je me suis dépêtré de ma moustiquaire et j'ai couru au fare de shi. Je l'ai appelé, mais il ne m'a pas répondu. Je me suis esquinté les mains sur leurs foutues sécurités en métal, le temps qu'un de ces connards ouvre avec son passe : il y avait un gros trou dans les planches, juste au milieu de la pièce. Je me suis penché : dessous, ça miroitait. Les fare étaient construits sur de foutues citernes d'eau croupie ! On dormait sur des Nids ! Le milicien a braqué sa lampe sur ce cloaque et la tête de shi a émergé. C'est comme ça qu'il leur a échappé : en sautant d'où elles venaient ! Quand il est sorti, il était couvert d'Œufs, de Larves, de Nymphes, il en dégoulinait, ça lui rampait dessus… »

On emmène les entomologistes à l'hôpital. Cmatic et shi sont couverts de piqûres, cmatic aux mains, shi au visage. Ces minuscules plaies ne se voient pas. Elles sont douloureuses comme des piqûres d'épingles mais elles ne démangent pas, ne gonflent pas, ne s'ulcèrent pas. Sous la lumière crue des lampes, dans la laideur rassurante d'une salle d'observation, cmatic essaye de rédiger un rapport :

« Anophèle Funestus modifié. De toute évidence, pas d'éjection de salive pendant le pompage. Quantité de spécimens évaluée à… »

Il calcule : si ces Anophèles ingèrent dix millimètres cubes par repas et qu'ils sont capables de vider un corps

124

humain, du moins de le ponctionner suffisamment pour entraîner une syncope presque immédiate, il faut qu'ils soient au moins cinq cent mille par Essaim. Puis il calcule la surface nécessaire pour que cinq cent mille Moustiques de cinq millimètres carrés puissent piquer en même temps, aile contre aile, trompe contre trompe. Le résultat avoisine l'étendue d'une peau humaine.

« On était en face d'un péril majeur, continue cmatic tandis que ma mère reprend ses flocons. Un Insecte incroyablement agressif, extrêmement véloce et qui n'avait besoin, pour se multiplier, que de nuit, d'eau stagnante et de meurtre. Un prédateur… »

Cmatic regarde je ne sais quelle vision suspendue en face de lui, dans l'air immobile de notre petit appartement.

« On est sortis libres de l'hôpital, après avoir subi trois protocoles de désinfection et signé vingt attestations de réserve professionnelle. Les autorités exigeaient un silence absolu sur toute l'histoire. C'est sûr, la nouvelle n'avait pas de quoi attirer les touristes. Mais il était aussi certain qu'elle allait se répandre sans notre aide, comme un Essaim d'Anophèles tueurs, sitôt que les Œufs de… du premier repas seraient arrivés à maturation et auraient formé un nouvel Essaim. Ou plutôt, si on compte qu'une femelle pond trois cents Œufs dont la moitié sont des femelles, cent cinquante nouveaux Essaims… »

Le jour se lève tandis que shi et cmatic marchent vers leur fare. Un planton leur barre le chemin : zone interdite. Alors, du même pas traînant, ils longent la plage, affamés, hébétés, les yeux brûlés par le soleil neuf. Cmatic, qui a rouvert son canal audio, répond par monosyllabes au délégué, lequel lui annonce avec fierté l'arrivée imminente d'une cohorte d'hommes de lois chargée d'obtenir leur liberté. Shi scrute les hautes Herbes à gauche et à droite de la route ; brusquement, il s'enfonce dans un énorme Taillis de Papyrus. Quand il en sort, ce qu'il tient à la main ressemble à un petit sac noir et poisseux, encollé de Feuilles séchées.

« Il avait trouvé ça, la veille, au fond de la citerne. Il l'avait balancé dans le décor pendant que nous attendions l'ambulance, pour qu'on ne le confisque pas à l'hôpital. C'était… » Cmatic continue à regarder dans le vide je ne sais quelle forme immonde. « C'était dégueulasse. C'était une bougie à moitié fondue, une poignée d'Herbes, des espèces de clous, tout ça gluant de sang et puant la mort. Et puis des Plumes de Volaille, et un organe, peut-être un quartier de foie ou de placenta, et une main. Une main coupée, une main humaine. Une main de gosse ou de femme, une petite main desséchée et réhydratée. Très blanche, avec du sang coagulé ou de la terre sous les ongles, le poignet cousu avec de la grosse ficelle, c'était… », une main de gloire. Ce que nous appelons le ndeup. Cmatic a prononcé le vieux terme *vaudou*.

Les deux amis se regardent, blêmes de fatigue et de dégoût dans l'or clair du matin. Shi enveloppe le petit sac suintant dans sa veste, le cale sous son bras

126

et prend la direction de l'aéroport, la jambe de plus en plus lourde. Cmatic le suit sans mot dire.

Les trois autres survivants de l'équipe sont déjà sur place, hébétés par le chagrin. Cmatic prend les commandes de leur petit engin. Je les écoute échanger de longues phrases épaisses et mal finies :

« Pourquoi mes mains sont couvertes de traces de piqûre ? demande cmatic, accroché à ses vieilles manettes semi-manuelles. Je commence à choper des croûtes, des rougeurs, alors que les corps des autres sont intacts.

— Leurs organismes n'ont pas eu le temps de réagir, répond une de ses collègues accroupie dans la carlingue étroite. Je veux dire, le tien est, hum… vivant. »

Le planimoteur glisse entre le ciel désert et l'océan vide, aussi infime qu'un Insecte.

Je vous dispense des explications avec l'oise, ou plutôt des récriminations que le délégué inflige à shi et cmatic, tout rouge dans son petit bureau de métal blanc. J'imagine très bien le ton qu'il prend, rien qu'en lisant le rapport qu'il rédige immédiatement après et qui est piailleur, rageur et constellé de fautes. Cmatic et shi le laissent dire. Ils ont de solides raisons de garder un calme absolu et un silence proche de la perfection. Le délégué suppose qu'ils sont surtout trop épuisés pour s'expliquer. Il n'a pas tort dans les faits mais il se trompe complètement sur les causes. Les têtes livides des deux chercheurs piquant ostensiblement vers le plancher, le délégué les renvoie dans leurs pénates, je veux dire cmatic en europe et shi à shangaï, via douze heures de sommeil. Il ne leur en faudra pas tant pour basculer de l'autre côté de leur vie.

En sortant de l'oise, cmatic et shi se rendent immédiatement non dans un hôtel, mais dans un laboratoire dont les autres membres de l'équipe leur ont donné le code. Il s'agit d'un petit bâtiment traditionnel près de punaauia. J'imagine une bicoque basse, en planches de Cocotier, endormie contre les ventres verts et rouges des Hibiscus. Le soleil glisse entre les Fibres de longues baguettes dorées. Sitôt qu'ils sont arrivés, shi place son Anophèle Funestus sous le pinceau d'un scan, tandis que cmatic déplie délicatement la lame qu'il a volée à la morgue et la glisse dans un séquenceur adn. La suite m'a été racontée par cmatic. Pour ma part, je n'ai rien retrouvé de leurs conversations de ce jour-là et vous saurez bientôt pourquoi.

Shi :

« La trompe a bien ses six stylets, mais je n'en ai encore jamais vu d'aussi longs. Pas de tube salivaire. Ce truc pique fort, loin, et se passe d'anticoagulants. En estimation… huit à douze millimètres cubes par ponction. Un record. Quant à la spermathèque, j'avais bien vu : elle est pleine. Je me demande à quel cycle obéit ce Bestiau. Si on envisage le plus court possible, disons quelques heures pour l'éclosion, quatre jours au stade larvaire, deux pour la nymphe et un de latence avant la première ponction, ça signifie que nos citernes ont été inséminées… juste avant notre arrivée. »

Cmatic et lui se regardent : c'est bien l'équipe d'entomologistes qui était visée, et probablement plus particulièrement eux deux. Or heimata était un homme joyeux,

128

anada une femme chaleureuse et akil, le chef d'équipe, quelqu'un d'assez courageux pour les accueillir sans hésitation, sauvant leur peau et perdant la sienne. Je réalise seulement maintenant que pour cmatic, ces quelques semaines ont dû représenter l'essentiel de ce qu'il a connu comme chaleur humaine. Shi se penche à nouveau sur l'image bleue du scan, la fait rouler sur elle-même :

« Cinq millimètres. Petite pour son espèce. Après la ponction, toutes ces femelles ont sûrement cherché un plan d'eau douce pour pondre. Et après avoir pondu, elles auraient dû repartir aussitôt en chasse. Elles l'ont peut-être fait, d'ailleurs, mais comme nous étions à l'isolement, nous n'avons peut-être pas su qu'il y avait eu d'autres meurtres identiques sur l'île pendant ces trois nuits. À voir son équipement oculaire, notre Bestiole déteste la lumière. De toute façon, tous les Anophèles piquent de nuit. Et font leur repas en une seule ponction, à l'inverse des autres Moustiques. Mais celle-là pompe… quoi, légèrement plus vite ? D'un bon facteur dix ? Ou vingt. Et se fout complètement de tous les répulsifs existants. »

Shi doit passer doucement son index sur sa lèvre inférieure, comme il aime le faire quand il réfléchit :

« Mon vieux, ce truc a été modifié dans le seul but d'en faire un tueur. »

Pour toute réponse, cmatic lui tend un extrait du génotype d'une des plasmodies prélevées sur un cadavre de la morgue :

« L'intron est de la coanen. »

Shi ricane :

129

« Ben voyons. »

La coanen est la branche sanitaire de l'africame-ricana, une association qui essaye de coordonner les efforts des pays tropicaux et subtropicaux contre les pandémies. Elle possède un stock impressionnant de vieilles souches pathologiques et d'Insectes d'antique facture, tous soigneusement signés. Les deux amis se demandent un moment si les trois morts tahitiens n'ont pas été bêtement victimes d'un accident : la coanen a de réels problèmes avec son matériel vétuste. Ensuite, shi déroule un des écrans du laboratoire et ouvre un canal pour syndiquer quelques fils d'actualité professionnelle. Il les parcourt rapidement en faisant attention à ne pas lancer de requête ciblée, par peur des mouchards. Pendant ce temps, cmatic glisse dans le séquenceur adn un fragment d'Anophèle et, en attendant les résultats, il scrute le génotype de la plasmodie. Shi relève de l'écran ses yeux rougis :

« Pas le moindre entrefilet au sujet d'un accident de labo ou d'une fuite de Diptères dans le coin ces derniers jours. Rien ne s'est passé ou bien rien n'en a filtré. Le contraire m'aurait étonné. Ou pas : après tout, un accident de labo, ce serait un bon paravent pour un triple meurtre. Pas trace non plus de morts en rafale aux marquises dans les dernières soixante-douze heures. Allez, je laisse tomber. Je me renseignerai plus tard depuis un accès mieux protégé. »

Cmatic lui tend le génotype que vient de cracher le séquenceur : l'intron de l'Anophèle est le même que celui de la plasmodie. Mais le résultat ne les convainc toujours pas. L'iat est une machine de guerre adepte

130

des meurtres crapuleux, comme le laogen, le koltso et la croix, mais la coanen n'a pas cet honneur. C'est une chaîne à mailles lâches qui essaie d'unir les efforts de quelques médecins camerounais, dominicains, océaniens et haïtiens. Il est difficile de les imaginer en train de jouer les apprentis sorciers sur les plages de taiohae. Quant au petit sac vaudou qu'a trouvé shi, il pue si fort l'africamericana, tutelle de la coanen, que les deux hommes jugent cette signature supplémentaire beaucoup trop tonitruante pour être honnête. Perplexe, cmatic affiche en parallèle les deux génotypes signés de la coanen et se plonge en marmonnant dans une comparaison méticuleuse. Il n'y a rien de commun entre le bagage génétique d'un Insecte et celui d'une maladie, mais il y en a toujours entre deux méthodes de manipulation. Chaque laboratoire a ses petites manies, et cmatic veut savoir s'il a affaire à un seul et même tueur. Shi dissèque son Anophèle à l'aide d'un micromanipulateur rouillé et analyse chaque élément. Combien de temps leur reste-t-il avant la fin ? Je ne sais pas. À un moment, cmatic se lève et va tapoter l'écran que shi a déroulé pour lire les actualités. Est-ce lui ou shi qui, le premier, lance :

« Hé ? Viens voir ! »

Supposons que ce soit shi.

« Hé ? Viens voir ! La spermathèque est pleine de vide. Gonflement artificiel. On a fait croire à ces pauvres filles qu'elles étaient enceintes, et elles ont dû passer le reste de leur minuscule existence posées sur l'eau, à essayer de pondre sans jamais y arriver. Elles ont fini par se noyer. Ce fléau est stérile, mon pote ! »

Et cmatic de lui répondre :

131

« Je sais d'où il vient. »

Il désigne certaines séquences adn de l'Anophèle :

« Ce plasmide, là. Je me souviens l'avoir déjà vu quelque part. Il contient le transgène le plus puant que je connaisse. Il agit sur le phénotype des Insectes, très exactement sur leurs mécanismes d'évitement. »

Je ne vous ferai pas de cours sur les rapports complexes existant entre la mélanine et les Moustiques. Sachez seulement que ces Bêtes prennent soin de leur mélanosynthèse et qu'il est facile, en modifiant leur contrôle enzymatique, de perturber leur comportement. Si vous voulez plus de détails, disons qu'en jouant sur popin, une petite serpine d'à peine cinq cents acides aminés, on altère la synthèse de la mélanine chez le Moustique. On le laisse alors sans défense contre les parasites et les maladies. J'imagine que cmatic et shi ne se bombardent pas de considérations techniques : ils en savent à peu près autant tous les deux, ils sont épuisés et ils ont compris le scénario. Le transgène crée des Moustiques qui piquent de préférence les peaux sombres, afin de renouveler leur stock de mélanine. Et cmatic d'ajouter :

« J'ai déjà lu quelque chose là-dessus, mais où ?

— Mais il est idiot en plus de puant, ce transgène, dit shi. En polynésie, en tout cas, il n'a pas de sens. À cause de cette carence en iode qui inhibe les mélanocytes. »

Cmatic acquiesce :

« Pas d'iode, pas de mélanine. Les différences de carnation sont plus lissées ici qu'ailleurs.

— Donc, le salopard qui a mis au point cet Anophèle tueur a sciemment mis au point un fléau raciste et

132

l'a bêtement testé en environnement non discriminant. D'où la mort de deux touristes blancs, conclut shi.

— Mais qui serait assez con pour ignorer ça ? Cette histoire d'iode ?

— Tout le monde, sauf les natifs et les résidents polynésiens. Le père de l'Anophèle est donc un allogène ignare, en plus d'un biotech plutôt doué et d'un taré racialiste. C'est une piste un peu large... »

Cmatic désigne l'écran déroulé :

« J'ai cherché des infos sur le transgène puant. Encore rien trouvé. J'ai pourtant lu ça quelque part, j'en suis sûr. »

Shi doit comprendre beaucoup plus vite que cmatic. Il est davantage géopolitisé, c'est-à-dire qu'il sait mieux que lui comment les hommes vivent. Il doit sentir son sang tourner dans le mauvais sens, tandis que cmatic vaticine tristement :

« Mais qu'est-ce que l'oise est venue faire dans ce sac de nœuds ? Et nous, alors ? »

Shi regarde fixement l'écran, sur lequel les requêtes de cmatic tournent encore. Son identifiant à lui, shi, palpite dans le coin supérieur droit.

« Il a pris ce ton qu'il avait quand il lui venait une idée débile ou géniale, raconte cmatic. Il m'a dit :

"Mon vieux, je sais quoi faire mais il faut le faire vite. Tu fonces à l'aéroport et tu sautes dans la première navette pour la civilisation. On s'y retrouve dans deux jours. D'ici là, débrouille-toi pour découvrir le père du transgène puant. Deux choses : laisse tomber les requêtes Réseau. Si des preuves de l'existence de ce truc existent encore quelque part, c'est dans la mémoire des entos et pas ailleurs. Ensuite, aucun message d'ici quarante-huit heures. Quoi que tu trouves, et même quoi qu'il arrive."

Il avait l'air… je ne sais pas. Dur comme jamais, décidé comme lui seul pouvait l'être. Il m'a flanqué dehors en disant que pendant ce temps, il devait faire place nette dans le labo, qu'ensuite il irait lui aussi à l'aéroport, que sa destination ne me regardait pas, qu'il m'en parlerait si ça marchait et que je me grouille. Ça lui arrivait, des coups de nerf comme ça. Je n'ai pas réfléchi un quart de seconde, j'ai filé. »

Il y a, dans chaque vie, de ces quarts de seconde qu'on regrette indéfiniment. Rien que d'y penser, la bouche se navre et les yeux s'éteignent. Cmatic fait cette tête-là. Ma mère bâille discrètement.

Imaginez cmatic, fou d'épuisement, tâtonnant pour introduire sa clef monétaire dans l'antique lecteur de réservation de l'aéroport de papeete. Le premier vol est pour perth, australie. Il faut probablement deux minutes à cmatic pour s'endormir, la joue contre le hublot glacé. Il débarque en australie, titube jusqu'à un fast sleep et dort encore douze heures. Au sortir de son sarcophage, la nouvelle le cueille : le laboratoire en Cocotier a intégralement flambé. On n'a aucune nouvelle de shi.

Il faut à cet homme amicalement épris une certaine force pour ne pas repartir immédiatement à papeete, pour ne même pas chercher à contacter ses quelques connaissances sur place. Il se rend à l'antenne eurostra-

134

lienne de l'oise mais hélas, il n'a pas beaucoup d'amis et très peu d'expérience humaine.

« J'ai rencontré un chargé de mission, un érythréen plutôt renseigné. On ne s'est pas mal entendus. Je lui ai posé une question sur le transgène puant, il m'a dit que lui aussi s'en souvenait. Qu'il s'agissait d'une manipulation fautive due à un biotech affilié à l'iat, et interné depuis pour démence paranoïaque. On a un peu parlé du kkklan. Il arrive que des commandos racialistes se lancent dans la biogénétique et fassent du dégât avant qu'on ne réussisse à les arrêter. Le type m'a confirmé que l'iat avait, autant que possible, cancellé sur le Réseau toutes les informations se rapportant à cet épisode minable. »

Dans le brouhaha de perth, je peine à suivre la voix erratique de cmatic. Il mange, boit, syndique, consulte, transmet, se patche, boit encore et laisse des traces fugitives sur la rétine de quelques cellules vidéo. Son grand corps amaigri trahit sa fatigue nerveuse. Son comportement est aussi cohérent que celui d'une bulle dansant à la surface d'un bouillon d'impatience. Il tourne dans la vapeur de cuisson comme au sein d'un épais brouillard. À la quarante-sixième heure après shi, il dégorge dans un fast sex, à la quarante-septième il consomme trois patchs d'un coup. Le chargé de mission le rejoint dans un strip bar, quelque part au fond de freemantle.

« Il s'est assis en face de moi, il m'a regardé et j'ai compris. On venait de retrouver le barda de shi sur la plage de punaauia, à côté du labo. Couvert de sang, de

135

plein de sang. Le sien. Trop, beaucoup trop pour qu'il ait survécu. Du coup, j'ai tout déballé. Le chargé de mission a été bien. Il m'a offert un tunnel d'anonymat. »

Cmatic hésite-t-il longtemps à accepter cette couverture plutôt que de prendre la première navette pour papeete ? Un tunnel d'anonymat est une procédure compliquée et coûteuse, visant à crypter l'existence d'un homme comme on peut le faire de données. Qu'on lui propose de se donner tant de mal pour le protéger doit inciter cmatic à croire que lui et shi ont mis les pieds dans un bourbier bien plus profond que tout ce qu'ils ont imaginé. Peut-être aussi qu'à l'idée de retourner dans ces îles grises où il a vu tant de cadavres, pour chercher dans la mer immense celui de son meilleur ami, un tueur indistinct à ses trousses, cmatic se sent à sec de courage ? Si le chargé de mission est adroit, comme il semble qu'il le soit, il ne lui laisse pas le choix et enrobe ses ordres dans beaucoup de sollicitude. Car cmatic est dépassé, sonné, bon pour le giron tiède de la confiance. Jamais shi n'aurait commis une erreur pareille.

Je n'ai pas eu trop de mal à ôter les masques mal tricotés du tunnel d'anonymat, succession de fausses identités, fausses destinations, transmissions truquées et leurres 3d. Après quelques jours d'angoisse et d'examens médicaux, cmatic se retrouve dans un vaisseau d'une compagnie d'elbasan, à destination de la tour aéroportuaire huong, ha rebin.

« On n'a rien retrouvé de shi, murmure cmatic. Les Murènes des Coraux ont dû se charger de lui, avec l'aide

136

des Demoiselles, des Papillons et des Chirurgiens, toutes ces petites saloperies de Poissons multicolores. L'oise m'a donné sa version des faits : elle tient. »

Cmatic lève les yeux vers ma mère, qui lui sert l'air interrogatif qu'elle utilise aussi pour « Vous savez de quoi j'ai envie à dîner ? ». Il me regarde ensuite, et il poursuit :

« Rien qu'une histoire d'électron libre, un nommé cuck bold, collègue du fabricant du transgène puant et viré par l'iat en même temps que lui, pour les mêmes raisons. Cuck bold. Un natif de tahiti, fils d'une sino-maori et d'un diplomate canadien. Il a utilisé ses saloperies pour tuer ses ex-petites amies, la fille que j'ai vue à la morgue et anada. En se débrouillant pour mouiller l'iat, son ex-employeur, et la coanen, c'est-à-dire l'africamericana. Les noirs, quoi. Triple vengeance sexuelo-professionalo-raciste. Il se serait servi, pour ses manipulations, du laboratoire qu'utilisait aussi anada, celui de punaauia, et ça ne lui a pas plu de nous voir dedans, shi et moi. Il a cru qu'on l'avait dépisté. Quant à savoir si c'est shi ou lui qui y a mis le feu… On l'aurait retrouvé couvert de gnons, planqué près des sources froides de tahiti iti. Il aurait avoué le meurtre, ou plutôt une bagarre interminable sur le sable de punaauia où il a fini par avoir le dessus. On a retrouvé chez lui un tas de documents en faveur de la séparation des sexes et des morphotypes. Il a été interné près de son ancien collègue. Mais je ne crois qu'à moitié à cette histoire. »

Ce que cmatic ne peut pas croire, en quoi il a parfaitement raison, c'est qu'un homme seul au cerveau boiteux ait pu réussir une série de manipulations génétiques non pas majeures, mais assez fines et surtout, cumulatives. Figurez-vous qu'à l'époque, la modélisation est si balbutiante que le seul moyen de connaître les résultats d'une mutation consiste à donner naissance à un mutant et à le regarder crever de ses propres incohérences. Mais enfin, quand le chargé de mission ou un autre membre de l'oise raconte cette histoire à cmatic, il est déjà bien trop fatigué pour se permettre le moindre doute.

Et quand cmatic finit son histoire, il est très tard. Ma mère replie ses flocons de neige.

« Ah ! J'oubliais », s'exclame cmatic. Ma mère sursaute de contrariété, cmatic s'en fout :

« Il y a quelques jours, j'ai reçu un message anonyme. Un visuel d'un motu. Mais pas un truc publicitaire. Si j'étais... quand je serai guéri, j'essayerai de savoir ce qu'il signifie et qui me l'a envoyé. Un des entos de là-bas, peut-être ? »

Cmatic se lève lentement. Je décide en mon for intérieur d'enquêter à sa place au sujet de ce motu. Sa mort ne m'en laissera pas le temps.

V

La porte de l'appartement a coulissé, ma mère est entrée et a arraché son masque :

« Il est chez iasmitine. »

Elle m'a jeté cette phrase à la figure comme un paquet de neige sale. Je l'ai regardée, surprise : ses traits accusaient un âge qu'elle n'avait même pas. Elle m'a rendu mon regard, jamais encore je n'avais vu tant de haine de si près et surtout pas chez elle, et encore moins envers moi. J'ai appris à cette occasion qu'elle était capable de me dévisager autrement qu'avec son habituelle affection liquoreuse. Il y a un temps pour que les enfants s'exaspèrent de l'amour douceâtre que leur portent leurs parents, et un temps pour qu'ils apprennent qu'aucun amour ne dure toujours.

« Elle le *soigne* », a craché ma mère, sur le ton qu'elle aurait pris pour dire « elle le suce » ou « elle le saigne ». Puis elle a tourné un instant dans l'appartement en grinçant des dents, le masque ballant sur son épaule, et elle est ressortie sans ajouter un mot. Moi qui m'étais tellement inquiétée de la disparition de cmatic, dès le lendemain de son long récit, je ne me suis sentie qu'à

139

peine rassurée par sa réapparition. Tournant à mon tour en rond dans l'appartement, je me suis répété à voix haute :

« Qu'est-ce que cette marchande de Potages pourrait bien lui apporter, alors que toutes les sciences n'ont rien pu pour lui ? » Une petite voix me répondait avec entêtement : « Tu le sais », mais je n'avais toujours pas le courage de l'écouter.

Deux jours plus tard, cmatic a sonné à notre porte, à son heure habituelle. Je me suis levée.

« Non. »

Je me suis retournée : ma mère me regardait bien en face, très pâle et très sérieuse. Je n'ai plus bougé. Elle a refermé la projection sur laquelle elle travaillait, s'est levée à son tour, avec ce visage froid qu'elle prenait pour éconduire les clients en quête d'affection hors planning. Elle a ouvert. J'ai aperçu cmatic un bref instant : j'aimerais pouvoir dire que j'ai senti mon sang se figer. Les beaux cheveux de cmatic brillaient autour d'un visage blanc aux yeux dépolis, son nez pointait entre deux joues atones, sa bouche était cyanosée, enfin il avait mon visage.

Iasmitine l'avait soigné, oui.

Ma mère a refermé la porte. Je ne crois pas qu'ils avaient échangé un seul mot.

« Qu'est-ce que c'est ? »

Ma mère s'est rassise.

« Qu'est-ce que c'est, ce que j'ai et ce qu'il a ? »

J'étais habituée à ce que ma mère me réponde par des soupirs et des mines morfondues, à ce qu'elle s'excuse du calvaire qu'était ma vie en endurant silencieusement

140

ma hargne. Mais cette fois elle n'a pas soupiré, elle n'a fait aucune grimace, elle a posément redéplié sa projection en disant :

« Va dans ta chambre.

— Non ! »

Elle a redressé la tête et m'a adressé le plus horrible petit sourire que j'aie jamais vu :

« Alors tu n'as plus qu'à aller voir dehors, ma *petite*. »

J'ai très bien compris le message : qu'aurais-je fait dehors avec mon mètre dix, mes allergies innombrables et mon faciès d'épouvante ? Elle seule pouvait supporter tant de disgrâce et justement, elle me signifiait qu'elle envisageait d'arrêter. Je suis allée dans ma chambre.

La colère a chassé mon inamovible fatigue et j'ai cassé tout ce que j'ai pu. Je ne sais plus sur quoi je me suis ouvert la main ; aucun sang n'a coulé. Vous savez comme moi la différence qui existe entre connaître et savoir. Vous aussi, vous avez connu des situations pénibles dans lesquelles vous êtes resté enferré. Vous avez eu des manies dangereuses en toute connaissance de cause, jusqu'au moment où cette connaissance abstraite s'est incarnée et où vous avez *su* que vous ne supporteriez pas *ça* une minute de plus. En regardant la plaie béante, malodorante, sèche et noire en travers de ma main blanche, j'ai su enfin qui j'étais. Plus exactement : ce que j'étais.

Ma mère avait réussi à me persuader que mon torque tenait auprès du contrôleur médical un rôle de concentrateur, qu'ils étaient tous les deux syntonisés et qu'il était normal que l'un ne fonctionne pas sans l'autre.

141

J'avais réussi à la croire. Mais je savais la vérité. J'ai ôté le torque pour la seconde fois. Ce n'était qu'un simulateur de bonne santé. Pire, un simulateur de vie. Si on osait appeler *vie* l'état crépusculaire dans lequel me maintenait la potion foutrement imbuvable de iasmitine. J'ai attendu que ma mère aille se coucher, et je suis allée glisser mon bras dans le contrôleur. Les résultats n'avaient pas changé. Mon eeg était plat, et ma tension à 00.00/00.00.

J'ai passé la nuit à regarder ma vérité sous toutes les coutures. J'ai appris que la position de mon corps, du temps où il s'enfonçait dans le coma, ne s'appelait pas « à plat dos » mais « décubitus dorsal », et qu'elle expliquait les lividités cadavériques qui noircissaient mon dos et mes jambes. J'ai aussi appris que la raideur de mes membres était due à une concentration d'ions calcium, que la taie blanchâtre couvrant mes yeux et la sécheresse de ma peau étaient toutes deux dues à la déshydratation, que la tache verte qui marquait mon estomac était une conséquence de la décomposition de l'hémoglobine en verdhémoglobine, enfin j'ai tout compris de la circulation posthume que provoque la putréfaction. J'ai écouté le silence de ma poitrine, maintenant que le torque n'y faisait plus résonner son rassurant deux-temps.

À l'issue de ces recherches, je me suis retrouvée assise sur ma natte pelée, aussi raide que d'habitude, aussi transie de froid que d'habitude, dans l'habituelle pénombre de mon existence où même le noir n'est qu'un gris dégradé et où le blanc fait sale. Comme d'habitude, c'était l'aube et elle était moche. Alors j'ai médité, ou

142

plutôt rêvassé vaguement pendant une partie de la journée. Assise au milieu d'une flaque de jour, je me suis cherché une identité. Celle de gamine convalescente m'allait comme un hochet à une charogne : j'avais quinze ans et j'étais morte. J'en ai choisi une autre. De fait, elle était toute trouvée et elle l'est encore, du moins dans nos superstitions. Je suis un fantôme, un spectre, un *gui*, une de ces créatures livides qui rôdent sur les lieux des meurtres, près des rivières où on se suicide, sous les ponts d'où on se jette et qui font, d'un regard, le malheur des passants. Je n'avais alors fait le malheur que de ma mère, mais en me rappelant mon assiette en train d'exploser, je me suis sentie emplie des plus doux espoirs. J'avais trouvé ma voie : non seulement je me sentais à l'aise sur le Réseau, je préférais me promener parmi les données brutes que parmi leurs avatars matériels, mais en plus j'avais sur elles un pouvoir d'action qui me changeait agréablement. Vous me direz que mes ambitions étaient mesquines, et que la capacité de pourrir la vie du premier passant venu en falsifiant ses flux informatifs est un rêve étroit. Mais franchement, pour quoi vouliez-vous que je me prenne ? Une mer de fertilité ?

Quand la nuit s'est levée de nouveau, je me suis sentie comme en apesanteur au-dessus du lent fleuve des morts. Je n'avais pas à nager au milieu d'eux, dans leurs eaux jaunes et troubles, os contre os, aïeule contre trisaïeule, mais j'étais éclairée par le même soleil triste, qui n'est pas celui des vivants. En un sens, bien sûr, je me sentais soulagée ; on l'est presque toujours quand l'espoir vous a quitté. Je commençais même à essayer de me convaincre de certains avantages :

143

« Je n'aurai jamais de seins ? Je n'aurai jamais de rides. Je ne pourrai jamais travailler ? Oh ! quelle grosse perte. Je n'aurai jamais ni mari ni enfant ? Deux gâchis de moins. Je n'aurai jamais ni amant ni ami ? Mais j'ai un semblable. Au moins un. Je ne pourrai jamais m'éloigner à plus d'un ou deux jours de la potion de iasmitine ? Le Réseau n'a pas besoin de tant de temps pour faire mille fois le tour du monde. »

Le Réseau. J'en revenais toujours à Lui. Il me restait ça, cet endroit où le corps importe peu, où être une conscience suffit et où je pouvais agir, voire mal agir. Avec une désinvolture de spectre malintentionné ou d'avatar irresponsable, j'ai levé un doigt dans le flot informationnel qui serpentait autour de moi, j'ai localisé cmatic et je l'ai appelé.

Aujourd'hui encore, je le regrette.

Je me suis levée en grinçant comme une brouette de Jujubier. J'ai mis mes vêtements les plus teenage, mes fards, mes protections, j'ai absorbé ma bouillie et je suis sortie. Ma mère m'a dit :

« Où vas-tu ? »

J'ai répondu :

« Dehors. »

Je l'ai regardée, elle a levé vers moi deux yeux tristes. Au lieu de soupirer d'agacement, je lui ai souri : je pensais complètement à autre chose. Cette femme n'était plus que la gardienne d'une petite fille non seulement morte, mais enfin enterrée. Je conserve comme une médaille le souvenir de ce dernier échange. Elle n'était pas haineuse, je n'étais plus méprisante ; elle m'aimait

144

encore, je ne la haïssais plus. Au moins, nous avons réussi nos adieux.

Cmatic m'avait donné rendez-vous dans un bar. Malgré le dégoût et l'angoisse de ma longue nuit, j'avais suffisamment quinze ans pour me sentir gonflée de curiosité, bouffie d'orgueil et bourrée de timidité. C'était mon premier rendez-vous avec un homme, après tout. Ce bar s'est avéré n'être qu'une maison de Thé de bon aloi, mais enfin ce n'était pas un Jardin d'enfants. J'ai admiré avec une totale absence de sens critique un épouvantable décor de bannières pendues aux murs, de tables Laquées, de paravents en Nacre et de cercueils transparents renfermant des Crustacés qui clignotaient. Cmatic m'attendait devant un Thé de wulong. Il s'est levé et m'a saluée avec cérémonie, comme il l'aurait fait pour une vraie femme. Et puis, comme un européen, il a marché dans le crachoir. La première question qu'il m'a posée était une façon de me dire qu'il avait parfaitement compris la situation :

« Quel âge avez-vous ? »

En parlant, il a pris ma main. Elle était exactement aussi glacée que la sienne. J'en aurais pleuré, si j'avais pu : j'ai bien trop de doigts pour compter le nombre de fois où on m'a touchée, depuis ma mort. Mais vraiment, ces européens n'ont aucune vergogne : nous étions en public. J'ai arraché ma main de la sienne.

« Quinze ans. »

Je me suis assise en face de lui, ravie que la table soit si basse. Vêtu de son immuable intissé noir que bombait son nouveau ventre saillant, cmatic était aussi maigre

145

qu'un Insecte. Il s'était soigneusement enduit d'un fard qui opacifiait son épiderme écœurant de Crevette crue. Une barbe naissante dorait son menton réduit, des boucles solaires coulaient le long de ses joues grises et bien sûr, un torque pendait à son cou. J'ai fugitivement pensé à lui dire qu'il faudrait qu'il se coupe les ongles plus souvent, désormais. Et qu'il les teigne, aussi. Sous la pellicule de corne, les lunules apparaissaient bleu-cyan. Cependant, avec des lunettes fumées posées sur son nez aigu et ses dents très blanches au bord de ses lèvres peintes, il était encore beau et faisait à peu près illusion. Il a pris son bol et l'a porté à ses lèvres avec infiniment de difficultés. J'ai pensé : *Il faudra que je lui montre mes exercices d'assouplissement,* et j'ai dit précipitamment :

« Vous n'allez pas boire ça ? »

Il a reposé son bol : on entendait craquer toutes ses articulations. Mais il avait décidé une bonne fois pour toutes qu'il en fallait plus pour l'impressionner et il n'a pas commencé par se répandre en lamentations. Il n'a pas non plus exprimé de vertige devant l'abîme d'éternité qui lui était soudain offert, il a simplement repoussé son Thé et commencé à me poser une rafale de questions. Tout en parlant, il a déroulé son écran et sorti son stylet pour prendre des notes. Je l'en ai empêché d'un geste. Il m'a regardée, j'ai lentement secoué la tête.

« Mes données sont parfaitement sécurisées, a-t-il dit avec douceur, son stylet encore fiché dans son écran souple.

— La sécurité, c'est bon pour les vivants. Pas pour les *guis*. »

J'en rajoutais, bien sûr : son calme m'agaçait. Il a

146

docilement replié son écran, rajusté ses lunettes d'un coup de griffe et m'a regardée, nimbé d'or et les joues flasques. J'ignorais alors que les européens n'ont pas les mêmes liens que nous avec leurs ancêtres et partant, qu'ils n'ont pas la même peur des fantômes. Oublieux et légers, ils sèment les cendres de leurs proches là où la mort les prend et ne croisent de spectres qu'au fond de vieux contes ou de vieilles demeures vermoulues. Pour eux, un spectre n'est qu'un signe extérieur de richesse : il prouve surtout qu'on a les moyens de mettre un château autour. C'est pourquoi cmatic, ayant croisé ses serres sur la Laque de la table, a lâché :

« Un *gui* ? »

Je parie qu'il a failli sourire. Pas longtemps.

« Un fantôme. Que pensez-vous qu'il arriverait si les buveurs ici présents, dans cette salle, savaient ce que nous sommes ? Ils se lèveraient tous, comme un seul homme, pour nous massacrer. Et comptez sur l'épais silence han pour couvrir leur geste, ainsi que nos restes. Les gens comme nous sont très mal vus, par ici. »

Je lui ai parlé des sanshi, ces spectres qui se logent dans la gorge des vivants, boivent leur salive et empruntent leur voix, et aussi de ceux qui perdent les voyageurs dans les Forêts et les précipitent du haut des rochers. Mais je ne suis pas parvenue à amener un seul pli d'inquiétude dans ses sourcils dorés : ces européens n'ont aucune spiritualité, même morts. Alors j'ai brutalement dévié le sujet :

« Et que pensez-vous qu'il arriverait si des gens un peu moins… instinctifs, ou disons plus calculateurs que le quidam moyen, savaient ce que nous savons ? »

147

J'avais longtemps réfléchi au sujet : il aurait été facile, pour ma mère, d'obtenir une pension correspondant à mes besoins réels, bien supérieurs à ceux d'une comateuse. Mais il aurait fallu qu'elle accepte qu'on me fasse d'abord passer une batterie de tests médicaux, sans mon torque. Je suis peut-être d'une laideur à faire peur et je subis une existence de Cloporte, mais vu de l'extérieur, ça ressemble à l'immortalité. La potion de iasmitine est celle après laquelle les humains ont toujours couru : le philtre de la vie éternelle. Combien d'entre nous sont vraiment assez sages pour souhaiter échapper à la grande roue ? Ou se contenter d'être un simple maillon dans une chaîne familiale ? La vie est une drogue terrible.

Cmatic a fait une mimique interrogative, j'ai ajouté :

« Ils confisqueraient iasmitine et sa potion. Combien de temps croyez-vous pouvoir tenir sans elle ? »

J'avais essayé, bien sûr. Rien qu'à entendre le nom de iasmitine, cmatic a renversé son Thé.

« Deux jours. »

Il a enfin quitté son allure de chercheur en manque de laboratoire. Avec un petit carré absorbant, il a lentement essuyé ses doigts raides, bleuâtres sous le fard.

« Que vous a-t-elle dit ? », ai-je murmuré. Il n'a pas répondu tout de suite. Il a tourné la tête et jeté un regard panoramique sur la salle. Une lumière verticale, drue et blafarde, tirait de la Laque de longs reflets blancs, blessants comme des couteaux. On entendait des bruits de source, des chants d'Oiseaux et d'exaspérants crépitements électriques inaudibles aux vivants. L'odeur des gâteaux aux Amandes flottait dans l'air, affolante, écœurante. Cmatic s'était mis à trembler.

148

« Il faut... vous devriez acheter un thermorégulateur hypothyroïdique. Classe deux. Ce sont les plus efficaces. Et des filtres sonores panfréquences, je connais une très bonne marque... »

Il m'a de nouveau fixée, j'ai ravalé mes conseils. Combien de temps avais-je mis, moi, à prendre pied dans cette réalité ? Des mois ? Et à m'y faire ? Des années, dont je ne vois pas encore le bout. Les Crabes du yangchen clignotaient dans leur cercueil, gris sur gris. Quelques années auparavant, j'avais découvert un vieux module d'exercices pour daltoniens, une affection génétique qui altère la vision des couleurs. À force d'entraînement, j'étais devenue capable de dire que ce Crabe-ci était brun et sa guirlande rouge, et celui d'à côté bleu, mais qu'en savait cmatic ? Pour lui, tout baignait encore dans la grisaille épaisse des cauchemars.

« Elle m'a menacé, a-t-il murmuré. Elle a enlevé ses colliers, et elle m'a menacé. »

Ses colliers. Les colliers de iasmitine. Sans lesquels elle apparaissait telle qu'elle était : une éternelle sorcière de vingt ans. Cmatic s'est ressaisi : il a ôté ses lunettes, les a remises, puis s'est finalement emparé d'une copy-fleur de Jasmin :

« Elle est persuadée que je suis venue mourir chez elle *exprès*. Il semble qu'elle m'ait... soigné pour qu'on ne la soupçonne pas de meurtre. Pour qu'on ne vienne pas mettre le nez chez elle. Et ça, rien que ça, a poursuivi cmatic en émiettant fébrilement l'acrylithe de son Jasmin, prouve qu'elle en fait beaucoup plus qu'elle ne le dit. »

Là, je n'ai pas pu m'empêcher de rire, ma bouche noire coquettement masquée par ma main dessiquée. *Beaucoup plus*, c'était une jolie litote. Iasmitine faisait en effet davantage que brûler de l'Encens, jeter le yi king, chauffer des Tisanes et choisir des Écorces séchées : elle fabriquait des zombies. Cmatic ne s'est pas vexé :

« Ce n'est pas une expression très heureuse, n'est-ce pas ? Je veux dire qu'elle a des activités illégales et qu'elle meurt de trouille qu'on les découvre. Or, ressusciter les morts n'est pas illégal. Donc, il s'agit d'autre chose. »

Moi, je me suis vexée : il y a des états assez pénibles à subir pour qu'on n'ait pas, en plus, le chagrin de les entendre nommer à haute voix :

« Vous osez parler de résurrection ? C'est une malédiction ! »

Cmatic a balayé les débris d'acrylithe parfumée d'un revers de paume et tenté, à nouveau, de prendre ma main posée sur la Laque, à côté du bol où mon Thé fumait encore. Je me suis reculée avec dégoût. Le spectacle de ces deux Écrevisses sèches rampant l'une vers l'autre pour unir leurs pinces m'écœurait. Cmatic n'a pas insisté : il a noué ses doigts sous son menton doré, entrechoquant ses impossibles griffes :

« C'est sûrement plus dur pour vous que pour moi. J'ai eu le temps de vivre, moi. Au moins, de grandir. Et puis même avant ça, j'avais déjà perdu la santé, ma carrière et… disons, ce à quoi je tenais. J'ai souvent pensé à la mort, ces temps-ci. Et je me dis que cette… que la version incomplète que je découvre peut facilement se

150

compléter. Sans compter que je suis soulagé de ne plus souffrir de la tête, du dos, du ventre et du reste. Pour moi, c'est presque mieux. Alors que pour vous… »

Il a failli jeter sur mon pauvre moi un regard de commisération et s'est finalement intéressé à une autre Branche de Jasmin. Pour me donner une contenance, j'ai lancé au creux de ma paume un petit familier en forme de comète et je l'ai fait danser d'une phalange à l'autre. Cmatic a repris, d'une voix moins assurée :

« Est-ce que… est-ce que ça s'améliore ? Avec le temps ? »

J'ai failli aboyer « Jamais ! » et puis j'ai réfléchi :

« Un peu. Le froid, non. Je veux dire : celui qu'on ressent tout le temps. Alors qu'on résiste plutôt mieux au froid extérieur. La raideur, euh… ça s'entretient. Je veux dire : ça peut empirer si on ne fait pas d'exercices. Mais on s'habitue à tout. C'est ça. On finit par voir moins mal, par distinguer les nuances. On entend mieux, aussi. L'ouïe… notre ouïe est plus fine, je crois. C'est le seul sens qui y gagne. Bien sûr, au début, ça fait cacophonie mais à la longue, on finit par réussir à démêler les sons. L'odorat est comme décalé. En revanche, la fatigue… La fatigue, elle, ne s'en va jamais. Et le goût et les couleurs ne reviennent pas. Jamais. »

Le silence a été long. Je fixais avec rancune le regard obscur de cmatic, qui devait tanguer dans le vide derrière ses verres fumés. J'avais l'impression qu'il cherchait à établir une distance entre nous, comme si ses trente-cinq ans et mes quinze creusaient un fossé que notre putréfaction commune ne suffisait pas à remplir. De là où je le regarde maintenant, je ne vois qu'un homme d'à

peine plus un tiers de siècle, le cœur navré par sa première vraie peine de cœur et sa première vraie désillu-
sion professionnelle. Il est loin de chez lui et désormais
loin de tous, victime annexe d'un drame qui le dépasse
complètement, non seulement assassiné mais en plus
mal tué, et il essaye de rassurer encore plus jeune et
plus ignare que lui pour ne pas sombrer dans la folie. Je
commence à lui trouver un certain courage et une solide
assise mentale. Mais dans ce bar, je ne comprenais rien
du tout et je continuais à faire tourner avec amertume
des astres errants au creux de ma main.

« Il ne faut pas manger autre chose que de la bouillie
de Sésame, ai-je ajouté.

— Iasmitine m'a dit quelque chose comme ça, oui.

— Et quoi d'autre ? »

J'essayais, j'essaye encore d'imaginer iasmitine
ouvrant sa porte avec répugnance à ce patient encombrant, incurable, geignard et complètement déplacé,
pour ne pas dire tombé de haut. Il fallait être bête
comme un cmatic pour croire une seule seconde à sa
mission d'espionnage : il traînait son bagage génétique
comme un bouddha d'or sur un marché aux voleurs. En
clair, il puait le deux centième étage. Autant envoyer une
concubine impériale essayer de se fondre dans la foule
des coolies, tanguant sur ses pieds pas plus longs qu'une
paume. Le choc des atmosphères, vous dis-je ! Tous les
meurtres du monde sont là.

Je n'ai jamais su non plus comment il était mort :
sur le seuil de iasmitine, d'un spasme ? Sur le fauteuil
vert devant la botanothèque, d'une convulsion ? Ou
dans la chaleur rouge du temple, d'un endormisse-

ment ? L'agonie a dû durer plus d'une seconde, sans quoi iasmitine n'aurait pas eu le temps de lui faire avaler son remède. Ensuite il est mort et il a commencé à se défaire. Avez-vous déjà vu ça ? Les yeux s'enfoncent, le nez saille, les joues s'effondrent, les lèvres se rétractent sur les dents, lesquelles paraissent s'allonger à mesure que les gencives se retirent, la bouche s'ouvre lentement et la poitrine devient plus dure que la pierre. Un horrible travail gonfle le ventre, tous les germes digestifs se jettent hors de leur prison de boyaux pour dévorer les organes. Le sang descend à l'étiage, stagne et sèche. Les membres se crispent, raidissent, le corps en entier prend une teinte à la fois cireuse et terreuse, friable et luisante, quelque part entre l'argile et la boulette de protéines. Puis tout se relâche et s'évacue, une tache verte apparaît au ventre, des duvets bizarres commencent à ramper sur les joues, et là intervient l'œuvre au noir de iasmitine. Les yeux s'entrouvrent, les bras plient, les jambes tressaillent et le mort se relève. Vingt-quatre heures plus tôt, ç'aurait été un miracle pour ceux qui l'aiment. À ce stade, c'est un cauchemar pour ceux qui l'ont aimé. Vous a-t-on dit que toutes les tombes, les mausolées, les tertres, les tumulus ne sont pas là pour honorer les morts, mais pour les empêcher de revenir ?

« Que j'étais à sa botte. Qu'elle me laisserait vivre si elle le voulait, aussi longtemps qu'elle le voudrait, que je n'avais qu'à me taire et obéir... »

Des propos aussi ambitieux dans la bouche d'une jeune femme pauvre n'avaient visiblement pas ému la susceptibilité de cmatic. Il a jeté son reliquat de Jasmin sur la table :

« Bref, des conneries. Excusez-moi. Elle m'a aussi dit de venir chercher sa potion tous les trois jours, de ne manger que ce qu'elle me donnerait et de ne jamais enlever ce torque. »

Il l'a enlevé et tourné entre ses doigts :

« Un trompe-médic, n'est-ce pas ? Vous avez… aviez le même.

— C'est aussi une balise.

— Sûrement.

— J'ai brouillé la mienne et la vôtre. Officiellement, nous nous trouvons chacun dans nos appartements respectifs. Sur nos lits, très exactement. »

Cmatic m'a lancé un regard qui m'a fait plaisir : enfin un peu d'admiration parmi tant de pitié.

« Ah, aussi : on ne fait plus de rêves, quand on dort. Jamais. En tout cas, pas moi. »

Cmatic a balayé la nouvelle d'un de ses détestables petits gestes de la main. Il n'avait pas laissé son arrogance à côté de sa susceptibilité au cimetière des défauts défunts.

« Je ne rêvais déjà plus, de toute façon. »

Cette information ne m'a pas donné à réfléchir. L'aurait-elle dû ? Il était bien trop tard pour sauver cmatic. J'ai préféré mépriser hautement, quoique mentalement, cette engeance exotique qui tient les rêves en petite estime. Pendant ce temps cmatic toisait la salle trop claire, saturée de senteurs sucrées et de bruits parasites, ce cauchemar gris et grinçant. Mais était-ce cmatic qui faisait un mauvais rêve ? Ou ce Crabe mort, punaisé sous son cercueil transparent, qui rêvait de lui ? Cmatic a saisi une Fleur de Tournesol-stase piquée dans une

154

mousse près de son coude, et l'a fait rouler entre ses doigts. Le contraste entre ses phalanges noueuses et la courbe parfaite de la Tige, éternellement pétrifiée dans sa Floraison, était étrange à voir.

« Sommes-nous dans une sorte de stase ? Iasmitine nous a-t-elle fait boire une espèce de gel chrono-actif ? »

Il a repiqué la Fleur :

« Fleurs-stases. Pseudo-peau, élastithe, fibroverre, voyages sur place, siliester, dermes de fête, plascose, sensisexe, Légume-like, copyfruits, fiches funéraires, avatars, greffones, familiers, plats-built et maintenant morts vivants ! »

Cmatic, brusquement, s'est mis à postillonner de rage :

« Mais c'est quoi, ce monde ? »

À trente-cinq ans, il accouchait enfin de lui-même. Il s'est calmé progressivement, puis il a replanté ses coudes sur la table :

« Qu'est-ce que iasmitine ne veut pas qu'on découvre chez elle ? »

Ça, je n'y avais jamais réfléchi. Mais je savais déjà. Comme souvent. Cmatic a continué :

« Il y a une… un espace, chez elle, que je n'ai jamais pu voir. Un espace réduit, mais suffisant pour… pour je ne sais quoi. Vous êtes au courant de quelque chose ?

— La porte du fond, n'est-ce pas ? (J'ai grimacé.) Vous n'avez pas pu la voir, elle est bien cachée. Non, je ne sais pas ce qu'il y a derrière. Et je parie que personne ne le sait. C'est… c'est froid au toucher, en tout cas. »

155

J'ai rangé mon familier et levé un œil incertain sur cmatic :

« La porte. Du fond. Elle est glacée. »

J'ai monté mon thermorégulateur d'un cran.

« Il y a une porte au fond ? »

J'ai haussé les épaules. Je n'imaginais pas exactement une porte. Plutôt un passage. La clôture, que j'espérais solide, sur un ailleurs qui ne faisait pas envie. Le point de jonction entre ici et quelque part. Cmatic a repris :

« Un placard, peut-être. Il est possible qu'elle conserve là-dedans ses réserves de potion miracle. Ou qu'elle les y fabrique. Un espace réfrigéré… qui expliquerait que sa consommation d'énergie soit supérieure à ce qu'elle devrait être. En estimation. »

Il avait mené sérieusement son enquête.

« Ce qui implique la conservation d'éléments dégradables, Animaux ou Végétaux. Ou qu'elle a besoin d'une température très basse pour une synthèse quelconque. »

Ou qu'elle a emprisonné un démon, ai-je pensé. J'étais encore pleine de vieilles superstitions, parmi lesquelles figuraient des monstres à l'haleine givrée. Avouez que dans ma situation, il aurait été bizarre que je ne croie pas aux sorcières, aux spectres et aux démons. Et comme rien n'amuse plus un *gui* que de pousser les hommes à se colleter avec les démons, j'ai ajouté :

« On m'a fait une confidence, une fois. Quelqu'un qui n'aimait pas particulièrement iasmitine. Ou particulièrement pas. C'était l'ancienne polléinisatrice de notre étage. Elle m'a dit… »

156

J'ai fermé les yeux, cherchant les reflets dorés des lampes de serre dans les cheveux d'ainademar, l'odeur mouillée et chaude des Plantes. Iasmitine venait encore de la traiter, entre ses petites dents, de Citrouille amère ou pire, pour une Bouture de Bambou livrée en retard ou moins. Je me suis penchée pour chuchoter :

« Elle m'a dit que iasmitine trafiquait des humains avec les sous-sols. »

Elle n'avait pas été si claire ; rien que deux petites phrases assassines, l'une sur l'exactitude des livreurs du sous-sol, l'autre sur la facilité de tuer des hommes comparée à la difficulté de faire vivre des Plantes. Cmatic s'est aussi penché vers moi :

« Trafic humain ?

— Voilà. D'après elle, iasmitine achète des humains aux sous-sols.

— Et ?

— Et on ne les revoit pas. Elle les tue, quoi.

— Et ?

— Et c'est tout ce que la polléinisatrice a dit. C'était une femme très discrète. Elle a eu un moment d'exaspération, pas plus. »

Je me suis rejetée en arrière et j'ai encore monté mon thermorégulateur. Je craignais d'avoir compris : iasmitine gardait un démon derrière la porte. Elle le nourrissait de chair humaine et c'est son sang à lui que je buvais trois fois la semaine. Ou ses larmes, ou sa salive. Ou pire. Et ainademar avait disparu tandis que je ressuscitais.

« Ça ne va pas ? s'est inquiété cmatic.

157

— Ça va aller, ai-je menti. Bien sûr, je n'ai aucune preuve de ce que j'avance. Et mon seul témoin est… » *mort dévoré par ce monstre !* Je me suis tassée encore un peu plus.

« Venez », a dit cmatic en se levant. Affalée au fond de mon siège, j'ai levé les yeux vers lui :

« Un monstre…

— Oui, s'est mépris cmatic. Cette femme est un monstre. Mais nous l'aurons. Je vous le promets. » Je ne me suis pas sentie rassurée.

Nous avons marché un moment dans une coursive commerciale. Chaque arcade, chaque avatar publicitaire que nous traversions faisait sonner mille gongs dans ma tête. Des enfants couraient dans tous les sens en jetant des serpents lumineux ; j'ai eu l'impression que les pixels grouillaient sur moi comme des Vers. Je me suis frotté le ventre, les bras, les jambes, les joues, à m'en arracher des lambeaux de fard.

« Venez », a encore dit cmatic. Il m'a entraînée dans un Jardin d'étage, juste à côté du temple du dieu protecteur de la tour, et nous nous sommes assis côte à côte sous un Arbre à Suif-stase comme rougi par le gel. J'ai réussi à retrouver mon calme. Un cortège funéraire est passé devant nous, bruyant et échevelé, avec ses tambours, ses bannières, et la maison de l'âme du défunt qui tanguait sous les rubans de couleur et les figurines de deuil. Des yi enturbannés et des miao coiffés d'un mouchoir braillaient des chants de piété filiale et dansaient en se lamentant.

« Vous avez parlé de trafic avec les sous-sols. C'est vaste. Les trois quarts de l'humanité rampent là-dessous. Vous ne savez rien de plus ?

158

— Désolée. Je me suis trompée. Elle n'a pas parlé des sous-sols en général. Elle a dit "avec les refugee". »

En lisant ce mot, avez-vous eu un sourire égrillard ou un rot écœuré ? Oubliez tout ça : je vais vous raconter la véritable histoire des refugee. Parce que je les ai connus, oui. Je peux même me vanter : j'y suis descendue.

Voulez-vous prendre avec moi le grand descenseur qui mène au monde du dessous ? Il le faudra bien si vous voulez connaître la seconde partie de mon histoire. Elle est un peu plus âpre que la première bien sûr, un peu plus violente ; c'est le décor qui veut ça. Je ne vous dirai pas de ne pas avoir peur : comme à chaque Arbre dressé en plein soleil correspond un volume équivalent de Racines obscures, comme à chaque tour correspond un labyrinthe équivalent dans les profondeurs du sol, nous rencontrerons forcément, au plus noir de la suburb, le double de iasmitine. Êtes-vous prêt ? Allons-y.

Vous devez croire, comme tout le monde, que vous en savez long sur dolhen et ses refugee mais en réalité, nous disposons de très peu de données biographiques fiables. À l'époque de dolhen, les mailles information-nelles étaient encore incroyablement lâches. On a du mal à se représenter ce qu'a été cette société où l'identi-fication elle-même dépendait de documents en Papier, parfois couverts d'empreintes digitales à l'encre. On découvrait tout juste l'adn et le clonage soulevait des tempêtes éthiques difficiles à imaginer aujourd'hui. Les quelques informations authentifiées concernant dolhen sont les suivantes : il est né dans un véhicule sol-sol fonctionnant à l'huile minérale, quelque part entre

159

most na soci et liubliana, en haute slovénie. Ne cherchez pas, il s'agit d'un de ces minuscules états issus de l'éternelle balkanisation des balkans. Ses parents étaient des musiciens itinérants, adeptes de rythmes occidentaux oubliés mais qui portaient en eux les futures trames sonores. N'allez pas les imaginer comme des troubadours crasseux allant de village en village cracher le feu, jongler et chanter des ballades, vous vous tromperiez d'un demi-millénaire. Sauf pour la crasse, peut-être. Voyez-les plutôt comme les rejetons insatisfaits d'une europe encore prospère et au sec. Dans leurs véhicules archaïques, ils sillonnaient les territoires situés à l'ouest de la grande russie. Ils s'arrêtaient ici ou là pour poser leurs machines, passaient quelques jours sur place à faire du bruit et vendre des psychotropes à la population alentour, ensuite ils repartaient. Les autorités locales n'appréciaient pas ces rituels festifs et dolhen a dû être témoin très jeune de scènes de violences. On a tout dit sur ses parents : que le père était un repris de justice en cavale et la mère une jeune fille des hauteurs ou, au contraire, que le père était un petit génie de la programmation, embarqué dans l'errance par une jolie diablesse couverte de tatouages tribaux. Foutaises : en europe à cette époque, comme partout de tout temps, la mixité sociale se pratiquait peu, encore moins que le tatouage, lequel existait en effet mais n'avait pas grandchose de tribal. La vérité est qu'on ne sait rien de ses parents. La génétique atteste, chez dolhen, un mélange très panaché de nord-caucasien et de sud-asiatique. Des imbéciles ont chanté l'union de la vigueur vietnamienne et du raffinement celte, la réalité se situe probablement

160

davantage dans la rencontre d'un chômeur bénéluxien et d'une fille de boat-people. Comme beaucoup, je me suis amusée à effectuer une dissociation du génotype de dolhen et à faire pousser des répliques de ses deux demi-parents. Ces corps dénués d'expression, privés du modelage musculaire et nerveux de vingt années de vie, ne sont pas très évocateurs. Tout au plus peut-on constater que sa mère était probablement menue et gracieuse, son père plus gracieux encore et pas tellement plus épais. On leur souhaite, à tous les deux, d'avoir eu des personnalités ravageuses pour compenser leur fadasserie. Que ces deux poupées aient pu concevoir le sommet de laideur flamboyante qu'a été dolhen est un miracle génétique de plus.

Dolhen est censé avoir raconté quelques anecdotes sur son enfance. Des générations entières ont pleuré sur ces histoires, notamment celle où le père, émergeant de vingt ans de réclusion criminelle, oppose à l'accueil de son fils le mutisme branlant de ceux que la solitude carcérale a rendus fous. Le problème est qu'en réalité, dolhen n'en décrochait pas une et que, faute de confidences, ses biographes ont inventé de toutes pièces les légendes qui leur plaisaient. Je soupçonne dolhen d'avoir été un de ces imbéciles primaires dont le cadavre est peu à peu recouvert par les rêves de malheureux en quête de modèles, comme des figurines en Papier s'entassant sur un cercueil. Cet ahuri charismatique devait avoir un comportement incohérent et ne pas prononcer trois phrases intelligibles par jour, bref, il avait l'étoffe d'un héros posthume. D'après les témoignages les moins apocryphes, il a été enlevé précocement à ses parents et placé dans une structure sociale française ou suisse, ou italienne. Il a commis différents délits et connu la prison dès l'âge de quinze ans. Son plus haut fait d'arme reste d'avoir créé, avec des matériaux de rebut, le premier réseau suburbain, à une époque où l'information s'échangeait encore massivement sur support Papier. Et accessoirement, d'avoir assassiné à coups de hache une bande de malfaiteurs à prétentions idéologiques. Il n'en fallait pas plus pour soulever l'enthousiasme d'une partie de la population européenne, celle qui manquait d'armes, d'idéaux et de prétentions. La silhouette de dolhen levant sa hache en face du reste du monde une seconde avant d'être abattu, noir de rage et rouge de sang, est présente dans tous les imaginaires. C'est une mass-constante, une ritournelle, au même titre que le Poisson de la nouvelle année, le clair de lune ou le sourire du bouddha. Je ne vous fatiguerai pas avec les analyses ethnopsychiatriques qui démontrent que la silhouette de dolhen symbolise à la fois l'homme luttant contre les dieux et le fils gardant le chemin de l'au-delà : par pur hasard, dolhen a vécu à la croisée de deux mondes avant d'être descendu devant un bon photographe, voilà tout.

L'urbanisation n'était pas, à son époque, un phénomène récent. Mais la tendance à distinguer les habitants des hauteurs de ceux du sous-sol apparaissait tout juste. Ou disons que les plus riches, avides d'air pur, commençaient à peine à profiter de l'essor des nanotechnologies pour édifier des tours de plus en plus hautes afin de s'installer au sommet, abandonnant le sol au smog et aux déshérités. Les habitants des caves bricolaient leurs propres réseaux d'information. Le génie de dolhen a été de les connecter entre eux, de baptiser le tout « refugee » (du nom d'une barre Chocolatée, pas moins) et de mourir jeune. Les refugee dont je veux vous parler, ceux qui ont accédé à une célébrité douteuse, sont nés un siècle après dolhen. J'ose prétendre qu'ils étaient, d'un point de vue humain, d'une tout autre valeur que dolhen et ses contemporains. Je fais du chronoracisme, d'accord, mais il m'est difficile de voir la fin du millénaire précédent comme autre chose qu'un panier de Crabes enragés, et d'imaginer à ses habitants, sauf exception, un niveau intellectuel au-dessus de la domotique. Quelle affinité voulez-vous avoir avec des gens qui se chaussaient de peaux de Bêtes, se chauffaient à l'uranium et pêchaient à l'explosif ?

Pendant le siècle qui a suivi dolhen, son réseau a crû et embelli au même rythme que la misère des suburbains. C'est assez dire quel monstrueux Réseau Parallèle il est devenu. D'ailleurs notre Réseau ne serait pas ce qu'il est s'il n'avait pas toujours eu peur de se faire dépasser par le Parallèle. Passons ces cent ans et arrivons à ce que vous croyez savoir : la révélation soudaine que la suburb n'était qu'un immense lupanar. Cancelez cette énormité, vous verrez s'étendre à la place l'ombre bien plus immense du rota 8.

Cette immonde saloperie procédait d'une bonne vieille entérite, sérieuse chez les nourrissons et asymptomatique chez les adultes. Le virion, résistant aux variations de température et de ph, aux antiviraux connus et aux désinfectants courants, capable de survivre des mois durant un peu n'importe où, infectait à peu près quatre-vingt-quinze pour cent de la population dès le plus jeune âge. Il s'est brutalement potentialisé, probablement par hybridation avec une chimère échappée de son laboratoire à l'occasion de la conflagration russe. Ça a été la plus épouvantable épidémie de chiasse des temps modernes. Les malades se vidaient par les deux bouts avec une rapidité inconcevable et crevaient en vingt-quatre heures de méningite aseptique ou d'hémorragie sous-durale, ou de détresse cardiaque. Les vaccins rhésus qui existaient déjà se sont révélés inefficaces. On s'en sortait, à condition de disposer d'un matériel de transfusion suffisant pour lutter à la fois contre la fièvre et la déshydratation. L'équipement transfusionnel couvrait trois pour cent des besoins de la population : vous imaginez la suite. La mortalité infantile, notamment, a été effroyable.

On s'en souvient peu, mais la peur du rota 8 a beaucoup joué dans l'établissement de nos protocoles d'hygiène. Nanofiltres, sas de désinfection et témoins de pollution n'ont commencé à coloniser systématiquement nos intérieurs qu'à partir de ce moment. Le tube qui m'avait amenée à qingming, par exemple, a été vigoureusement évacué et étanchéifié. Autre conséquence majeure : la perméabilité, toute relative, qui existait encore entre les sous-sols et les tours a été brutalement cassée, engendrant des émeutes désespérées. On a assisté, littéralement, à la fin du niveau zéro.

Le niveau zéro n'était déjà plus, depuis longtemps, qu'un espace déshérité plongé dans une ombre perpétuelle par les tours et par les échangeurs, les terrasses et les tubes qui s'étirent entre elles. Mais à l'époque on

164

trouvait encore, collés aux pieds des monades urbaines comme des Champignons, d'anciens immeubles de pierre ou d'acier dans lesquels vivait une foule industrieuse. Elle respirait sans se plaindre le plus épais du smog, subsistait en rendant des services dans les étages et redescendait, chaque soir, jouer au go sur les vieux pavés, à la lumière des lanternes rouges. J'imagine qu'il y avait quelque chose de rassurant à toucher terre tous les jours. On n'a compris que trop tard que ces formes indistinctes grouillant en contrebas, ces travailleurs minuscules formaient un lien précieux, unique, irremplaçable, entre le dessus et le dessous. La haine féroce et réciproque qui oppose encore aujourd'hui la suburb aux tours est née avec leur mort. Les arpenteurs patients du niveau zéro véhiculaient des biens, des liquidités, des informations, des amitiés voire des liens familiaux transmondes, de sorte que l'autre côté du sol n'était alors qu'un voisin un peu bizarre, et non cette menace indistincte et énorme qui nous angoisse.

Les habitants des hauteurs n'ont pas fait les choses à moitié : ils ont tué leurs malades, désinfecté leurs coursives et décidé qu'en dessous du premier, plus fréquemment du cinquième, parfois du dixième étage, plus rien n'existait. Ils ont sectionné les tuyaux d'alimentation, fait sauter les vérins des parois anti-feu, soudé des plaques d'acier sur les bouches d'aération et déversé, sans sommation, des tonnes de béton fibreux dans les cages et les colonnes d'accès. Je me souviens qu'un complexe commercial taïwanais proposait, sur six niveaux souterrains, un espace pharmaceutique gigantesque. Un après-midi, alors qu'une foule énorme y achetait des antiseptiques, un client a vomi brutalement sur une borne de paiement. La société de sécurité a immédiatement fait coulisser les portes nbc au-dessus de la tête des clients stupéfaits ; elle ne les a jamais rouvertes. À kunming, on se débarrassait des victimes du rota 8 en jetant les corps par les fenêtres, certains dégueulaient encore. Bien sûr, cette forme monstrueuse de quarantaine n'a pas été mise en place partout avec la même férocité. Ha rebin, protégée des rota par son climat glacial, a agi de façon moins sauvage que shangaï. Mais enfin le pli était pris et ne s'est pas défroissé depuis.

Le rota 8 s'est retiré, ayant tué tout ce qu'il pouvait et laissant le champ libre au rota 10, un virus apparenté beaucoup plus fragile mais beaucoup plus retors. La contagion exigeait un contact rapproché : on a catalogué un moment le rota 10 dans les maladies sexuellement transmissibles, à tort. L'incubation pouvait prendre des mois mais une fois déclenchée, la destruction de l'intestin grêle était foudroyante et l'agonie particulièrement atroce. La suburb, qui finissait tout juste de recycler les cadavres du rota 8, s'est décidée à réagir comme les tours : elle a créé une zone prophylactique. Le voilà, votre lupanar mythique. Il ne sentait pas la diarrhée sanglante, mais je doute qu'il puait le sexe.

Et maintenant, imaginez que vous êtes une jeune femme pauvre et que vous vivez au niveau zéro de shangaï en 2113. Vous vous appelez cheng.

VI

Cheng vit probablement dans un entresol miteux en compagnie d'un garçon aussi jeune, beau et affamé qu'elle. C'est une grande fille de seize ou dix-huit ans avec un visage en forme de cœur, des yeux sérieux et de longs cheveux brillants. Pour le moment elle est dans sa chambre blanche et vide, assise en tailleur sur un grand lit occidental, un lit bas couvert d'instruments de musique et de bouteilles d'alcool japonais. Insouciante et à demi nue, vêtue de dessous en vrai Coton bleu troués, elle joue de la guitare et de la cithare. Elle compose aussi, de jolies choses imitées de cui jian. Le jour, elle dort ou elle traîne dehors avec les mendiants du quartier, les petites vendeuses d'oxygène, les tontons seigneurs, les trafiquants de greffes frelatées, les dealers de psychotine. Peut-être y a-t-il encore des bouts de vrai ciel jaune au-dessus de sa rue ? Et qu'elle lève de temps en temps les yeux vers eux, tout en préparant deux bols de soupe aux nouilles sur le coin de son évier. La nuit, elle boit de la Bière à la paille parce que ça soûle plus vite et elle se produit dans des bars d'altitude, à l'aise parmi le pétillement des fractals rythmiques qui transforment la salle, les clients *faits et refaits* et l'écœurant ballet des fauteuils aérostatiques en ciel étoilé ou en vague déferlante. Elle chante, avec son léger accent du ningbo, des vieilleries pour public inattentif, « à pékin sur la colline du charbon », par exemple. Le rota 8 n'est encore qu'une rumeur.

Puis il déferle sur shangaï : cheng tombe malade, son ami réussit à dénicher un précieux kit de transfusion. Elle s'en sort maigre à faire peur, les yeux immenses et les traits durcis par la douleur. Le grand lit occidental est pourri, les instruments ont été vendus, on ne trouve plus nulle part d'alcool japonais. Dehors, il n'y a plus personne. Les premiers étages des tours sont condamnés, les relais de communication détruits, les flux brouillés ou absents, les circuits d'approvisionnement hors service, aucun véhicule sol-sol ne passe : désormais tout s'échange par la voie des airs, et tant pis pour ceux qui n'ont pas d'ailes. Les petites boutiques de zinc ont brûlé, les vieux immeubles de trente étages sont peuplés de charognes. Le rota 8 a créé la panique et la panique des émeutes, qui ont elles-mêmes entraîné la répression chimique. Les poumons brûlés par des gaz qui n'ont de dissuasif que le nom, les survivants ont rejoint la suburb. Cheng n'a pas vingt ans et elle est déjà chargée du souvenir d'un monde définitivement révolu. Elle erre un temps dans les ruelles, écrasant sous ses pas des pions de go et des Noix de Bétel, à la recherche de compléments alimentaires, bref elle survit. Sous ses pieds, le rota 10 rôde déjà.

Elle et son ami passent de longues nuits, de longs

168

jours obscurs terrés dans l'entresol, à faire brûler leur linge sale pour se réchauffer. Elle chante des chants de deuil avec sa voix fendue par les gaz, il scrute l'air épaissi pour voir les étoiles. Un soir, elle se réveille dans des hurlements. Roulé autour de son propre ventre qui se déchire, il meurt avec de grands cris. Cheng hurle avec lui, elle ne peut pas faire grand-chose d'autre. Après des heures de lutte, il cesse brutalement de se débattre, se renverse sur le dos avec un soupir, ferme les yeux et commence à ruisseler de sueur. Ses joues, son front dégoulinent, ses cheveux se trempent. Apaisé, une main sur le cœur, il paraît s'endormir. Cheng hésite à se rassurer ; la bouche qui s'entrouvre peu à peu, noire dans le visage exsangue, la renseigne. Elle enfile un manteau par-dessus ses sous-vêtements troués, sort pieds nus dans la nuit du niveau zéro et court droit devant elle. Elle n'est pas la seule à courir, le 10 au cul. Ils vont tous dans la même direction : la plus proche bouche d'entrée de la suburb.

Changeons de personnage et de sexe. Le suburbain que cheng va rencontrer se fait appeler nakamura, malgré son type aussi peu japonais que possible. Grand, large, blême, la bouche triste et les yeux durs, il est couvert de cicatrices, parle peu et agit avec décision. Personne ne sait d'où il vient, d'ailleurs tout le monde s'en fout. Il a lutté contre le rota 8 avec une poignée de Ginseng et une bouteille d'eau potable. Sitôt guéri, il a aidé à la manutention des cadavres et à leur recyclage. Il n'est pas né en dessous mais il apprend très vite : il comprend que la suburb n'a plus rien à voir avec la

169

poignée de réprouvés nommée refugee qui l'ont bâtie un siècle plus tôt. Comme toutes les Forêts se dressent sur le double inversé de leurs Racines, qui creusent aussi profond que les cimes sont hautes, la suburb est le reflet obscur de toutes les mégalopoles. C'est un monde à part entière, un lacis inextricable de tuyaux qui mènent à d'inconcevables cathédrales souterraines, industrielles ou minières, ou naturelles, et sa complexité politique n'a rien à envier à celle de sa géographie. Au sein de la suburb de shangaï, dans le chaos social créé par les rota, une stature nouvelle commence à émerger : celle de path. Nakamura n'est pas mauvais pour ce qui est d'évaluer les hommes. Du jour où il rencontre path, il décide d'accrocher sa navette à ce navire porteur – une main sur le cran de sécurité. Path, oui, vous avez bien lu et il s'agit bien de lui, l'auteur du *big blast*, l'homme à la torche, celui que vous connaissez aussi sous le nom de hennequin. Prononcez donc ce nom à l'oreille d'un érudit nord-occidental : il vous répondra arlequin, elves king, hölle könig ou loki selon sa spécialisation linguistique, ce qui signifie en différents dialectes la même chose : maître des Chiens de l'enfer. Avant même le *big blast*, path n'a pas bonne réputation et franchement, il en mérite une pire encore. Cet androgyne roux de deux mètres de haut est un non-sens génétique, un admirateur inconditionnel de dolhen et un sociopathe de génie. Vêtu de pseudo-peau fauve sur laquelle il a fait graver tous les équivalents du terme lust dans toutes les langues de l'empire du milieu, il se promène en tournant entre ses doigts albinos un stick laser. Avec ses yeux à la fois bridés et pâles, ses tatouages rouges en forme de

170

flammes sur le visage, ses cheveux teints d'écarlate et sa sauvagerie ricanante, il incarne parfaitement le dragon friand de contradictions, et les suburbs l'adorent. Saturé de drogues, cassant et charismatique, path sait manier les individus plus que les foules ; il sait aussi égorger les opposants avec ses dents taillées en pointe. Malgré quoi il remporte un succès sexuel phénoménal auprès des hommes comme des femmes, qu'il consomme avec ardeur. L'amour reste pour moi un mystère fascinant, mais j'ai définitivement renoncé à comprendre le sexe.

Nous sommes au tout début du rota 10, quelque part sous terre, à la verticale de l'ancien bund, « l'écharpe brillante de shangaï ». Campé sur ses longues jambes, au centre du cercle gigantesque d'une antique citerne de gaz naturel, path crache trois fois sur le sol graisseux pour conjurer le mauvais sort. Puis il coince son stick entre ses dents pointues et vide à ses pieds un sac entier de psychotine en papillotes et une mallette pleine à craquer de plastic-yuans. Pendant les heures suivantes, il les échange, gramme par gramme, unité par unité, contre des kits de rotadiagnostics. Pour trouver ces kits que tout le monde s'arrache, il faut être soit très décidé, soit extrêmement en manque. Quand les deux tas sont épuisés, il embauche tous ceux qui ont préféré l'argent à la drogue, parmi lesquels nakamura. Il leur fait enfiler de vieilles combinaisons de combat mogoles et il trace lui-même dans le dos de leur blouson l'idéogramme de dolhen : *refugee*. Enfin il les envoie isoler et étanchéifier une zone rocheuse, à l'aide d'explosifs et de mousse de roche.

171

Cette zone prophylactique créée par les refugee ressemble à un énorme Champignon sphérique poussé sur une falaise. En fait de Champignon, il s'agit d'un roc poreux dont chaque alvéole a été autrefois transformée en pièce habitable par une transnationale dont les effectifs ont fui devant le rota 8. Les pièces qui donnent sur l'extérieur sont closes par d'énormes plaques de duraglass. Cette ruche souterraine, moitié pierre moitié vitrage, ne possède qu'un seul accès pourvu d'une série de sas de décontamination. Son cœur est creux et forme une arène gigantesque. Path la fait transformer en salle de torture, avec des chaînes innombrables rivetées aux parois et des potences électriques dressées au milieu. C'est une idée monstrueuse et bien digne de lui. C'est aussi un coup de génie, apte à frapper les imaginations. Personne n'imagine alors que les temps futurs y verront le plus grand bordel ayant jamais existé. Ce n'est pas complètement faux, mais c'est de très mauvais goût.

Cheng, serrant contre elle son manteau, descend dans les entrailles de l'ancien shangaï. Elle doit savoir par où passer, quel conduit emprunter. Ses amis de la rue ont dû le lui dire ou le lui montrer, du temps où elle était une petite chanteuse d'étage et eux, encore vivants. Je ne sais pas si elle patauge longtemps dans les gravats et les ordures avant d'atteindre un accès à la suburb. Au coude à coude avec une foule hagarde, elle suit le boulevard maoming, du nom d'un boulevard qui a autrefois existé à l'air libre et dont le tracé a inspiré celui de son double souterrain – de nombreux lieux de

172

la suburb conservent ainsi précieusement le dessin et les appellations de cités depuis longtemps disparues. En fait de boulevard, c'est un ancien canal en béton rongé par des évacuations chlorées, éclairé par des grappes de spots autonomes zhigang. Dans cette lumière orange, les visages apparaissent tous identiques, minés par la misère physique et la peur, sous-oxygénés, déshydratés, dénutris, exaspérés. Il y a là des han, des zhuang et des hui, des yi et des mia, tous courant plus que marchant dans un silence asphyxié, les traits fondus comme cire et rendus jumeaux par les mêmes visions sanglantes, la même stupeur de voir leur monde sombrer et les mêmes deuils brutaux. Ils cachent dans leurs poches des morceaux d'Or et des sceaux d'Ivoire, ils traînent des sacs d'eau et de protéines, des bonbonnes d'air, des bouddhas fendus, des interfaces inutilisables, des livres de famille en rouleaux. Il n'y a pratiquement pas d'enfants. Cheng se hâte avec eux.

Après une marche interminable, ils passent enfin sous les arceaux rouillés qui marquent l'entrée de la zone des refugee. Une vidéo, qui tourne en boucle sur une paroi de métal lépreux, leur annonce la couleur : s'ils entrent, c'est qu'ils abandonnent tout, qu'ils obéissent à tout et qu'ils sont prêts à mourir. On s'exclame, on hésite, on se bouscule, on s'écrase au pied de la projection qui repasse inlassablement. Cheng contourne la foule indécise et franchit le premier sas qui s'ouvre.

Une épaisse brume désinfectante l'accueille de l'autre côté. Elle jette dans une colonne tout ce qu'elle possède, son manteau, son masque, sa mémoire, ses dessous de

173

Coton troué, une carte à yuans, une 3d de son petit ami, un plectre en Ébène auquel elle tient beaucoup. La désinfection ne se fait pas aux infrasons, oh non : elle est chimique, thermique et fortement dosée. J'espère qu'on en profite pour infuser quelques anxiolytiques à ces pauvres gens, car le plus pénible reste à venir. Le rota 8 a tué plus de trente pour cent de la population de shangaï, et le rota 10 est strictement incurable. Path a décidé de créer un lieu où l'humanité suburb puisse survivre en attendant que passe la grande vague rouge : il ne s'agit pas de lui permettre d'entrer.

Cheng, stoïque, reste debout sous les jets de vapeur puant le chlore et l'iode. Puis la douche cesse, un guichet de prélèvement s'ouvre, elle glisse son bras dans le manchon. Elle est nue, dégoulinante, fumante, les yeux irrités, les cheveux collés sur ses joues et ses épaules, elle pleure peut-être, elle a sûrement très faim et très peur, à ce moment-là la porte coulisse sur l'immense arène glaciale des refugee. Elle fait un pas en avant et le sas se referme dans son dos.

L'arène des refugee est plus grande que le stade de pékin. C'est un immense cirque de pierre noire, d'une hauteur aussi hallucinante que sa circonférence. On y testait autrefois des vaisseaux spatiaux, à l'abri des regards curieux de la concurrence. Une forêt de potences électriques en occupe le centre, et dans ces potences, des hommes et des femmes nus sont constamment traînés, sanglés et exécutés. Des flammes bleues les couronnent. On hale ensuite leurs corps raides jusqu'à des fosses de recyclage. Sur les flancs de l'arène, le long des parois de roc, des hommes et des femmes sont enchaînés côte à

174

côte. Combien y en a-t-il ? Cheng renonce à compter, ils sont probablement plus d'un millier. Ceux-là ne disent rien, ils attendent. Certains ont renversé leur tête en arrière, fermé les yeux et paraissent absorbés dans une vision intérieure, la plupart laissent leur visage pendre sur leur poitrine et ne bougent plus, bras en croix, passant parfois d'un pied sur l'autre pour soulager leurs jambes bleues de froid. Ce spectacle dantesque répond à une certaine logique : le rota 10 déteste le froid et les demandeurs d'asile se comptent par centaines de milliers, pour moitié déjà irrémédiablement infectés. À l'hypocrisie des tours, qui poussent les malades dans les colonnes d'incinération en leur expliquant qu'il s'agit d'un nouveau caisson de traitement, path oppose une franchise grandiloquente. L'arène des refugee est à la fois le lieu du sacrifice et de l'initiation. On est admis ou on n'est plus et les refugee qui officient, bouclant et débouclant les chaînes, maniant les potences, charriant les corps, sont sérieux comme les anges de la mort.

Hébétée, ses doigts glacés serrant ses épaules maigres, la buée chaude gelant d'un coup sur sa peau qui se hérisse, cheng regarde tous ces corps nus, ces va-et-vient incessants entre les côtés et le cœur de l'arène, mais surtout elle entend les hurlements, les imprécations, les supplications. Cette rumeur immense éclate à ses oreilles déshabituées du bruit. Un refugee la saisit à la nuque et la conduit à grands pas vers un nœud de chaînes. Tandis qu'il l'attache, aux poignets et à la taille, elle voit un homme blanc qu'on jette contre le treillis d'une potence, l'épais sceau conducteur qui le frappe à la poitrine et c'est déjà fini. Une couronne fulgurante hérisse ses cheveux jaunes et il tombe.

Cheng reste longtemps attachée à la paroi. Ses cheveux mouillés raidissent, elle grelotte à en faire cliqueter ses chaînes. Elle regarde autour d'elle : sa voisine de droite est encore fumante, elle sort juste de désinfection. Son voisin de gauche, engourdi par le froid, est presque endormi par des heures d'attente. Un refugee s'arrête devant lui, consulte la mire informative qui clignote doucement au-dessus de la tête inclinée. Les résultats des prélèvements sont-ils bons, sont-ils mauvais ? Le refugee, d'un coup de matraque, assomme l'homme enchaîné : ils sont mauvais. Le refugee défait les chaînes, soutient l'homme jusqu'au centre de l'arène. Celui-ci n'essaye même pas de se défendre. Peut-être a-t-il vu toute sa famille mourir du 10 ou du 8 ? Les potences, elles, tuent vite.

Cheng ouvre grand les yeux. Là-bas, dans le flou de l'éloignement et les jets d'électricité résiduelle, porté par les bruits des chaînes et les gémissements des condamnés, un groupe d'hommes s'avance. L'un d'entre eux est plus grand que tous les autres et, seul parmi les sombres tenues mogoles, il porte un grand manteau fauve. Cheng n'a jamais entendu parler de path mais elle reconnaît le diable rouge de la vidéo de l'entrée. Incrédule, elle le regarde avancer et discerne peu à peu l'incendie de son visage, ses traits presque caricaturaux de dragon. Dans cet enfer de chair blanche, de pierre noire et de mort bleue, path ressemble à une farce, jusqu'à ce qu'on distingue les fentes décolorées de ses

176

yeux. Cheng entend alors un bruit inconcevable dans ce cauchemar, celui d'un enfant qui essaye de parler. Elle tourne la tête : on vient d'attacher à sa gauche une mère et son nourrisson, tous deux nus. La femme tient le bébé dans ses bras, le refugee n'ayant enchaîné que sa taille. Cheng, effarée, fixe cette femme qui sourit et chantonne, essayant de distraire son bébé du froid glacial, frottant ses pieds, soufflant sur ses joues. L'homme fauve s'approche encore, parle à la mère. Puis il fait quelques pas de plus, s'arrête presque devant cheng. Elle regarde à peine le refugee auquel il s'adresse : c'est nakamura. Le regard mort, le visage creusé par la fatigue, les épaules rageusement droites sous sa combinaison que les ongles des condamnés ont déchirée par places, nakamura parle d'un ton monocorde :

« Le gamin est infecté. Elle ne veut pas le lâcher.

— Elle est saine, répond le grand fauve en balançant lentement un stick meurtrier au bout de ses doigts immenses. Traitez ça comme les autres. »

Nakamura le regarde, semblant attendre un ordre précis. Path le lui donne :

« Séparez-les. »

Nakamura ne hausse pas les épaules, mais path le prend comme tel : il l'apostrophe.

« Non ? »

Nakamura hausse les épaules, cette fois :

« Je ne crois pas, non. »

Il s'avance cependant vers la femme, qui regarde cheng regarder le bébé. L'expression de cheng est éloquente. Très naturellement, la femme se penche et mord l'épaule de son fils qui hurle. La bouche pleine de sang

177

infecté, elle le serre contre elle et recommence à chantonner. Path hausse à son tour les épaules :

« Cramez les deux. »

Puis il se tourne une seconde vers cheng : le vide de son regard est sans faille. Il s'éloigne. Je vous épargne la fin de la scène, comme cheng me l'a épargnée. J'ai simplement su que la mère avait fait en sorte que nakamura n'ait pas à électrocuter un nourrisson.

Les heures s'allongent. La peur de la mort a rempli cheng comme une bouteille, maintenant elle commence à déborder. Si elle pouvait lire la mire au-dessus d'elle, elle saurait ; mais elle ne peut pas. Alors elle guette des douleurs fantômes dans son ventre contracté par le froid. Un tout jeune garçon enchaîné à côté d'elle est traîné dans la fosse. Le refugee n'a pas frappé assez fort avec sa matraque, le jeune homme se débat, hurle à l'erreur de diagnostic et appelle ses parents. Juste après lui, c'est au tour d'une jeune fille d'être enchaînée. Un refugee s'approche d'elle. Elle ferme les yeux, attendant le coup de matraque mais il avance encore, jusqu'à la toucher. Son visage n'est plus qu'un masque livide, son regard ressemble à deux mornes gouttes de graisse figée et les tendons de son cou saillent sous l'effet de la tension nerveuse. Avec une lenteur de cauchemar, il caresse la joue de la femme puis il la soulève par les hanches et la prend. Elle garde les yeux fermés, sa tête se renverse en arrière et ses cheveux s'accrochent à la roche ; il n'est pas sûr qu'elle soit encore consciente. Cheng rit nerveusement pendant de longues minutes : c'est une façon bizarre de donner le résultat d'un test mais elle est plus explicite qu'une colonne de données. Et elle trahit une solide confiance dans les protocoles sanitaires en vigueur. Le refugee grimace de soulagement, son visage s'affaisse, son front va heurter le mur noir. La femme n'a toujours pas ouvert les yeux, ses mains liées au-dessus de sa tête pendent comme deux Ailes blanches. Sans un mot il la détache, avec des gestes grelottants, et l'emmène de l'autre côté de l'arène où ils se dissolvent dans la brume d'or fendue d'éclairs bleus. Cheng met longtemps à cesser de rire.

Je suppose que c'est ce genre de scènes qui a donné naissance à la légende lubrique des refugee, du moins qui a donné l'idée du très célèbre érogiciel en Réseau, qui lui-même a donné naissance à, etc. Je parie que path aurait été flatté de jouer à *arena of refugee* : réussir à faire passer un massacre pour une gigantesque partouze indique qu'il avait le sens de la mise en scène. Mais au sein du jeu, il ne fait pas zéro degré et l'air ne pue pas la chair électrocutée.

À la droite de cheng, nakamura assomme et détache une vieille femme à moitié morte de froid. Cheng s'entend gueuler :

« Mais vous n'arrêtez *jamais* ? »

Nakamura ne bronche même pas. Assassiner dans le feu de l'action est à la portée de tout le monde : il faut juste un bon mouvement de masse. Mais manutentionner des inconnus tremblants pendant d'interminables heures est une corvée abjecte. Les refugee se sentiraient sûrement soulagés s'ils pouvaient maltraiter les prisonniers, afin de marquer une distance avec eux et de libérer leur tension nerveuse. Seulement, path l'a

179

interdit. Outre les gains en termes de rapidité d'action et de limitation des contacts physiques, donc des risques de contagion, path doit voir dans cette façon d'agir une bonne façon d'écrire sa légende. Il n'a pas tort : l'absence de cruauté gratuite stupéfie toujours. Une phalange d'anges noirs officiant avec maîtrise frappe davantage les esprits qu'une banale troupe d'assassins vociférants. Mais pour les refugee, c'est intenable : on a besoin de haïr ceux qu'on est obligé de tuer. Alors, comme on crée un sas de décompression, path a autorisé le viol sur les sujets sains. C'est une torture comme une autre et elle offre l'avantage de ne pas transformer l'arène en piscine de sang contagieux.

Nakamura jette la vieille femme contre une potence. Au moment de mourir, sa tête roule contre le grillage, son chignon se défait et ses longs cheveux immaculés se répandent en éventail puis montent comme une flamme vers le ciel de granit, blanc pur glacé de bleu. Cheng cligne plusieurs fois des yeux pour en chasser le reflet de ce graphique fulgurant. Elle tire spasmodiquement sur ses chaînes. Quand nakamura vient la détacher, il est plus que temps : elle est à cheval sur la frontière de la folie. Je n'ai jamais vraiment su de quel côté elle avait finalement rassemblé ses pieds.

Cheng distingue mal le visage de nakamura, sombre parmi les lueurs vives de l'éblouissement. Il se penche sur elle, prend le temps d'enfoncer dans ses pupilles folles son regard chaud et calme. Elle grimace horriblement, tant elle s'efforce de ne pas pleurer. Elle se

180

redresse et serre les poings, les fesses, les épaules, refusant de tendre sa nuque à la matraque, refusant à la fois d'espérer, de se résigner et de demander. Nakamura lève ses mains : elles sont vides. Il ôte ses gants et passe ses paumes nues sur le visage glacé. Cheng m'avouera avoir failli les mordre ou les embrasser, tant elles lui ont semblé chaudes et d'une futilité exaspérante. Ensuite nakamura s'approche plus près, enlace cheng, la soulève et en la pénétrant il la regarde en face, comme s'il n'était pas en train de commettre un viol sur un corps en hypothermie et qu'il s'intéressait à sa réaction à elle. Cheng, hébétée, regarde ou plutôt voit, par-dessus l'épaule noire, la buée glacée de l'arène où s'étirent les feux livides des potences et la lumière orange des spots ; elle entend les crépitements de l'électricité et la vibration des corps qui tombent, le chuintement des sas d'admission qui coulissent et des panaches de vapeurs chlorées qu'ils crachent, le murmure incessant des chaînes contre le froid atroce de la pierre noire, la grande rumeur palpable de cris et de mort. Nakamura bouge doucement contre cheng. Son corps est un bain de chaleur mais il est d'abord, avant tout, la preuve que cheng ne mourra pas bientôt, les bras serrés autour de son ventre en train de tourner en purée sanglante. Elle éclate en larmes véhémentes.

Nakamura a droit, comme tous les refugee, à une alvéole personnelle, large comme ses deux bras étendus, longue comme deux fois son corps. Il y habite, c'est-à-dire qu'il y dort et surtout qu'il a l'autorisation d'y loger un ou une invitée, pour dix jours au plus. Passé ce délai, les invités de tout sexe doivent être volontairement remis au... en quelque sorte, pot commun. S'ils ont une quelconque formation technique, ils filent vers les innombrables chantiers des refugee. Leur travail consiste essentiellement à passer des secteurs entiers au lance-flammes, à les étanchéifier à la mousse de roche et à les aménager en retapant de vieux générateurs d'oxygène. S'ils ont des compétences physiques, ils sont envoyés contre les offensives des triades. Et s'ils n'ont rien de plus que leur peau, ils sont enfermés dans de petits bordels sordides. C'est ce qui attend cheng.

Pour le moment, encore nue et glacée, pleurant toujours sans même s'en rendre compte, elle précède nakamura dans les boyaux obscurs des hauteurs de l'arène. Nakamura ouvre le sas de son alvéole et s'efface pour la laisser entrer. Sur la gauche il y a une couchette, sur la droite un kit vital, de quoi s'oxygéner, se désinfecter, se soigner et devant, de l'autre côté d'une épaisse couche de duraglass brouillée par la condensation, il y a les lumières bleu et or de l'arène. Nakamura ferme aussitôt le sas : il fait bon dans l'alvéole. Il fouille sous sa couchette, en sort une tunique en pelure de recyclage et habille cheng. Cette blouse courte, sans manche et sans forme, couleur rouille, a été assez bien reproduite dans *arena of refugee*. Raidie par des heures de froid, cheng se laisse faire. Nakamura lisse le tissu froissé et les longs cheveux noirs semblables aux siens, essuie les joues trempées, pose des bandes analgésiques sur les poignets rongés par les chaînes. Ensuite il assoit cheng sur la couchette et, avec sérieux, lui applique un protocole sanitaire plutôt complet, prélevant ici et là, collant des patchs et des capteurs, injectant des compléments, scrutant son vieux moniteur médical avec attention. Les sourcils légèrement froncés, la bouche amollie par une moue de médecin perplexe, les joues rosies par la chaleur, il paraît à cheng infiniment plus humain que le boucher qu'elle a vu dans l'arène et qui traînait des vieilles femmes à la mort. Elle se dégèle peu à peu, observe ce front penché bordé de cheveux raides, ces longues mains crevassées et aussi les parois floquées d'isolant, le matériel rudimentaire, l'immense vitre embrumée de bleu électrique et d'or vaporeux, reflet magnifique de l'enfer. Elle goûte le silence, la tiédeur de l'air qui sent l'homme et le Thé. Brusquement elle se remet à trembler, à grands spasmes. Nakamura regarde son visage, pose son appareil, se lève et lui prépare une soupe. Cheng s'accroche au sachet brûlant comme à une bouée, laissant nakamura finir ses examens. Ensuite il range le kit médical et dépose sur la couchette un sac rempli de doses caloriques. La nourriture synthétique a été déguisée – à peine – en forme de boulettes pro-téinées, de portions de sauce et de beignets aux vita-mines. Cheng mange du bout des lèvres. Nakamura lui tourne le dos et échange sa lourde combinaison de refugee contre une pelure marron ; cheng en profite pour tout avaler tout rond. Nakamura s'assoit en face d'elle et, sans un commentaire, se contente de ce qui reste du repas. Ensuite il lui offre un peu de Bétel et de Bière. Elle accepte, et la douceur de ces goûts éva-nouis a raison de ce qui reste d'elle : elle s'endort assise et en dormant, elle recommence à pleurer. Nakamura l'allonge sur la couchette, essuie ses joues, s'étend à côté d'elle et s'endort le nez dans ses cheveux encore humides.

Un peu plus tard, il la secoue par l'épaule. Elle ouvre des yeux hébétés : debout dans sa tenue noire luisant d'antigerme, il enfile des gants de sécurité qu'il fait claquer autour de ses poignets.

« Vous ne sortez pas. Il y a à manger sur le plateau. Le trou des chiottes est là. »

Au fur et à mesure qu'il s'équipe, ses yeux chauds gèlent et ternissent. Il attache ses cheveux dans son dos et répète :

« Vous ne sortez pas. »

Il salue cheng et sort. Elle se rendort, frissonnant dans sa pelure rouille. Elle n'est pas encore au courant que path a donné l'ordre de tirer à vue sur toute personne circulant seule dans cette tenue.

En rentrant quelques heures plus tard, nakamura trouve cheng accroupie près de la vitre, les bras noués comme des serpents autour de ses genoux maigres et les yeux figés dans la soupe glacée de l'arène. Il pose le sac de nourriture, se change, soulève cheng par les aisselles et la déplie exactement comme une ombre de Papier. Elle mange sans lever les yeux. À la fin du repas, il met un peu d'Encens à brûler, sert deux petits verres d'alcool. Elle boit, se replie en boule au bord de la couchette, inspire longuement la fumée et le regarde enfin.

« Vous êtes *quoi* ? »

Il a ce demi-sourire que je lui ai connu et qui m'a

184

tant plu, à cause de ses yeux qui glissent sur le côté à la recherche d'une réponse :

« Je viens de là-haut. » Il tend le doigt vers le plafond bas. « Mais là-haut, je ne suis plus personne. Alors je suis venu ici et path m'a embauché. »

Il regarde cheng bien en face. Elle aussi. Ce sont des gens de face à face, qui partent à la pêche de vos pensées avec l'hameçon patient de leur bonne foi.

« Ce qu'on fait ici n'est pas beau, mais c'est une bonne chose, dit-il lentement. On sauve ce qui peut être sauvé. Et la façon dont on achève ce qui est condamné est moins horrible que les gaz. »

Cheng hausse les épaules. C'est la grande force de cheng. Bien sûr que la potence lui paraît moins horrible que les gaz ou les diarrhées. Mais personne ne pourra jamais lui faire prendre un massacre pour un acte de sollicitude. Derrière l'intelligence politique des refugee, derrière leurs motivations sanitaires et la logique implacable de l'arène, elle sent une volonté de pouvoir sans merci, ni plus ni moins aveugle que tous les rota, une force sanglante qui à terme conduira au même résultat, et elle a raison.

« C'est qui, path ?

— Celui que vous avez vu. Le grand avec les tatouages de dragon.

— Le grand dragon… », murmure cheng. Elle revoit les traits blancs peints de rouge, les yeux vides et les épais cheveux écarlates ; les reflets bleus de l'arène givrent son visage très pâle. C'est alors que nakamura, d'un coup et sans un seul geste, dépouille la peau du refugee, cet emballage de brute raccord à son monde, qui s'autorise tout ce qu'elle peut et en outre, la certitude de bien faire. Il se déploie tel qu'il est, assez haut pour voir ce qui est et s'y voir :

« Je tenais à vous dire ceci : rien de ce qui est fait ici, par moi ou par d'autres, n'est tolérable. Ni la façon dont nous ouvrons nos portes, ni celle dont nous les fermons. Ni la façon dont nous tuons, ni celle dont nous sauvons. Ni quand nous violons. Je vous présente mes excuses, bien que ce ne soit pas excusable. Je ne fais pas ce que j'ai choisi : je fais le moins mal de ce que j'ai trouvé à faire. Et, vis-à-vis de vous, je me suis conduit de façon minable. »

Nakamura a fermé les yeux, crispé ses mains sur ses genoux et il parle avec une sécheresse de communiste à son propre procès. Cheng, effarée, regarde cette incroyable lumière fixe brillant dans la nuit mouvante de l'épidémie, dans cette obscurité épaisse où d'ordinaire les seules lueurs que les hommes sont capables d'allumer sont les rougeoiements des incendies. Nakamura aussi a de la chance : il est tombé sur une des rares personnes capables de manger la vérité toute crue avec un aussi bon estomac que lui. C'est à ce moment-là que cheng abandonne l'idée de l'égorger pendant son sommeil. Ils restent un moment silencieux tous les deux, puis cheng lui tend son gobelet vide. Il sursaute et le lui remplit sans la regarder. Il doit se demander ce qui lui a pris de faire d'instinct confiance à une inconnue, et se répondre dans la foulée qu'au fond de cette geôle, son instinct est désormais son seul appui. Ils boivent ensemble et cheng sent un soulagement bizarre l'envahir, plus fort que

186

celui de l'alcool. C'est un pouvoir que nakamura a et aura toujours sur elle, celui de lui permettre de dormir. Évidemment, de son point de vue à lui, ce n'est pas toujours très exaltant. Il ramasse le verre d'alcool qui glisse des doigts de cheng, l'allonge sur la couchette et s'endort à son tour, sur le sol gluant d'antigerme. C'est elle qui, quelques heures plus tard, s'allonge sur lui et le réveille. Nakamura n'aura jamais assez de mains pour réchauffer, sur la peau de cheng, tous les endroits gelés par les murs noirs de l'arène et les anneaux des chaînes, mais peu importe. Pendant dix jours, ces deux-là baisent comme on se noie, dans la lumière bleu et or, avec une frénésie que la tension nerveuse leur extorque bien plus que le plaisir. Il leur arrive même de se réveiller liés par leurs chevelures emmêlées, et d'en rire.

Ces jours-là, quand nakamura arrive avec le sac du repas, il trouve cheng assise en tailleur sur la couchette, enroulée dans un grand paréo bleu. Avec ses cheveux tressés dans le dos et sa figure sérieuse, elle ressemble à une écolière. Mue par une pulsion élémentaire, celle de ne pas mourir en entraînant avec elle les plus belles de ses images mentales, elle saisit inlassablement sur une interface tous les poèmes, tous les chants dont elle se souvient, et en invente de nouveaux. J'en ai lu quelques-uns : il y a des morceaux de ciel jaune, des joueurs de go, des éventails peints, l'ombre des tours sur le sol, des mouchoirs rouges oubliés dans des Jardins d'étage – son monde révolu. Tout en piochant des lamelles de pro-téines dans le sachet homéotherme, cheng lit à nakamura sa production de la journée. Il écoute, il commente. Elle

187

ramène aussi, du fond de sa mémoire, des vers classiques de du fu ou de bai juyi. Il l'aide, se rappelle des passages entiers de li yu tout en grignotant des raviolis farcis saveur-Bœuf. Puis il s'assoit en tailleur à côté d'elle, tous deux se passent et se repassent l'embout du narguilé et le sachet d'alcool ; peu à peu la cellule cloisonnée par l'enfer se remplit d'Herbe verte, de pieds dansants, de Saules pleurant et de Grues perchées dans des Pins. Le bonheur n'est qu'un moment, celui-là dure dix jours.

Dix jours, c'est ce qu'il faut à path pour accueillir plus de cent mille personnes, en tuer trente mille, étanchéifier deux mille lis de conduits, tunnels, passages et canaux, prendre d'assaut un complexe de gélification gazeuse encore opérationnel et capturer huit cent cinquante techniciens et techniciennes dont plus de la moitié se laissent convaincre de travailler avec lui à la construction d'un monde nouveau. Il semble que nous autres, han, ayons toujours aimé cette idée absurde. Path met aussi la main sur plus de deux cent quatre-vingts millions de yuans en valeurs diverses, notamment médicamenteuses, aqueuses et alimentaires, sans compter les bouddhas fendus et les livres de famille en Soie. Dans le même temps il produit huit tonnes de psychotine pure et l'expédie, coupée, dans les tours. Car même le rota ne peut venir à bout de certains circuits d'approvisionnement. L'opération lui rapporte plus d'un milliard de yuans versés sous forme de composants électroniques, eau douce ou chargée, produits chimiques et biochimiques, armes décibelles, mines à vide, code et matrices, gaz densifiés, containers énergétiques, doses caloriques et même quelques bouteilles de Vin de maotai. Munificent et soudain pacifiste, path utilise ce butin pour acheter la paix avec la triade qui tient le dessous de rive du huangpu. La caisse de Vin explose et les doses caloriques, doublées d'explosifs, lui font écho. Path envoie alors des troupes étayer ce qui reste des dessous de rive du huangpu et fait expédier dans les tours six tonnes de psychotine supplémentaires. Un grain sur dix encapsule un dixième de milligramme de toxine botulique même pas potentialisée. Il y a de quoi tuer soixante milliards d'êtres humains ; les dégâts ne s'élèvent qu'à cinquante-quatre morts, que les tours font passer sur le compte du rota 10. Le circuit d'approvisionnement tour-suburb n'est pas coupé pour autant, non. Simplement, les paiements suivants sont de meilleure qualité et tout le huangpu jusqu'à baili se retrouve sous la domination des refugee.

Sifflotant entre ses dents pointues, son stick dansant au bout de ses doigts blancs, path descend à grands pas l'immense hélice interne qui dessert les alvéoles autour de l'arène. Il revient d'inspecter le dessous de rive, son manteau fauve est noir de cendres, ses chaussures noires de sang et son visage rigide de fatigue. De temps en temps, il pose sa paume sur le sas d'une alvéole et entre. Il jette un regard sur l'équipement sommaire où s'éparpille le bazar personnel du refugee qui occupe les lieux, s'attarde devant la grande vitre embuée, crache et ressort.

Quand cheng entend le sas coulisser, elle est assise en tailleur au bout de la couchette, près de la vitre, et joue sur une cithare que nakamura lui a trouvée. Son jeu bafouille d'anxiété : elle doit quitter la cellule le soir

189

même. Elle et nakamura n'en ont pas beaucoup parlé mais il est hors de question, pour tous les deux, qu'elle finisse au bordel. Nakamura a son idée et cheng a la sienne, beaucoup plus définitive. C'est que cheng est une survivante, état dont la meilleure définition tient en trois mots : elle se sent seule, coupable et inutile. Il ne lui coûterait pas grand-chose de rectifier l'absurdité que constitue son existence, raison pour laquelle elle a glissé dans sa cithare un fragment de câble rigide, cassé en biseau, et tracé au marqueur une croix juste au-dessous de son sein gauche. Mais nakamura, s'il n'est pas un survivant, est un assassin. Cheng représente sa part d'humanité, sa désobéissance aux ordres de path et des rota, sa résistance à l'entropie. Il a besoin qu'elle vive, raison pour laquelle il a envoyé une demande d'entretien à path avant de descendre dans l'arène, quelques heures plus tôt. Mais revenons à ce moment où le sas coulisse, avec un léger soupir pneumatique. Cheng ne se retourne pas, elle est en train d'essayer de se rappeler les accords d'une rengaine de xiaohua :

« Maintenant je ne peux plus
que rester là à écouter…
— … étudier la patience des pêcheurs
et que bientôt vienne mon heure. »

Cheng relève la tête, ses doigts se figent sur les cordes. Path pose son stick sur le contrôleur à sa droite et s'adosse au sas qui s'est refermé. Alors cheng se repenche sur son instrument et commence, d'une voix faussée par la trouille, le « bonne nuit shangaï ». Dans l'alvéole souterraine, la pluie se met à tomber, fine et chaude. On entend, portés par le vent nocturne, les cloches de minuit

190

et les appels aigus des enfants qui mendient dans les rues. Devant les façades blanches et noires des vieilles maisons sihe, des vieillards vendent des éventails colorés.

«… bonne nuit shangaï
bonne nuit tous les insomniaques. »

Quand elle a fini, cheng se tourne vers path. Il fixe l'or qui coule et le bleu qui tremble sur la vitre en face de lui. Cheng ne sait rien de sa folie carnassière, de son goût pour le meurtre gratuit, de ceux ou celles dont il a ouvert le cou d'un coup de dents ou crevé les yeux avec ses ongles en titane. Elle n'est pas non plus au courant qu'il détient désormais la quasi-totalité de la suburb de shangaï et que, pour lui, ce n'est qu'un début. Mais rien qu'à le regarder, elle se doute. De tout. Autour d'eux le vent de nuit s'est tu, les enfants sont partis et les étoiles se sont éteintes. Il n'y a plus de rues serpentant à l'air libre mais cinquante étages de roche qui pèsent sur le crâne de cheng et les éclairs bleus des meurtres inces-sants, dont les reflets blafards délavent le long manteau fauve de path. Le mot *lust* y palpite, se tord comme un Vers blanc. Path pue le massacre et cette odeur envahit peu à peu l'alvéole, relent de brûlé, de sang, de crasse et de phéromones de synthèse. Cheng lève vers le visage tatoué des yeux brillant de haine et ne dit rien.

J'imagine que path n'a pas l'habitude qu'on le regarde comme ça.

D'un mouvement d'épaule il se redresse, prend son stick, le fait tourner entre ses doigts, le repose et se plante devant cheng. Son expression n'a rien à voir avec celle, sinueuse et congestionnée, des clients dans les bars

191

d'étage, pourtant elle signifie clairement la même chose. Cheng serre sa cithare contre elle, prête à l'écraser sur la figure de path. Il perçoit le mouvement et éclate de son grand rire rouge. Cheng manque en lâcher son instrument : le rire de path vaut bien ça. Les flammes de ses tatouages s'animent comme un incendie et sa bouche immense laisse voir, entre des crocs immaculés, une langue noircie par l'iféine. Le rire humanise tous les visages mais chez path, il met en évidence une démesure de phénomène naturel.

« Ses dents, me dira cheng, m'ont fait penser à une chaîne de pics enneigés autour du cratère d'un volcan. »

Path bouge très vite : il tient cheng par le cou avant même qu'elle ait eu le temps de dégager de son instrument la tige acérée qu'elle y a cachée. Il balaye la cithare d'un revers de main, elle tend les siennes pour se défendre et sent sous ses doigts la dureté d'une combinaison de survie nbc-blindée. Ce que path n'a pas prévu, en revanche, c'est que cheng trouve très bonne cette occasion de mourir. Elle vise les yeux de path avec ses ongles en crachant les pires injures qu'elle connaisse. Path ne s'en émeut pas, ce qui achève de me persuader que les crises de rage sur lesquelles il a assis son autorité, ou plutôt la peur qu'il inspire, n'ont rien de pathologique et qu'elles sont au contraire parfaitement calculées. Il attrape les deux poignets de cheng d'une seule main, lâche son cou, lui lève les bras pardessus la tête et l'allonge sous le poids de son propre corps. Ensuite il attend qu'elle se taise, ses yeux sans

192

couleur observant le visage révulsé de colère. Elle finit en effet par se taire, la bouche pincée de dégoût. Sous la masse de path et la dureté de sa combinaison blindée, elle a du mal à respirer alors elle attend, patiemment, qu'il vienne et s'en aille. Elle a déjà connu, au moins une fois, le froid gluant des pénétrations imposées et elle sait qu'elle devra vivre avec une plaie mentale de plus. Mais comme vivre est une option franchement incertaine, elle retrouve progressivement son calme. Le seul problème est que path n'est pas forcément là pour la prendre ou la tuer, ce serait déjà fait. Il ouvre les jambes de cheng d'un coup de genou, s'installe plus confortablement et ne bouge pas davantage. Puis il glisse ses doigts immenses dans les cheveux de cheng et, comme le dit un auteur anglais, « la touche ici et là avec tant de douceur que sa chasteté est vaincue ». Path n'en obtient pas tant de cheng, mais enfin elle commence à se demander ce qu'il lui veut vraiment. Écrasée et mourant de chaud, elle sent les ongles métalliques effleurer son cou, ses joues. Elle a envie de vomir et serre les dents.

« Nakamura t'a montré le bordel ? » chuchote path à son oreille. Elle ne répond pas mais elle ouvre les yeux. Au-dessus d'elle, le regard incolore luit comme deux cristaux nématiques. Les tatouages écarlates, remarquablement bien faits, ne diffusent pas dans la peau naturellement livide. À la repousse, les cheveux rouge vif sont roux foncé. Le nez est négroïde, le menton en galoche caucasien, les paupières allongées sont asiatiques, le modelé de la joue est féminin. Les oreilles ont été taillées en pointe de deux coups de cisaille et renfor-

193

cées par des armatures en titane. L'implantation de la chevelure, retravaillée au laser, forme des pointes sur le front. Cheng se surprend à détailler le visage du dragon et il lui apparaît aussi, quoi... difforme ? de près que de loin. Le terme qu'elle emploiera est *scandaleux*. Elle utilisera aussi un terme tatare situé quelque part entre *occidental* et *répugnant*. Path se laisse regarder, il connaît l'effet produit par son aspect pour l'avoir minutieusement travaillé. Cheng achève de faire le tour des écailles du dragon, revient au regard blème ; path sourit. Cheng a l'impression de voir un Serpent filer sur la glace. Elle attend, quelques secondes, qu'une langue bifide sorte d'entre les lèvres sinueuses. Path murmure :

« À part pilier de bar, tu sais faire quoi ? »

Cheng tombe à pieds joints dans le piège, comme une concubine offensée. On lui a tant de fois posé cette question blessante, ou plutôt on a tant de fois oublié de la lui poser, qu'elle lâche d'une traite :

« Jouer de plusieurs instruments, chanter, réciter la poésie classique et un peu de calligraphie. »

Path caresse du pouce un des sourcils de cheng et ajoute :

« Tu crois qu'on a besoin de musiciens et de poètes ?

— On en a toujours besoin », décrète cheng. Path rit une fois de plus. Sous cette houle, cheng sent sa cage thoracique laminée par les plaques de la combinaison. Elle grimace de douleur et suffoque. Path prend appui sur ses avant-bras et se soulève un peu. Soulagée, cheng respire à fond. Path abaisse son visage, pose sa joue contre celle de cheng et chuchote :

« Tu as raison. On en a besoin pour se regarder dans

de beaux miroirs. J'ai besoin d'artistes pour monter une cellule de propagande. Tu veux en être ? »

Il se redresse et la regarde. Le col fauve de son manteau lui fait une collerette impériale. L'odeur de Cuir, de feu et de sang est intense ; il sent aussi le cadavre, le foutre, la sueur et les phéromones synthétiques. Son corps immense dégage une chaleur de fièvre. Cheng, étonnée par la question, oublie de détourner les yeux et tombe dans le vide du regard de path. Elle s'en arrache avec peine et ses nerfs fatigués recommencent à trembler. Elle veut mourir, ou bien retourner dans sa rue, ou encore les yeux chauds, les mains sèches, les cheveux soyeux, la droiture sans faille de nakamura. Elle refuse, elle exècre ce souterrain saturé de froid et de mort électrique, son roi écarlate dont la peau brûle et dont l'âme gèle. Alors, en réponse, elle grince : « Non ! »

Il bouge, pour mieux s'installer sur elle sans la broyer sous lui. Elle ferme les yeux, serre et desserre ses poings inutiles, bouge ses jambes ankylosées. Les cheveux rouges agacent son visage, elle a la bouche sèche et le front en sueur. La drogue phéromonale a eu le temps d'agir et elle sent ses hanches se creuser. Elle connaît ces leurres chimiques, elle sait comment faire pour leur résister ; le plus efficace est de s'éloigner. À défaut, cheng enfonce ses ongles dans ses paumes et se fait le plus mal possible, pour noyer les phéromones dans l'adrénaline. L'illusion du désir recule, mais à regret. Path sait ce qu'il fait, ou du moins il croit le savoir : en laissant un peu de champ au corps de cheng, il peut sentir où il en est et le laisser venir. Cheng, elle, commence à ruisseler d'angoisse et sent la panique la gagner : ce colosse s'est

195

gavé de rut de synthèse. Son organisme gigantesque le tolère ; le sien, à elle, s'empoisonne rapidement. Elle recense les signes avant-coureurs : tachycardie, confusion, la bouche et les paupières gonflées, et une barre froide en travers des reins. Ce n'est pas une façon plus bête qu'une autre de mourir, mais elle est franchement plus désagréable que beaucoup. Cheng préférerait que path lui casse proprement la nuque, alors elle siffle une nouvelle bordée d'injures. Pour toute réponse, path effleure de ses lèvres la tempe congestionnée, avec une douceur écœurante. Cheng ouvre la bouche et mord. Bien sûr, elle rate la jugulaire et ne parvient même pas à déchirer le col épais, qui crisse entre ses dents. Path enserre ses joues et sa mâchoire dans une de ses grandes mains, cheng lâche prise. Il sourit toujours :

« Dis oui, ça ira plus vite. »

Cheng ne sait plus trop à quoi elle doit dire oui. Elle tremble de rage, de se sentir trembler de fièvre. Elle essaye de se concentrer sur les exercices de taï-chi qu'elle aimait faire, là-haut. Les figures défilent, Paon ouvrant ses Ailes, Cheval secouant sa Crinière. Path la sent devenir inerte sous lui. Il bouge encore, s'étire, bâille largement et claque des dents. Cheng est épuisée, alors elle bâille à son tour. Il rit une fois de plus.

Le récit que m'a fait cheng s'arrête là. Et je suis la personne à qui elle en a dit le plus. Si vous croyez imaginer parfaitement la suite, vous êtes bien le seul.

Avant de retourner dans sa cellule, nakamura reçoit une alerte de path : celui-ci accepte sa demande d'entretien et lui donne rendez-vous au réfectoire. Quand path

196

arrive, nakamura est en train d'empiler des ramequins fumants dans son sac alimentaire. Les deux hommes se saluent et nakamura va droit au fait :

« Je propose mon invitée pour une affectation en équipe d'aménagement. »

Nakamura argumente. Il ment bien, c'est-à-dire partiellement : cheng n'a sûrement pas beaucoup de connaissances en résistance des matériaux mais elle est souple et menue, elle peut être utile dans les conduits exigus. Les équipes d'aménagement font un travail pénible de Rat de labyrinthe, déblayant les gravats et les cadavres, traquant les fuites de gaz ou d'ions et les défauts de portance. Ramper dans l'obscurité en halant un scan désuet, à la merci d'une poche explosive, d'un effondrement ou d'un clan de Surmulots affamés est une bonne image de l'enfer, mais c'est une alternative préférable au bordel et au suicide. Path a passé son stick derrière sa nuque et laisse ses mains pendre à chaque extrémité, à hauteur de ses épaules. Les yeux levés vers le plafond floqué, il paraît écouter, réfléchir, puis il laisse couler sur nakamura le vide de son regard :

« Aménagement. J'allais vous en parler. Pour vous. J'ai besoin de quelqu'un pour diriger l'équipe sud sous le huangpu. Moitié aménagement, moitié sécurisation : il y a encore de la résistance armée dans le coin. Le précédent responsable s'est mangé un hypotenseur massif dans le système il y a trois heures. »

Path attrape un ramequin, l'ouvre d'un coup d'ongle et avale une boulette saveur-Riz :

« Vous avez ce qu'il faut pour aller là-bas. Une tête, des nerfs et la santé. J'ai besoin de gens comme vous.

197

Des gens capables de comprendre que les refugee sont des fondateurs. Pas un ramassis d'activistes anti-tours qui font des coups de main pour voler de quoi se défoncer. Ce que je veux, c'est bâtir un monde. Un monde qui grandira encore quand les tours seront entièrement traites et asséchées. Vous en dites quoi ? »

Nakamura prend le temps de réfléchir, comme à son habitude. Puis il s'incline, accepte et revient à cheng. Path lève de nouveau les yeux au plafond :

« Elle, j'en ai besoin pour mon cabinet des lettrés. Celui que je viens de créer. Équipe de propagande. »

À nouveau, les deux faisceaux décolorés se posent sur le visage de nakamura. Qui comprend probablement beaucoup de choses d'un coup : que path connaît cheng, de quelle façon il a fait sa connaissance, ce qu'il lui a fait et peut-être ce que lui-même ressent pour elle. Il doit pâlir visiblement. Gestuellement, de façon peu perceptible mais nette, il se raidit. Littéralement, il tombe en garde. Path aussi : une de ses mains se desserre sur une extrémité de son stick, l'autre se resserre. S'il le faut, il peut frapper très vite. Les deux hommes se mesurent du regard – ce n'est pas à vous que je vais expliquer que la vie du mâle commun se réduit à un crêpage de chignon dont l'enjeu importe peu. Heureusement pour cheng, nakamura n'est pas commun : il ne rentre pas dans un cercle de combat simplement parce qu'un autre a décidé de l'y pousser. Il jette son sac sur son épaule, salue et tourne les talons. Path suit des yeux sa silhouette obscure et la perd parmi la foule qui se presse autour des fontaines de calories. Les énormes machines circulaires fument gris dans la lumière glaciale du réfectoire. Sur les murs noirs pendent des banderoles de Soie rouge où un calligraphe a tracé « xiang qian kan ». Mais regarder vers l'avenir, chez les refugee, c'est toujours se heurter à la roche.

Path a ses raisons pour agir comme il le fait. Il a en tête au moins une idée délirante, dont nous connaissons l'accomplissement sous le nom de *big blast*. Pour mener à bien ses projets, path a besoin d'une foule fanatique et de quelques têtes lucides, le problème étant de contraindre celles-ci à lui obéir. En digne général-Tigre, Path ne tient jamais quelqu'un par le seul intérêt ou le seul fanatisme, ni par le chantage pur ; il combine. Nombre de ses hommes et femmes sont liés à lui par l'adoration la plus élémentaire, à moins que vous ne préfériez les termes de foi ou de désespoir. Ils portent quand même, tous, une endobombe près de la huitième vertèbre, et c'est path qui maîtrise la matrice d'activation. Pour s'assurer de nakamura, path a mis la main sur cheng mais pour ne pas entrer en conflit direct avec cet homme chez qui il soupçonne une volonté semblable à la sienne, il l'a fait avec une sournoiserie féline et lui a proposé, parallèlement, une mission assez épineuse pour que nakamura ne puisse pas consacrer toute son énergie à se venger. À part ces méthodes de domination assez classiques, path n'est pas une créature facile à déchiffrer. Pendant le temps qu'elle passera au cabinet des lettrés, cheng aura quelques occasions de l'observer ; je vous raconterai. Vous, vous y comprendrez peut-être quelque chose.

Nakamura ouvre son sas : cheng est recroquevillée au pied de la vitre, dans sa pelure sale et froissée. Nakamura s'accroupit près d'elle, pose le sac et, sans mot dire, étale les bols à leurs pieds. Il commence à grignoter des fibres saveur-Pousses de Soja puis dit, entre deux bouchées :

« Je vais changer de poste. »

Cheng ne bronche pas.

« Je pars sous le huangpu. Je vais peut-être y laisser ma peau, mais je n'aurai plus à tuer de vieille dame triste. »

Cheng bronche : elle tend le bras et pioche quelques saveur-Pousses. Le reflet bleu et or des gouttes de condensation ruisselle sur son visage.

« Qu'est-ce qu'il t'a fait ? »

Cheng jette à nakamura un coup d'œil rapide et dit :

« Rien. »

Nakamura avale sa bouchée, la fait glisser avec une gorgée de tsingtao. Il est bien obligé de la croire.

« Qu'est-ce qu'il t'a dit ? »

Cheng suce, au bout de ses doigts, un peu de sauce, et répond lentement :

« Il veut que je travaille pour lui. Des chansons, des poèmes. Propagande. »

Elle essuie ses doigts sur le devant de sa pelure. Nakamura regarde son profil, aussi pur que celui d'un Oiseau, qui semble comme appuyé contre le coussin brillant de ses cheveux relevés en chignon. Puis il se lève en craquant. Le froid terrible de l'arène lui tient encore les os. Les températures suburbaines sont rigou-

200

reuses, elles ont aussi une épaisseur, une densité propres. Quelque chose comme la permanence pesante du tombeau.

VII

(À partir de maintenant je peux, pour continuer mon histoire, m'appuyer sur les dires mêmes de cheng, car j'ai gardé les empreintes vocales de nos conversations et quelques-unes d'entre elles sont encore lisibles. En ces temps archaïques, les supports étaient matériels, donc périssables, mais j'ai réussi à retrouver, par fragments, la voix cassée de cheng racontant la vie qu'elle menait chez les refugee, et ce que fit nakamura sous le huangpu.)

Nakamura rejoint le dessous sud du fleuve. À la tête d'un groupe de dix refugee, la poitrine et les cuisses couvertes d'armes, il quitte l'arène. Son guide, une simple grille qui palpite au coin de son champ visuel, le fait longer un conduit en nanochaînage puis un boyau suintant étayé par des tronçons de Bois pourri. Pour contourner une veine de granit, le commando doit prendre un descenseur de fortune qui plonge dans une gorge étroite, scintillante de mica et de pulvérisations photophores. Ensuite il remonte, via des échelles manuelles, le flanc d'un gouffre et atteint avec soulagement les infrastructures d'un complexe industriel qui lui offre un long segment de voie magnétique. Naka-mura prend place dans un glisseur silencieux et regarde défiler les grands cercles lumineux qui, le long du tube étincelant, marquent chaque li. Son ombre file contre les parois de métal brillant et les rails de lumière verte paraissent se rejoindre devant lui, dans l'infinie obscurité des entrailles de la terre.

« On m'a donné une alvéole, je la partageais avec une autre musicienne, me raconte cheng. Une fille plus douée que moi, mais tellement remplie d'iféine… Elle pensait à path, quand elle pouvait penser. Au fond, elle ne pensait qu'à lui : elle le traitait de pute, elle disait qu'il lui avait volé son homme. Je crois plutôt que son homme l'avait quittée pour suivre path parce que path a de meilleures drogues. Le sentiment, ça ne pousse pas bien sur les sols saturés d'artifices. Je crois qu'elle aussi avait couché avec path, je ne sais pas si elle était d'ac-cord. Il a cette tendance à se servir qui fait qu'on ne peut jamais être d'accord. Ça l'excite sûrement. Semer la haine l'excite. Mais ce qui lui plaît le plus, je crois que c'est de voir peu à peu les gens ne plus savoir ce qui est juste et ce qui n'est pas juste, en arriver à consi-dérer comme rien qu'un peu dérangeant les trucs les plus monstrueux… »

Cheng fait un geste agacé : il n'a pas l'air facile de changer de sujet quand le sujet est path.

« Cette fille, ma cohab… Elle jouait bien. Elle avait un style. En plus elle était calme, je m'entendais avec elle. Sauf quand elle commençait à parler de path. Elle le détestait encore plus que moi ; en fait, ça m'a guérie. J'ai compris le danger de la haine, et comment

204

elle peut vous obliger à ne penser qu'à elle. Au début, on se racontait tout ce qu'on ferait subir à path si un jour on en avait l'occasion. Après, je me suis senti la bouche et l'esprit sales, envahis par ce type. Alors j'ai décidé de ne plus parler, et de réfléchir le moins possible. Heureusement, il y avait la musique. On a commencé à jouer dans le réfectoire mais ça plaisait moins que les shows 3d, alors on a fait un show 3d avec nos pauvres chansons et c'est ce truc-là qui tournait dans le réfectoire. Il a bien plu. Path passait parfois nous voir dans le studio de composition. C'était une longue alvéole, comme un balcon vitré tout au sommet de l'arène, qui puait le chlore, l'époxy et la tombe. On crevait de chaud mais les parois étaient gelées, pour les instruments c'était terrible. Et il y avait ces éclairs bleus, sans cesse, sur les consoles, sur les visages et tout autour de nous, de l'autre côté de la vitre, cette fumée épaisse… On était dans la cent trente-septième grotte, cloués au ciel de l'enfer. Quand path venait, on ne l'entendait pas arriver : on se retournait et on le trouvait debout, appuyé contre le sas, faisant osciller son foutu stick devant ses yeux de Méduse congelée. Il écoutait, ensuite il y allait de son commentaire. Quelquefois même, il donnait des idées. Il avait bon goût, musicalement parlant. Je sais, c'est ce qu'on dit des gens qui ont les mêmes goûts que vous. Mais il connaissait bien tan dun, liu fang, dyachkov, des gens comme ça. Il était bon en dianju, en beijing, en ces choses qui… ne lui allaient pas. Je l'ai même entendu jouer, très bien, d'un gamelan javanais. Ça faisait bizarre de voir ce… monstre… »

Cheng n'arrive pas à s'exprimer, alors elle mime path en train de jouer et je comprends : cheng penche la tête sur son épaule, ferme à demi les yeux et écoute la phrase musicale se dénouer dans son espace intérieur. En clair, elle s'abandonne avec confiance. Cette expression, chez path, devait être aussi stupéfiante que son rire. Ensuite cheng rouvre les yeux, baisse le menton et, d'une main, se gratte le côté du pied. Elle tient de l'autre main un pipa magnifique. Path le lui a offert le jour où un musicien saturé de psychotine a très exactement dévoré sa cithare.

« Il a même joué du guzheng sur un de mes morceaux », marmonne cheng.

Perdu dans l'obscurité énorme de la terre, nakamura longe une paroi arrondie semblable au flanc d'une nef colossale. Une gouttière serpente tout du long, comme une ligne de flottaison, nakamura et ses équipiers y enfoncent dans la limaille de fer jusqu'aux genoux.

« Ce sont les contreforts du lit du huangpu, lui apprend xhang, la seconde, qui est venue à sa rencontre. Vos quartiers sont en haut. »

Quartiers, c'est un nom pompeux pour la centaine de bulles de survie qu'on a gonflées dans les hauteurs d'un palais de stalactites. Nakamura, qui reprend son souffle sur une corniche haut perchée, découvre et admire : d'énormes colonnes naturelles, en sel-gemme éblouissant, étincellent à perte de vue sur un coffrage de basalte noir. Elles portent des colliers de bulles à leur sommet, comme d'étranges chapiteaux chargés de Grenades. Nakamura voit des surfs quitter les bulles pour venir

206

les accueillir, glissant dans la lumière irisée de milliers de spots zhigang accrochés aux cristaux blancs :

« Connards ! Foutus connards ! hurle xhang. Ça grouille encore de dai huen jai en dessous et ils volent ! POSEZ-VOUS ! »

Le sifflement aigu d'un tir sonique lui répond, montant des profondeurs obscures qui s'ouvrent entre les piliers immaculés. Un des surfs est pulvérisé presque à la verticale de nakamura. Le refugee qui le montait tombe sans un cri. Xhang commence un « CONN… » et se tait, la gorge écrasée par le bras de nakamura. Qui, dans le même mouvement, ouvre son canal :

« Appel à tous ! Ici nakamura, nouveau responsable. Posez les surfs et attendez les ordres. Un mort, ici. »

Il ferme son canal, lâche xhang et la pousse devant lui :

« Maintenant, tu m'emmènes à l'abri. Ensuite, tu m'expliques. »

« On a commencé par recycler de vieux succès, dit cheng, sur lesquels on a collé de nouvelles orchestrations et de nouvelles paroles. Je sais faire ça. Pas les paroles, mais le reste. Je sais rendre une composition méconnaissable, même avec un diagramme hertzien de spécialiste du piratage de copyright. Je n'ai jamais eu un seul procès en trois ans de bar, et pourtant je n'avais pas de quoi payer de droits. Et tous mes sets étaient épluchés par les avocats volants, bien sûr. Il y en avait toujours partout, de ces saloperies, des mouchards envoyés par les juristes de la propriété artistique, qui se collaient dans tous les coins de tous les bars. Ces saletés

207

de petits robots découpent chaque séquence acoustique et vont vérifier leur originalité dans d'énormes banques de données musicales sous dépôt de marque. Tu veux que je t'explique comment on fait pour trafiquer un morceau ? »

Je hoche la tête. J'ai moi-même mis au point une matrice de décossage sonore, pour le plaisir benêt de séquencer froidement le plaisir chaleureux que procure la musique. Le sujet m'intéresse.

« Il faut d'abord casser le rythme et changer la fréquence, faire du lent avec du rapide, du doux avec du dur, de l'hésitant avec du pompeux. Ensuite, tu truques la tessiture : tu remplaces le fluet par de l'épais et inversement. Tu vois ? »

Cheng trace, dans l'air vicié de la cage où nous sommes assises, des signes compliqués :

« Tu remplaces le flageolet par les grandes orgues. Et puis tu fausses la perspective : tu mixes la colonne vertébrale en lisière de la plage de sons, et tu ramènes l'accompagnement original vers le centre. Tu centres sur la basse et tu éloignes la voix, par exemple. Et puis tu décales le majeur en mineur, le mineur en septième de dominante : le cerveau des gens ne reconnaît pas le morceau d'origine mais leur peau le reconnaît, et ils aiment ta chanson sans savoir que c'est parce qu'ils en aiment une autre. Ce qu'il faut garder, c'est la cohérence, le point de vue, le déroulé de l'action... »

Cheng baisse lentement ses longs doigts. Comme chaque fois qu'elle peut parler de ce qu'elle aime, son visage a rosi, ses yeux sont brillants, ses cheveux s'éparpillent sur ses joues.

208

« On a fait comme ça pour parer au plus pressé. On a commencé par recycler de vieux morceaux. Il fallait faire vite… »

Avant que path ne la renvoie au bordel pour manque de productivité.

« Ils sont une centaine, coincés en bas. »

Nakamura observe un plan 3d des profondeurs de la grotte tandis que xhang explique :

« Là et là. C'est blindé. Ils ne passeront pas par en dessous : ils n'ont pas de laser de forage. Ils ne passeront pas par les côtés : on a tout coulé au fibro-béton bien piégé. Ils vont crever au fond et au dernier moment, tout faire sauter. À leur place, c'est ce que je ferais. »

Nakamura lisse sa lèvre inférieure du bout de son index.

« Path ne veut pas les enrôler ?

— Des types du dai huen jai ? Ils ne voudront jamais : trop fiers de leur vieille triade. Et path n'y tient pas : pour lui, un technicien vaut vingt manieurs de 600 kdb. C'est-à-dire qu'il offre un technicien à qui le débarrassera de vingt branleurs tout juste bons à prendre des airs en agitant un flingue sonique. »

Nakamura jette un coup d'œil froid à xhang, qui se détourne :

« C'est ce que path a dit, hein ? »

Il recule son siège sans quitter le plan 3d du regard :

« Les gaz ?

— On en prendrait plein le système. Ils sont équipés de coques magnétiques et de nbc-blindées, il faudrait des gaz rongeants. Et comme ils sont aussi équipés de machines à vent, on en avalerait autant qu'eux. Déjà que nos structures ont subi plusieurs attaques incendiaires...

— Ce qu'il faudrait, c'est de la masse. Les ensevelir sous quelque chose de neutre. Ou pas, d'ailleurs.

— Précipiter une moitié de la grotte sur ces cinglés pour sauver l'autre, on y a pensé, acquiesce xhang. Mais tout le truc tient en voûte. On ne peut pas briser la moitié d'un Œuf. Enfin, si. Mais on perd tout le jaune. »

Nakamura regarde de nouveau xhang : cette petite femme au visage sec et aux yeux vifs commence à lui plaire.

« Le mieux, ce serait de les noyer », ajoute xhang. Elle rit : qui gâcherait tant d'eau pour si peu ? Mais nakamura a redressé son siège.

« On peut faire venir de la masse. Pas de l'eau, non. Mais quelque chose qui aurait les propriétés d'un liquide. Qui s'infiltrerait dans leurs structures...

— Et comment ? À dos d'homme, via les échelles manuelles ? »

Nakamura sourit :

« Il faut toujours suivre sa propre pente sur sa propre colline, xhang. »

Cheng refait sa tresse avec des doigts nerveux. Puisqu'elle en est arrivée à évoquer ses propres compositions, elle ne peut éviter de parler du *dama* et ce sujet rebattu l'agace. (Oui, cheng *est* lusiceinne. Pour autant qu'on puisse être un nom de scène. Et oui, tout ce que vous croyez savoir sur lusiceinne, tout ce que vous avez

210

appris sur son destin bref et brutal, son goût pour la violence, ses convictions politiques et sa fin tragique, est entièrement faux.) Path a exigé de son équipe de propagande qu'elle lui fabrique un hymne guerrier, une pulsation primaire et fédératrice, il a obtenu une chanson bancale, rauque, un peu triste, célébrant le plaisir immobile de la fumée : *dama*. A-t-il commencé par essayer de s'opposer à cette vogue subite ? Je n'en sais rien. Toujours est-il que les refugee se sont mis à chanter ça partout et tout le temps, au fond des conduits, près des potences de l'arène, en curant les puits d'aération et les cuves thermiques, en allant au combat, au bordel ou à la torture, près des fosses de recyclage et des chambres de confinement, en réparant les générateurs d'oxygène, les filtres à eau et les coques de fusion froide. Ils se font tatouer les paroles sur la peau, piercer l'enregistrement aux lobes de leurs oreilles, et le visage maigre de cheng en train de susurrer « jijing », fermant à demi les yeux et laissant ses cheveux couler sur ses joues comme deux rivières de jais, tourne sur toutes les mires personnelles, sur tous les pans de rocher, sur tous les vêtements, dans toutes les alvéoles. (Vous connaissez ce visage : c'est, stylisé, l'emblème d'*arena of refugee*. Et oui, le triangle bleu sous son cou est bien un souvenir du pareo que nakamura a offert à cheng.)

À cheng, on ne parle plus que de *dama* et elle commence à détester sa propre ritournelle. Si je lui pose la moindre question à ce sujet, elle se fermera probablement comme une paupière. Mais moi, assise au fond de la cage étroite, captivée par notre conversation, tout ouïe et tout yeux, je me fiche éperdument du dama. Je connais cette chanson, comme tout le monde, cependant ha rebin n'est pas shangaï, les tours ne sont pas la suburb, mon adolescence n'est pas celle des autres et je préfère les rythmes africains. J'ignore même que mon blouson rouille doit sa couleur à la pelure que porte lusiceinne dans son clip. La notoriété n'impressionne que ceux qui participent au monde. Mon silence rassure cheng : je n'ai rien d'une fan bêlante et si je l'écoute avec attention, ce n'est pas parce qu'elle a la voix de lusiceinne. Alors elle reprend :

« Dès qu'on a eu un peu de temps pour de vraies compos, on a écrit des morceaux originaux. Le premier s'appelle *dama*. Avec lui, mon statut a changé. Je n'ai rien gagné en liberté mais pas mal en sécurité. Disons qu'il n'a plus été question de bordel. »

La petite joueuse de cithare est devenue l'étoile obscure de la suburb. Soudain sa maigreur maladive s'appelle élégance, son silence de Bête butée se transmute en une réserve pleine de dignité, son passé nécessiteux semble une aube parcourue de signes, on cesse de ricaner de sa voix cassée et on y découvre des abîmes d'expressivité sensuelle, bref c'est la gloire. Elle ne croule pas pour autant sous l'eau, les admirateurs et les yuans, tout au plus a-t-elle droit à une pelure propre. Mais enfin, quelques-unes des images musicales qui roulaient sous ses doigts dans les bars des tours ont éclos et grainé dans tous les cerveaux de shangaï-suburb. C'est une belle revanche pour une musicienne longtemps confondue avec une entraîneuse. Toute vie a besoin d'être vengée.

En plus, path ne peut plus se permettre de la tuer d'un coup de dents et nakamura voit souvent, sur les parois des bulles du huangpu, tourner son visage pensif. S'il voulait l'oublier, c'est raté.

Pendant une bonne centaine d'heures, les refugee du huangpu sud forent la coque épaisse des contreforts du fleuve.

« Les plaques en nanométal tiendront mais pas celles des contreforts et de la gouttière ! s'alarme xhang sous son masque plein de buée.

— Bien sûr que si, s'énerve nakamura. Montez une bobine là, une à l'autre bout, faites-les tourner en opposition et le champ magnétique va déplacer toute la masse avec presque rien de frottement. »

Des plaques de nanométal prolongent la gouttière qui longe les flancs des contreforts, jusqu'à la corniche dominant le gouffre de sel-gemme. Un peu plus loin, au beau milieu du vide, entre deux colonnes blanches, un pont de surfs tient en équilibre un monstrueux électro-aimant. Les hommes du dai, embusqués en contrebas, doivent se demander ce que leurs voisins du dessus fabriquent. Nakamura parcourt inlassablement la gout-tière du huangpu, vérifiant qu'on a bien enlevé tous les éclats de roche accumulés par-dessus la limaille de fer et vaporisé du lubrifiant. Il assiste aux tests des deux énormes électro-aimants pendus à chaque extrémité. Il s'assure aussi que, dans les bulles de survie, on a arrimé tous les objets métalliques qu'on ne pouvait pas évacuer puis il regagne son quartier, au fond d'une niche de la paroi de basalte. Il s'installe devant le plan 3d, y jette un dernier coup d'œil et l'éteint. Il pilote l'éclairage de la grotte à l'abri : les colonnes cristallines replongent dans leur éternelle obscurité. Un simple pinceau de lumière dégringole du haut de la corniche. Nakamura allume la lampe de son masque, ferme son canal, ôte tout ce qu'il porte de métallique ou de magnétique et dont il peut se passer. Ensuite, il rejoint xhang sur la corniche :

« Plus personne à portée du champ ?

— Non.

— Tu as vérifié toi-même ?

— Oui.

— Alors, on y va. »

Xhang monte se poster un peu plus loin, à portée de l'interrupteur qui commande le courant. Nakamura lève la main, xhang l'abaisse : les deux aimants tétanisent d'un coup l'immense Serpent de fer en poudre qui recouvre la gouttière du huangpu, l'un repoussant, l'autre attirant. Le Serpent se précipite vers le pôle positif, lequel flotte dans le vide, suspendu entre deux piliers, brassant en silence un champ qui polarise l'air glacial, hérisse les cheveux de nakamura et fait gémir toutes les installations. Des boucles de vêtement, des mémoires, des accus, des ustensiles oubliés trouent les parois fragiles des bulles de survie et se précipitent dans le flot. Par énormes tronçons compacts, hérissés, la limaille dévale la gouttière, racle les plaques de nanométal et se jette au fond du gouffre. Nakamura s'approche du bord de la corniche, se penche au-dessus du rugissement du fer qui dégringole et jette un harpon de Bois autour duquel est enroulé un câble isolé. Puis il fait de nouveau signe : xhang coupe le champ. Un dernier segment de limaille se cabre dans le vide, semble s'affaisser comme une bête morte, se disperse en fine pluie gris clair dans le noir absolu. Nakamura pilote

214

à nouveau l'éclairage zhigang, qui illumine la grotte : du fond du gouffre monte lentement une épaisse fumée métallique. On entend le ruissellement de la limaille qui s'infiltre comme de l'eau chez les hommes du dai huen jai. Le câble, tendu, s'est déroulé sur la longueur souhaitée. Xhang regarde nakamura, qui abaisse encore la main : xhang envoie le courant dans le câble. Nakamura se jette à plat ventre sur le sol raboteux de la corniche. Depuis les profondeurs jaillissent des jets de dispersion électrique qui frappent comme des fouets blancs les murs noirs. L'air semble se raréfier, se charge d'un goût salin et pâlit. On entend gronder une Ruche titanesque. Des fils éblouissants, minces et mortels comme des filaments de Cuboméduse, se tressent aux rouleaux ascendants de poussière ferrique, crépitent et se tordent. Une nuée d'orage secouée d'éclairs roule entre les colonnes de cristaux, s'épand rapidement ; xhang coupe le courant. Recroquevillé contre la roche, étouffant sous son masque, les cheveux dressés comme des tours et les muscles fibrillant, nakamura sue froid en se retenant de crier.

« Et puis path m'a convoquée. À ce genre de convocation, tout le monde allait en tremblant. Chez certains fous, c'était d'excitation. Personne ne m'a plainte, parce que tout le monde était certain que moi, j'en reviendrais. À cause de *dama*. On m'a plutôt félicitée : j'allais sûrement recevoir une récompense, des honneurs, je ne sais quoi. J'étais la seule à crever de peur. »

Cheng enfile sa pelure propre, noue son pareo sale, attrape son pipa et se rend, sous escorte, dans les quartiers de path.

« Il y avait comme une grande baie vitrée et derrière, une illusion de ciel nocturne, un truc 3d très bien fini. Ça faisait tellement… je ne sais pas. On se serait cru dans un vaisseau orbital. Tout était blanc, métallique, immense, et je savais ce qu'on disait, que les parois étaient des containers et que dans chaque container il y avait des opposants qui se tordaient de douleur, à cause des tortures non physiques. »

Cheng souffle par le nez, de rage :

« Remplacer les pointes de Bambou sous les ongles par des ultrasons ou des injections d'histamine, je ne vois pas trop ce que ça a de non physique. Mais avec path, on ne sait jamais ce qu'on doit croire. Quand je l'ai aperçu, il était penché sur un banc de données 3d, des projections de structures métalliques vertes avec de sales allures destructives. Il m'a à peine regardée, il m'a juste fait signe de le suivre. Je me souviens aussi que la passe-relle tremblait sous les pas et qu'au travers des mailles d'acier on voyait l'étage du dessous, et en dessous une dizaine d'étages pareils, tous blancs, éblouissants, étayés par des containers et grouillant de refugee, et aussi de techniciens avec de drôles d'élytres rouges et une auréole lumineuse autour du crâne. Des combinaisons de sécu-rité magnétique. Je n'en avais encore jamais vu. J'ai levé la tête : c'était pareil au-dessus, des grilles ployant sous les pieds, des couches de métal et d'air meublées de projections multicolores et d'humains tout pâles. Je me souviens aussi d'une espèce de gémissement continu, la respiration des recycleurs d'oxygène – j'ai toujours détesté ce bruit. Moi, j'aime le sol. Je ne m'attendais pas, sous terre, à retrouver le même vertige que dans les tours. Il faut toujours penser à ce qu'il y a devant, et derrière, et sur les côtés, mais aussi à ce qu'il y a dessous et dessus. Ça fait trop, je trouve. »

Cheng gratte à nouveau son pied avec rancune. Elle appartient à une espèce déjà en voie de disparition : les 2d. (On a du mal à se rappeler que pendant cent mille ans, l'humain a rampé sur le sol comme un Insecte sur un plan, et que le passage à cette troisième dimension qu'est la verticalité s'est fait dans la douleur. Certains ne s'y sont jamais habitués.)

« Après, il m'a emmenée dans ses quartiers person-nels. Eh bien, c'était une grotte. Voilà. On m'a posé beaucoup de questions à ce sujet et on n'a jamais cru à ma réponse, mais c'était une grotte. Même pas très grande, des parois rouges, et encore une baie vitrée au fond, avec une illusion d'étoiles. Mais sinon, une grotte. De la roche froide avec des creux et des bosses, des arêtes coupantes, des sautes de niveau et des tapis jetés là-dessus, de vrais tapis en Laine et des nattes en Roseau, des Fourrures et des coupes où brûlait de l'Encens, je n'ai jamais rien vu d'aussi beau. C'est-à-dire qu'on avait envie de rester là, sans bouger, à boire du Thé amer en rêvant au ciel. Il y avait tout ce qu'on trouve dans les vieux récits, même des panneaux de Papier enluminé devant des braseros, des longs coussins, des lanternes faisant des reflets sur la pierre rouge et le chuchotement du feu. On se serait cru des siècles en arrière, dans un campement au milieu d'une grande Plaine, je ne sais pas chez qui… un tatare, un mandchou peut-être, un étranger mais bien cuit, bien sinisé : à la fois familier et nomade, exotique et civilisé. J'avais imaginé path

217

comme un client de bar, pourri d'Ivoire et d'interfaces, vautré au milieu de grands miroirs de seattle et de mobilier humain, avec des sculptures animées, des mobiles de pierreries et un gâchis d'eau, le genre de Porc qui boit du Ron juste parce que c'est très cher. Il était plus vivant que ça, et ça m'a étonnée. »

Cheng est seule avec path. Poliment, il l'invite à s'asseoir. Il est toujours vêtu de sa crasse et de son manteau obscène, on entend grincer les plaques de sa combinaison à chacun de ses gestes mais il paraît subtilement différent. Il a posé son stick quelque part, la fatigue creuse ses yeux inertes et il sert le Thé lui-même, avec des gestes patients. Il dépose devant cheng deux petits bols de porcelaine si fine qu'on voit le liquide doré en transparence et s'assoit à son tour sur la natte, face à elle, avec une souplesse étrange pour un corps si lourd. Il boit lentement ; après une brève hésitation, elle boit aussi. Ils reposent leur bol en même temps et se regardent.

« Vous savez pourquoi vous êtes là ? »

Cheng ne répond pas. Elle soupçonne beaucoup de raisons et n'en connaît aucune. De toute façon, elle se prépare au pire et à une rafale de mensonges.

« Vous avez bien travaillé. Je ne demande rien de plus à personne, ici, marmonne path. Il nous fallait une musique à la hauteur et vous l'avez fait. Je sais, c'est un travail de groupe. J'aurais dû inviter tout le studio… »

Il tend la main et fait bouger ses doigts maigres dans la fumée légère qui s'élève d'un cône d'Encens.

218

« Le *dama* est un travail de groupe mais c'est vous, l'emblème. En plus, j'ai quelque chose à vous dire personnellement. »

Il saisit la théière de fonte noire qui tiédit sur son trépied, remplit les deux bols.

« Vous n'êtes pas seule à avoir obtenu des résultats. Nakamura a maté le dessous du huangpu. Et ça lui plairait de vous voir. Reste à savoir si ça vous plairait aussi. Je vais envoyer le studio en tournée. Vous pouvez commencer sous le huangpu. Et y rester pas mal de temps. »

(On envoyait couramment les artistes présenter physiquement leurs œuvres : on disait qu'ils tournaient, autour de la terre, je suppose.)

Path boit alors que cheng se contente de serrer son bol entre ses doigts. Le dragon lui propose de tenir le rôle de récompense, pas moins. Et il lui propose aussi de faire jouer le rôle à nakamura. En plus de ces deux effronteries, il s'immisce dans leurs sentiments et exige une réponse. Elle est rapide et nette :

« Le studio ira où vous l'enverrez. »

Path repose son bol, s'essuie les lèvres d'un doigt :

« Je ne vous demande pas de coucher avec nakamura si ça vous emmerde. Je cherche un moyen de vous remercier. »

Cheng n'ajoute rien, ne hausse même pas les épaules. Path remplit de nouveau les bols :

« Alors vous ne resterez pas plus longtemps sous le huangpu qu'ailleurs. Mais vous irez. Les refugee là-bas seront contents de vous voir. »

Cheng boit son bol d'un coup de glotte. La rage la tenaille. *Dama* ou pas, elle reste l'ornement qu'on plante au bas bout des festins, au coin des bars et au fond des réfectoires. Path la regarde, indéchiffrable. Puis il étire ses grands bras et lâche :

« Si nakamura vous demande de coucher, vous ferez quoi ?

— Je dirai non. Il saura bien se servir si ça l'amuse alors ça ne change rien », crache cheng. Elle est assez intelligente pour ne pas expliquer à path que nakamura vaut mieux que ça. Ou bien elle pense vraiment ce qu'elle dit : ses relations avec nakamura n'ont pas très bien commencé. Path bâille et s'étend à demi sur la natte. Il semble encore plus grand allongé que debout et son manteau fauve s'étale comme une mer.

« Il tient à vous », murmure-t-il, guettant la réaction de cheng sous ses longs cils. Elle sursaute et le regarde avec des yeux larges comme des Diatomées.

« Parler d'amour dans un tombeau ! Il n'y a que path pour croire qu'on... qu'on vit une vraie vie, dans son pourrissoir ! me déclare cheng avec un frisson de dégoût. Heureusement, il a vite changé de sujet. Il a ce côté mentalement éparpillé des drogués. (Cheng n'a jamais reconnu à path la fourberie qu'il méritait.) Il m'a posé tout un tas de questions. On a pas mal parlé. De musique. On a joué et patché, des trucs plutôt bons, mais je n'ai jamais baissé ma garde. Lui, par contre, il s'est lâché. Il avait un Poisson-rêveur, il se transdermait au cou, des doses à en abattre dix comme moi : il ne vacillait même pas. Il m'a raconté les concerts de wu auxquels il avait assisté. Parce qu'il a très bien connu wu.

220

Il m'a montré comment wu jouait certains accords. (Je vous épargne les détails rythmiques.) J'ai quand même compris pourquoi certains refugee l'aiment comme un dieu. Il occupe de l'espace et il est… il est vraiment à ce qu'il fait. Où qu'il aille, il joue le rôle de barycentre et quand il se déplace, on sent la pesanteur bouger autour. Au fond, quand il ne grimace pas, cette espèce de Singe immense est tragique. »

Cheng se tait, gênée par sa propre indulgence. Elle doit revoir, à cette seconde, path écrasant contre une table d'harmonie la tête d'un étalonneur rendu agressif par l'iféine, et pressant cette tête jusqu'à ce que le sang coule en cordes depuis la table jusqu'au sol. Ou une autre de ces scènes à l'aide desquelles path rappelle à chacun qu'il n'est qu'en sursis, ou en enfer. Cheng baisse la tête :

« À un moment, je me suis levée pour reprendre du Thé, il s'est levé aussi, il s'est approché de moi et j'ai cru que j'allais y passer. Je ne sais même pas de quelle manière, d'ailleurs, avec un pareil char d'assaut. Mais il s'est juste penché, il a approché sa bouche de ma joue et il m'a dit quelque chose. Que nakamura n'avait pas le droit de jouer avec moi si je n'en avais pas envie, je ne sais pas exactement, j'avais les oreilles qui sifflaient. "Tu le lui diras de ma part", ça, il l'a répété plusieurs fois. Mais j'avais tellement peur que je n'ai pas compris tout de suite. Après il a hésité, il a posé sa main là, comme ça (le long de son dos) et il n'a rien ajouté. Et il n'a rien fait. »

Cheng sourit à moitié et grimace de l'autre :

« Ensuite il a reçu une alerte, et il m'a renvoyée. »

221

Son pied la démange décidément.

Nakamura assainit le fond de sa grotte, renforce la gouttière sous le huangpu et rénove les nanostructures agrippées au sel-gemme. Puis il commence à établir, avec l'aide de xhang, un plan d'expansion au-delà du huangpu. C'est alors que débarque, couverte de limaille et grelottant de froid, la troupe de lusiceinne. Sur la corniche, parmi les scintillements des cristaux, cheng s'incline cérémonieusement devant nakamura qui en fait autant. Depuis leurs bulles trouées, les refugee poussent des cris de joie, jettent leur masque en l'air et sautent sur leurs surfs. Les musiciens sourient, bleus sous une croûte de poussière ferrique, serrant autour d'eux des palettes flottantes chargées d'instruments. Avec naturel, nakamura prend cheng par l'épaule et la pousse sur un surf : ils s'envolent tous deux pour un tour du palais de sel-gemme.

« Je lui ai raconté path, et ma cohab, et le *dama*. Il m'a dit pour le dai, xhang, la limaille sous le huangpu. »

(Mon enregistrement s'arrête là.)

Cheng joue, sur son pipa, des accords mineurs. (Ça, je m'en souviens.) Son regard vague au-dessus de ma tête, projetant sur la paroi de métal roux ses propres souvenirs. Serrés sur le surf, slalomant entre les colonnes de sel-gemme, elle et nakamura se sentent bien. L'entente entre eux coule de source. Elle ne résout rien, ne promet rien et ne présage de rien, elle est. Cette évidence simplifie leur vie mais elle va sacrément compliquer leur survie. Path y travaille, en tout cas, et probablement en ricanant de satisfaction. Moi, la joue posée contre le

222

mur suintant de la cage, j'écoute le pipa de cheng et je fléchis sous le poids de la tristesse. Je connais le précieux sentiment de connivence qui la lie à nakamura : cmatic me l'inspire et ne le partage pas. C'est aussi simple qu'une lame de rasoir.

« Dans le vent d'automne et la rosée de jade

Leur rencontre éclipse toutes les autres rencontres. »

La peste soit des poètes larmoyants.

Cheng et nakamura vont visiter ensemble les profondeurs comblées de limaille. C'est dangereux. C'est aussi très efficace pour lutter contre les mouchards que path sème un peu partout. Que se disent-ils ? Quelque chose comme :

« Path m'a laissé entendre que tu avais envie que je vienne ici. Que tu lui avais parlé de moi. »

Dénégation de nakamura :

« Jamais fait ce genre de confidences. »

Hésitation de nakamura :

« Félicitations pour le *dama*. »

Agacement de cheng :

« Je sais ce qui se dit mais non : je ne suis pas sa maîtresse du moment. »

Souci de nakamura :

« Path joue avec nous. Mais à quoi ? »

Haussement d'épaules de cheng :

« À obtenir ce qu'il veut. Je ne sais pas quoi. S'il menace de s'en prendre à moi, tu lui obéiras ?

— Et toi ? »

Ils s'abstiennent probablement de coucher ensemble, par précaution, par pudeur ou encore parce qu'ils sentent que c'est ce que path attend d'eux. Et juste avant que cheng ne reparte, nakamura souffle :

« Il faut s'en aller. »

Elle répond :

« D'accord. »

Alors il la salue, et en s'inclinant il murmure :

« Tiens-toi prête. »

Tandis que la tournée prend congé et repart vers le nord, path convoque nakamura. Après deux jours de trajet harassant, celui-ci arrive dans les quartiers de path. Ce ne sont pas ceux qu'a connus cheng : c'est le bordel de la nomenklatura des refugee, leur henshan, niché dans une forêt fossilisée faite de jaspe jaune et éclairée au xénon bleu. Ce labyrinthe tiède, d'un vert variable et doux, est empli de Fougères hydroponiques, de corps en sueur et de ces bizarres mécanimaux qui ressemblent à des Serpents à Fourrure et qui servent à assouvir les soifs de caresses, plus difficiles à étancher que les pépies sexuelles. Il y a des ogives doucement lumineuses où poussent des Mousses humides tout à fait authentiques, des bruits d'eau et d'Oiseau, de grands distiques dorés, des échos de bastons et des flingues soniques de tous modèles appuyés aux parois, à côté de beaux multimurders coqués visiblement chargés. Nakamura se demande où il est tombé et secoue avec perplexité ses bottes lourdes de limaille. Path surgit alors, violet dans tout ce vert, immense et blême, avec son grand sourire de diable :

« Venez, nakamura. Mangez, buvez, baisez, défoncez-vous, on discutera plus tard. »

224

Path fait un signe et une volée de jouvenceaux des deux sexes, beaux comme des lunes, se précipite sur nakamura. Ils éparpillent son lourd équipement mogol, défont ses cheveux sales, appuient à l'arrière de ses genoux pour le faire tomber. Nakamura cède et se renverse dans leurs bras multiples. On l'allonge, on l'évente, on le couvre d'huile tandis que des doigts habiles trouvent les nœuds qui raidissent ses muscles, les pétrissent, les défont. Autour de lui on glousse, il sent des mains sur ses cuisses, des seins sur ses épaules, des bouches qui soufflent dans son cou. Il perd pied, ferme les yeux et crie.

Quand il rouvre les yeux, path est penché sur lui. Les flammes dansent sur son visage, ses cheveux paraissent noir sang dans la lueur marine. Sous son dos, nakamura sent la chaleur d'une nappe de silicone. Au-dessus de lui flotte un mobile de diamants de synthèse, aussi brillants que des gouttes d'eau. L'alcôve dans laquelle il est échoué, creusée à même le flanc énorme d'un Banyan fossile, est d'un jaune sourd de chair de Pamplemousse. Près de lui, un couple enlacé rit doucement. Plus loin, un gong fu wu shu pousse des cris stylés. On entend le ronronnement des mécanimaux et des minidrônes de surveillance qui clignent leurs yeux rouges. Quelqu'un chante le *dama*. Nakamura se lève : il est parfaitement nu et parfaitement détendu. La tête lui tourne.

« Vous avez faim ? » rigole path.

Nakamura lève les yeux vers lui et acquiesce avec son sourire glissant :

« Oui. »

Path lui tend une tunique :

« Suivez-moi. »

Nakamura lui emboîte le pas, longeant une fine passerelle qui serpente d'alcôve en alcôve, et traverse des salles plus vastes où coulent des fontaines. Dans les bassins d'eau claire tournent des Poissons, ce sont peut-être des vrais. Parfois, nakamura s'arrête pour admirer une danseuse à l'éventail ou un danseur de crotale, ou un groupe de joueurs qui échange des jets laser. Deux hommes marqués de cicatrices électriques, nus et luisant de sueur, se mesurent au tuishou et la lumière glauque bouge lentement sur leurs muscles saillants. Path s'arrête aussi et regarde nakamura regarder. Ils grimpent quelques échelles de Bois et arrivent dans une pièce circulaire basse de plafond, semée de coussins et de plateaux sur trépied. Un grand Dauphin 3d nage tout autour de la salle. Path invite nakamura à s'asseoir et le laisse avaler brioches frites et Œufs au Thé en fumant un narguilé qui a l'odeur du Tabac et du Miel.

« C'est un endroit séduisant, finit par dire nakamura, repu.

— C'est le but », répond benoîtement path. Et il tend l'embout mouillé de son narguilé. Nakamura l'accepte.

Après douze heures de sommeil, nakamura retrouve sa tenue mogole et la nuit glacée de la suburb. Le contraste est rude. Il suit path le long d'innombrables boyaux sécurisés, jusqu'à un puit d'aération. Le ronflement des extracteurs couvre leur voix. Un message alphavocal de path palpite sur la mire de nakamura :

« On prend l'échelle. Attachez-vous. »

Luttant contre le courant descendant qui le plaque

226

contre la paroi, nakamura se glisse jusqu'à l'échelle, enfile un harnais de sécurité et actionne la commande. L'échelle le hisse lentement le long du conduit obscur, à la suite de path : leurs casques lumineux ressemblent à deux bulles montant dans une gigantesque pipette d'encre.

« Il y a mille deux cents puits d'aération comme ça, épelle path en lettres jaunes. Neuf cents sont opérationnels et quatre cent cinquante… »

Il descend d'un cran, se positionne à la hauteur de nakamura, tend une main vers le mur devant eux : nakamura voit une tache renflée, plus noire encore que la paroi, de forme vaguement étoilée, une sorte de coulure épaisse collée dans un repli de la pierre. Il passe dessus sa main gantée : la matière cède souplement.

« Explosif, écrit path. Quatre cent cinquante sont farcis d'explosifs. »

Les deux hommes redescendent, se dégagent de leur harnais, rampent loin du courant descendant et reprennent leur souffle dans le sas qui sépare l'aérateur du réseau piéton de la suburb. C'est un réduit exigu, éclairé par un seul cube autonome collé au plafond, qui pue le retraitement et le métal acide. Des casques rongés pendent aux parois.

« Ces salauds des tours envoient des paquets d'explosifs dans tous les conduits qu'ils trouvent, crache path. Ils parachutent des feuilles de bitume fourrées de t4. Ça plane et ça se colle où ça peut. Imparable. Vous savez ce que c'est, manquer d'air ?

— J'en ai une vague expérience », acquiesce nakamura. Path arrache rageusement son casque, secoue ses cheveux rouges :

227

« Nous sommes capables de recycler notre air, pas de le créer. Ces salopards veulent notre peau. Ils feront tout sauter quand ils seront sûrs d'avoir piégé assez de conduits. Et ils n'en sont pas loin. Un signal partant du sommet du puits peut suffire à déclencher l'explosion du glaviot que vous avez vu. Et il y en a partout. »

Nakamura essuie son front : sa combinaison pue au point de le gêner lui-même :

« Mais pourquoi ?

— Parce que les tours ne dormiront pas bien tant que nous serons en vie sous leurs pieds. Parce qu'elles ne nous connaissent pas et que nous leur faisons peur. Parce qu'elles se sont conduites comme des Rats avec nous pendant les rota et qu'elles nous haïssent à hauteur de ce qu'elles nous ont fait. Parce que bordel, nakamura ! nous aimons tuer. Vous savez ce qui nous attend ? »

Dans la lumière fuligineuse du sas, path scrute le visage de nakamura :

« Ils feront sauter tous les conduits en même temps. Ceux qui disent que je suis le roi de l'enfer ne savent pas ce que c'est, l'enfer. Mais là, ils sauront. Ceux qui survivront aux explosions s'entre-tueront pour une bouteille d'oxygène ou un sachet d'atmosphère en gelée. Ils s'écraseront la gueule pour sortir plus vite de la suburb. Et à votre avis, qu'est-ce qui les attend à la sortie ? »

Path accroche le casque à la paroi, enfile son masque filtrant et sort du sas. Marchant à ses côtés, nakamura l'écoute et ne dit rien.

« Il y a moyen de vivre, ici. Mater toute cette pierre, former tous ces gens et bâtir un monde. Avec des soleils artificiels qui ne brûleront pas nos cellules et des vents artificiels qui ne seront pas bourrés de toxiques. On peut créer des Cultures Végétales, des Élevages Animaux, des complexes de production, des centres d'études, des réseaux d'échange, un vrai monde ! Où on pourra vivre et jouir ! Et même se reproduire… »

À travers un labyrinthe obscur, ils rejoignent les étages scientifiques, ceux dont les innombrables passerelles ployantes ont impressionné cheng. Sitôt qu'ils sont décontaminés tous les deux, path ôte son masque et se tourne vers nakamura :

« Un endroit où élever des enfants. »

Nakamura ne répond rien : il a compris.

(Je me rappelle qu'avec cheng, nous avons parlé de l'arène, de ses principes et de ses buts, et de l'opinion qu'en avait nakamura.)

« Nakamura m'a dit qu'il savait que je ne l'aimerais jamais, à cause de ce qu'il m'avait fait quand j'étais dans l'arène, mais ce n'est pas ça… (Je me rappelle que cheng n'a pas dit : « Ce n'est pas vrai. ») Il m'a dit qu'à chaque fois qu'il poussait quelqu'un dans une potence, il revoyait xiaochong, ou un autre de ses copains, en train de mourir de l'un ou l'autre rota, leurs cuisses pleines de sang et le bruit de leurs dents qui se fendaient les unes contre les autres. Il m'a dit qu'il haïssait tellement ces maladies qu'il avait l'impression de gagner un round chaque fois qu'il tuait, vite et sans douleur, quelqu'un qu'elles avaient décidé de massacrer lentement. Moi, je lui ai répondu qu'on ne peut pas commencer quoi que ce soit de juste comme ça. Parce qu'affronter une maladie, une catastrophe naturelle, c'est dans l'ordre des choses. Les humains ont toujours lutté contre le monde et lutter, c'est perdre souvent. Mais le meurtre, c'est autre chose. Un être humain qui en tue un autre, c'est qu'il accepte de devenir lui-même une catastrophe naturelle. Il devient son pire ennemi, il pactise avec la force écrasante du monde. Quelle utilité de sauver une vie au prix de l'envie de vivre ? Parce qu'être un assassin de vieilles dames, à part les crétins et les irradiés, ça ne réjouit l'estime personnelle de personne. Sur cent réfugiés traités par un seul refugee, l'arène a sauvé soixante corps et perdu cent un esprits. Bien sûr, nakamura a trouvé mon raisonnement stupide. Les mâles ont toujours été soumis à la grande entropie, il est rare qu'ils aient le courage de refuser d'être son instrument. Tuer est viril. Ils parlent de réalisme, ces choses-là… comme si c'était courageux, ou sain d'esprit, de regarder la réalité en face et d'acquiescer poliment ! Enfin il m'a répondu : et alors ? Toi aussi, tu es venue vers l'arène pour être sauvée ! Il est bien temps de faire du scandale, maintenant que tu es en vie et en pleine santé ! Et j'ai dit que si j'avais été malade, j'aurais trouvé beaucoup plus normal qu'on me bourre d'antalgiques et qu'on me mette à crever dans une quarantaine. Il m'a répondu que les refugee n'avaient pas tant de moyens médicaux que ça, "bon sang, tu sous-estimes path, il t'a fait croire ça mais ce type a tout ce qu'il veut parce qu'il a la main sur la psychotine, comment crois-tu qu'ils tiennent dans leurs suppositoires stratosphériques, ceux des tours ? Il a dressé les potences par radinerie, parce que c'était moins cher que d'acheter des antalgiques !" Je lui ai dit ça et c'est là que j'ai compris : path a acheté des potences et non des antalgiques parce que comme ça, il a rendu tous les refugee complices de lui. "Il vous a rendus pareils à lui, je lui ai dit, prêts à croire que tuer est un moyen comme un autre et qu'on fait le bonheur des masses malgré elles, merde ! Suivez un module d'histoire de temps en temps, c'est toujours pareil, vous n'auriez pas pu essayer d'apprendre quelque chose des massacres précédents ?" Enfin on s'est vraiment engueulés, il m'a dit que cent mille malades en quarantaine, ensemble et sans aucun espoir, ça aurait été une boucherie abjecte, là il n'avait pas tort mais sur le fond, j'avais raison. J'*ai* raison. »

Path promène nakamura dans les étages métalliques, parmi les containers blancs et la respiration oppressante de l'air. Il lui montre les grands plans 3d, les matrices où défilent les données, les abaques qui les trient, les treillis qui les ordonnent, les bruines de plasma qui les affichent. Il lui présente quelques-uns des scientifiques qui arpentent en silence les innombrables passerelles, et il pérore :

« C'est plus facile de trouver un biochimiste cryogéniste qu'un bon praticien médical ! Dans les tours, le cryogéniste gagne dix fois plus mais chez nous, le praticien est cent fois plus utile. Là, ce sont les sciences dures et là, les tendres ; la technique est de ce côté : mécaniciens, nanomécaniciens, roboticiens, tribologues, plasturgistes et même les fanas des glirps. Là-bas, c'est l'information, surtout l'interfaçage, et tout l'alimentaire : agroalimentaire, alteralimentaire, biochimie. En dessous, il y a le recyclage, l'épuration, la décontamination, le mutationnel et la toxicologie. »

(Cette classification scientifique vous étonne ? Elle aussi est 2d. On parlait encore d'Arbre classificatoire, non de cube. Nos ancêtres ne connaissaient pas les spécialistes en éclectique et les liaisons entre branches scientifiques se faisaient peu et mal. Et puis, path avait ses priorités : il faisait fabriquer des armes soniques à un rythme remarquable mais l'étude des Pollens fossiles ne le passionnait pas.)

Path s'arrête devant l'illusion d'étoiles qui prolonge tous les étages, ricane :

« On a volé cette structure à un consortium de recherches aérospatiales. Ces salopards avaient le sens du décor. »

Il se tourne vers nakamura :

« Tout est à faire. Tous les gens que nous venons de croiser sont en apprentissage, à la fois élèves et enseignants dans un domaine ou un autre. Il va nous falloir du temps avant d'être capables d'innover. Ce n'est sûrement pas ici qu'on mettra au point le traitement des cristaux de méthane subterrestres, je sais. Et j'en ai rien à foutre ! Pour le moment, j'ai besoin de techniciens capables d'assurer la maintenance des générateurs d'air, pas de branleurs rêvant aux trous de Vers. Mais n'empêche : nous sommes dans la toute première université de la suburb. »

La main de path, maigre et longue, glisse sur une constellation :

« Il faut former le plus de gens possible avec très peu de moyens. Nous manquons de scientifiques. Cette

232

engeance préfère les hauteurs des tours. Ceux qui sont là sont de pauvres types qui n'ont pas eu le choix. En plus, leurs connaissances sont en général liées aux problématiques de la stratosphère et de la prise au vent, pas tellement à celles des failles telluriques ou de la géothermie. Mais au fond, c'est facile de transformer un climatologue en tectonicien : ça consiste aussi à faire des prévisions fiables dans des systèmes complexes. »

Path parle volcanologie, traitement des gaz, subterraformation, écomodélisation : nakamura écoute attentivement. Sans le savoir, path a emprunté le chemin le plus sûr pour le séduire. Ou peut-être que path, observateur matois, a percé le secret de nakamura, qu'à regarder ses mains, ses gestes précis, certaines attitudes à la fois dociles et attentives, path a compris qu'il avait devant lui un ancien chercheur. Peut-être même path suppose-t-il que nakamura rêve encore à de beaux laboratoires. C'est ignorer la principale qualité de nakamura : il ne se retourne jamais.

« Les tours ne foutront la paix à la suburb que dans deux cas », dit path en s'adossant aux étoiles. « Quand elles nous auront tous tués ou quand elles seront certaines qu'on peut toutes les descendre. C'est ça qu'il va falloir leur démontrer. Et pour ça, j'ai besoin de vous. Moi, je dois m'occuper de la frontière est. Le 14k s'est allié au sun yee on… »

Path fait tourner son stick devant ses yeux :

« Ça me plaît, de voir ces vieilles triades s'allier contre moi malgré leurs vieilles haines. Et se planter à cause d'elles. »

Path sourit et nakamura admire : face aux assauts des tours et des triades, ce psychopathe réussit à prendre une pose qui est à la fois celle de la victime, du héros et du civilisateur.

(Il est probable que path ne fait pas visiter tous les étages à nakamura, qu'au moins il évite de lui présenter son équipe de politologues, de psychohistoriens et de mass-psychiatres. Quelques étages plus haut, celle-ci écartèle en diagrammes les souffrances des suburbains, les angoisses des tours et forge les leviers de la puissance de path. À ces experts en manipulation le *dama* plaît assez, le profil de nakamura – compétent, loyal, déraciné, amoureux – aussi. Path peut paraître avoir des projets sensés et prometteurs, il lui arrive même de faire preuve de hauteur de vue, mais ce n'est qu'un tenancier de *lao gai*. C'est-à-dire que ses innombrables plans ont pour seul but le pouvoir et ses deux preuves tangibles : l'argent qu'on amasse et le sang qu'on verse.)

« Nous y sommes. »

Path a emmené nakamura au plus sombre de la suburb, à quelque trois lis de profondeur. Leurs deux visages tanguent dans le noir absolu, baignés par le rétro-éclairage de leur casque. Path frappe du pied :

« Là-dessous, c'est un entrepôt de gaz de rebut. Essentiellement des hydrocarbures. Gaz inflammables. Nos grands-parents se sont débarrassés de leurs déchets en les léguant aux générations suivantes. »

Path regarde le visage de nakamura qui flotte, par tranches ambrées, en face de lui.

« Pour eux, traiter les déchets, ça consistait à les planquer sous terre ou à les brûler à l'air libre. »

234

Il ricane, puis lève un long bras souligné de photophores orange et désigne l'obscurité au-dessus de lui :

« Par là, tout droit, il y a la tour des *yue bing*. La plus haute tour de shangaï. Juste à la verticale. Alors voilà ce que vous allez faire… »

Honnêtement, je n'ai pas la moindre idée de la façon dont nakamura réagit quand path lui donne l'ordre de percer un conduit jusqu'aux *yue bing*, d'ouvrir la cuve de gaz sous pression et d'y mettre le feu.

« Quand il m'a raconté *yue bing*, dit cheng, il a craqué. Salement craqué. Il est tombé comme une masse. J'ai essayé de le prendre dans mes bras mais il était collé à terre comme une Arapède. Une Arapède qui tremblait. »

(Nous savons tous deux qu'il y avait de quoi. Nous savons qu'ils l'ont fait. *Big blast*.)

Nakamura s'installe dans ses nouveaux quartiers et de là, il s'active. Se renseigne, évalue, élabore, décide, ordonne. Il s'entretient avec des plasturgistes, des spécialistes en résistance des matériaux, des maîtres excavateurs, des artificiers et des servants de lasers rotatifs. On utilise, pour dégager la voie entre la tour et la cuve de gaz, un ancien calibreur géologique, une monstrueuse roue qui tourne sur son moyeu en crachant des jets de lumière tranchante. Les géophysiciens sondent les différentes strates du sol, analysent d'innombrables carottes pour décider de la puissance de feu à employer à chaque niveau. Les soudeurs étanchéifient le puits ascendant à mesure qu'il se crée et de malheureux géomètres sont envoyés, rampant dans une obscurité absolue sur les flancs corrodés de la cuve, pour estimer au plus juste sa contenance. (Trois virgule cinq milliards de mètres cubes, nous le savons.)

Nakamura se multiplie : il teste, pour la mise à feu du gaz, tous les explosifs connus et il en invente d'autres. Il s'intéresse aussi aux suburbains vivant à proximité de la future colonne de gaz et les fait évacuer vers le sud du huangpu. Il correspond abondamment avec xhang, lui donne des ordres précis concernant les communautés évacuées, lui expédie du matériel, des denrées alimentaires, des stocks d'air et même de petits cadeaux amicaux, entre autres un container de vernis, une sorte de fixatif à poussière de limaille qu'il lui avait promis, à charge pour elle de le répandre au fond de la caverne basaltique. Car l'équipe de han superstitieux qui habite sous le huangpu sud croit voir, dans l'ombre des piliers de sel-gemme, bouger les fantômes du dai huen jai, et xhang espère les persuader qu'il ne s'agit que de colonnes de poussière. Dans le même temps, nakamura casse la figure à deux de ses adjoints dont la curiosité ne lui paraît pas compensée par une efficacité suffisante. De fait, ils ont été placés là pour l'épier sur ordre de path, lequel ne bronche pas.

Les poings encore chauds, nakamura réactive tant bien que mal la station de compression au-dessus de la cuve. Son technicien haute-pression est sceptique mais lui ne s'embarrasse certainement pas de doutes. Une équipe de mécaniciens pose une valve sur la cuve tandis que, très loin à la verticale, le calibreur atteint les cou-

236

ches supérieures de la suburb. On signale à nakamura des tirs défensifs : là encore il ne délègue rien et se rend lui-même sur place.

Il trouve une petite communauté de suburbains dissidents, survivants hagards des rota et de la dissuasion chimique des tours, rebelles à la protection impitoyable de path et qui meurent sans bruit dans les anciennes caves de shangaï. Patiemment, nakamura réussit à prendre contact avec eux, les écoute, leur parle. Accroupi près d'une pile usée qui chauffe à peine, à la lumière ténue d'autocollants fluorescents, les doigts serrés autour d'un sachet de saveur-Thé, il s'intéresse à ces hommes et ces femmes efflanqués, raidis par la faim, la peur et la rage, mais qu'aucune promesse de chaleur ou de nourriture ne fera quitter la proximité du ciel. Respectueux et attentif, il revient chaque jour avec un bâton d'Encens ou un verre d'eau pure qu'il pose devant leur autel minuscule, ou encore un sachet de Noix de Bétel, un spot uv, quelques patchs d'iode et de vitamines qu'il offre aux deux enfants encore vivants. Enfin il parvient à persuader le petit groupe de s'éloigner, au moins provisoirement, et d'accepter quelques sacs de pilules caloriques. À la place de nakamura, path aurait tué le tiers de ces miséreux, réduit en esclavage le tiers suivant et baisé le troisième.

Le secret de cette soudaine hyperactivité chez nakamura est simple : pas un seul de ses actes qui ne soit à double détente.

Cheng est en train de composer en compagnie de quelques musiciens, dans le studio pendu au-dessus

237

de l'arène, quand le sas coulisse sur le froid glacial des coursives. Un refugee se tient dans l'ouverture, avec le visage fermé d'un exécutant de basses œuvres, large et maigre sous sa tenue mogole en lambeaux. Il fait un signe. Cheng se lève, son pipa à la main, et marche jusqu'à lui. Il recule dans le couloir : elle le rejoint. Le sas se referme.

Cheng et nakamura descendent sans mot dire l'interminable hélice qui mène à l'arène. Nakamura a adopté un pas régulier, pesant, et cheng tâche de se régler sur son allure. Malgré le froid qui transperce sa pelure et le Coton léger de son paréo bleu, elle sue. Des sas coulissent derrière eux, devant eux, laissant passer des refugee lourds de sommeil ou hagards de fatigue. L'antigerme fume sur la peau épaisse de leur combinaison. Nakamura ne bronche pas, cheng baisse la tête pour dissimuler son visage trop célèbre. Enfin l'air s'épaissit de brouillard chloré et ils entrent, l'un suivant l'autre, sans rompre un seul instant le rythme de leurs pas, dans l'orbe immense de l'arène.

Les épidémies ont perdu l'essentiel de leur virulence et beaucoup de chaînes sont vides. Les chocs électriques ne font plus trembler les murs de pierre noire au point de donner cette impression de frisson continuel parcourant une peau écailleuse. La buée dorée est moins épaisse mais les cris résonnent toujours aussi aigus, tournant autour des potences comme des Faucons blessés. Cheng baisse encore un peu plus la tête et étreint son pipa sous son paréo. Nakamura s'avance vers un sas qui commence à glisser sur une longue coulée de vapeurs, il s'enfonce dans le rideau de buée, cheng le suit. Elle attend,

238

dans son dos, un cri d'alerte qui ne vient pas. Une forme titube à côté d'elle : c'est le candidat à l'arène que nakamura vient de tirer hors du sas, et qui est trop sonné par la désinfection pour réagir. Cheng presse le pas, heurte le dos de nakamura, il se retourne et la prend dans ses bras tandis que le sas se referme sur eux.

« On a dû attendre qu'un autre candidat demande l'entrée, raconte cheng, pour que le sas s'ouvre vers l'extérieur. Moi, j'étais persuadée que dans chaque sas, entre deux désinfections, il y avait un appel de vide ou au moins un mouchard biométrique pour éviter ce genre d'évasion et oui, il y avait les deux. Mais nakamura m'a dit qu'il savait quels processus de sécurité étaient en panne, puisqu'il avait géré la plupart des ressources techniques de la suburb pendant les dernières semaines. Alors on a attendu, dans ce truc noir et étanche qui puait le désinfectant et où il n'y avait aucune arrivée d'air... »

Il la serre contre lui, il l'embrasse et elle le lui rend, tous deux aussi muets et sincères que des condamnés à mort.

Le sas s'ouvre enfin, cheng et nakamura se ruent dehors et remontent le boulevard maoming en courant. Les mouchards extérieurs donnent l'alerte : un commando de refugee se lance à leurs trousses.

« Il s'était fait des amis chez des suburbains hostiles à path, raconte cheng. Des gens qui vivaient dans les caves près du sol. C'est eux qui lui ont indiqué le surf sur lequel on a pu quitter shangaï. Je me rappelle qu'au bout du boulevard maoming, on pataugeait parmi les gravats et les flaques de pluie acide, qu'on avançait comme on pouvait dans l'obscurité, courbés et en zigzag, cernés par les traces soniques qui fendillaient le ciment autour de nous et au-dessus de nos têtes, et puis soudain j'ai senti, mais vraiment senti… l'air libre. C'est une odeur impossible à oublier quand on l'a connue une fois. C'est comme… ça parle du très long chemin que chaque bouffée a parcouru avant de rentrer dans vos poumons. Je veux dire, même à travers le masque, c'est de l'air qui a circulé sur les montagnes et au-dessus des mers, qui s'est roulé dans les nuages, qui s'est chargé de pluie, et puis c'est de l'air craché par des Plantes vertes. »

Les doigts étalés sur son pipa, cheng rêve. Je sais à quoi, je fais les mêmes rêves qu'elle. Nous espérons encore je ne sais quel miracle, que la couche d'ozone soit reprisée, que les nuages toxiques, grands comme des continents et fluctuants comme des Méduses, se résorbent tout seuls, que le tuf digère par magie toxines, acides et métaux lourds et se couvre à nouveau de Végétation, bref de pouvoir sortir et marcher tout droit vers l'horizon, parmi les hautes Herbes, comme dans les récits d'ainademar, jusqu'à la mer. Ensuite cheng secoue la tête et reprend :

« Le surf était caché dans un bouge crasseux, un de ces anciens hôtels que tenaient des gens de chaozhou, tu sais ? Ceux qui sentaient "la clim, la poudre frelatée, les capotes, les pipes, le fat-food et les Fruits abîmés par le gel". Et il y avait encore quelques zombies là-

240

dedans, vivant avec un demi-poumon et qui regardaient en boucle de vieux films cantonais 2d – on se serait cru dans un jeu avec un excellent effet-de-réel, je m'attendais à chaque tournant de couloir à croiser la petite pute triste avec sa Pomme rouge à la main… Le surf ne voulait pas démarrer, j'ai donné un grand coup dedans et on a sauté par la fenêtre tandis que la porte explosait derrière nous. C'est le toit d'un hangar qui nous a protégés et nous a permis de prendre de l'altitude avant qu'ils nous aient dans leur ligne de tir. Et puis la chasse a cessé. Nos poursuivants avaient dû recevoir un ordre de path. Qui avait dû recevoir le message de nakamura. On a filé droit vers le nord. »

Cheng rêve encore, sombrement. Je la regarde et je me demande ce qu'elle a vu, debout sur son surf aussi étroit qu'une lame, mal protégée des vents de la course par une pauvre coque magnétique premier modèle… Shangaï d'abord, Forêt de tours radieuses poussée sur une mer de ruines, puis la terre, ici rabotée par les rayons durs et les pluies acides, là recouverte par les bâches immenses des Champs alimentaires. Elle a dû aussi survoler des paysages à peu près semblables à ceux que j'ai vu à qingming. Mais elle a sûrement vu d'autres choses, les Bambous résistants de hongkou, les dernières forêts de Gingko, les dernières plaines de Fougères… S'ils ont voyagé de nuit comme je le suppose, ils ont pu sentir monter dans l'ombre le co2 naturel, cette douce respiration de la chlorophylle, « le souffle des Plantes nocturnes qui croissent silencieusement dans les rosées lunaires ».

« En chemin, nakamura m'a raconté, reprend cheng. Tous les refugee comme lui, tous les employés de la suburb comme moi sont fichés. Biométriquement fichés. Et piégés. Une puce explosive près de la colonne verté- brale, une pointe de toxines dans le cervelet, et toutes les matrices d'activation de ces microsaletés sont aux mains de path. Lequel justifie ce minage en expliquant que, si un suburbain tombe aux mains d'une triade, son dispo- sitif permettra de le délivrer, à distance, de la torture. On peut localiser ces pièges avec un simple scan et s'en débarrasser d'un coup de laser, mais il nous fallait assez de temps pour trouver un scanner et un laser médical. C'est pour ça que nakamura a envoyé un message à path avant de venir me chercher au studio. Un message avec une heure de latence avant réception. »

(Je n'ai jamais, jamais réussi à retrouver ce message. Alors j'ai tâché de le recomposer d'après ce que m'a dit cheng. Hélas, il y manquera toujours le ton. Quel ton employait nakamura vis-à-vis de path ? A-t-il com- mencé son message par « Maître » ? « Auguste ciel » ? « Vieux frère » ? « Patron » ? Ou « Grand con » ?)

« Il avait gratté, du bout de son gant, l'étoile explosive que path lui avait montrée dans le puits d'aération. Il a envoyé un fragment de son gant à l'analyse, au milieu des carottes des géophysiciens : c'était du bitume par- faitement vulgaire. Pas trace d'explosif là-dedans. Alors nakamura a fourré méthodiquement des échantillons de tous les explosifs possibles dans tous les ballots à desti- nation du sud du huangpu. Les semelles des chaussures destinées aux déplacés, notamment, étaient encroûtées de nitramines. Et aussi, il a versé trente litres d'hydra- zine dans le fixatif à limaille… »

« … faciles à repérer avec un scan atomique, dit naka-mura à path. Mais ça va vous demander du temps. Tant que vous n'aurez pas déminé tout le sud du huangpu, évitez d'activer nos puces. Les détonateurs que j'ai placés sous le huangpu sont à retardement. Si je ne les retarde pas toutes les six heures, ils sautent. Que deviendra la suburb, quand le huangpu se déversera dedans ? »

Cheng se tait et sourit immensément : elle imagine ou mieux, elle *voit* path prenant connaissance du mes-sage de nakamura. Le grand dragon arrête sûrement de jouer négligemment avec son sceptre lumineux. Il *voit*, lui aussi, les dégâts que pourrait causer une faille dans le lit du huangpu, comme une fémorale ou une jugulaire se rompant dans un corps. En face de lui, nakamura achève son message :

« … je vous laisse découvrir le reste. Tout le reste. »

(Cheng ne m'a, bien sûr, rien dit de plus sur le sujet. Nakamura avait peut-être posé d'autres pièges et peut-être pas. Il bluffait peut-être, ou non. Il espérait, avec ces vagues menaces, décourager path de lancer des tueurs à ses trousses. C'était à tenter, ça a probablement été un échec. La suite vous prouvera que, de toute façon, nakamura n'a jamais cru une seule seconde que l'his-toire pouvait en rester là : il avait trop le sens des réa-lités. Non seulement les hommes ne supportent pas de prendre un râteau, les patrons de perdre leur bras droit et les han, la face, mais les dictateurs ne peuvent tout simplement pas se le permettre. Leurs troupes les jugent sur leur capacité à ne presque jamais se faire rouler, et à l'incapacité de celui qui y parvient à y survivre.)

La vidéo de nakamura s'affaisse sur une seule ligne horizontale puis implose en une étoile qui fond et s'éteint. Path reste seul dans le noir, les yeux rétrécis par la rage, ses tatouages rouges bougeant comme des flammes sous la pression des muscles de ses mâchoires qui se crispent et roulent. Il donne l'ordre de cesser la poursuite puis il tend sa longue main blême vers son stick et recommence à le faire tourner sur l'ongle de son pouce. Ou peut-être qu'il va déverser sa rage sur les musiciens du studio de cheng. Peut-être est-ce de là que vient la légende de la mort brutale de lusiceinne.

(Je suppose qu'ensuite, path a soigneusement déminé le sud du huangpu puis activé les puces explosives et toxiques. S'il l'a fait, il devait se douter que nakamura et cheng les avaient depuis longtemps enlevées. Il a aussi dû constater, en inspectant le chantier du futur *big blast*, que la station de décompression de la cuve avait été sabotée, à moins que ce n'ait été la buse de mise à feu de la colonne de gaz ou la valve d'obturation en haut du puits. Nakamura avait dû faire quelque chose de ce genre, pour retarder la destruction des *yue bing*. La seule façon de l'empêcher tout à fait aurait été de percer la cuve pour que le gaz perde en pression mais si nakamura ne tenait pas à détruire la tour, il n'avait aucune envie de gazer la suburb. Path a fait réparer le tout et probablement exécuter quelques collaborateurs de nakamura qui passaient par là. Il a surtout dû activer ses contacts avec les suburbs voisines et déverser des kiloyuans tous azimuts avec une seule directive : qu'on lui ramène cheng et nakamura. Tous les deux. Vifs.

Cheng n'a pas abordé une seule fois le sujet qui

244

devait la hanter : la façon dont path traitait ses traîtres. D'ailleurs, ce n'était pas utile concernant un homme capable de faire sauter d'un coup d'ongle un œil dont la couleur ne lui plaisait pas.

Ensuite, path a pris lui-même la direction de l'opération *yue bing,* avec le succès qu'on sait.)

Et c'est ainsi que cheng et nakamura sont arrivés à ha rebin et qu'ils ont trouvé refuge dans une ancienne cage de descenseur. À quelques pas de cheng et moi, assis sur une échelle manuelle, intarissables et fébriles, cmatic et nakamura n'en finissent plus de se raconter leurs vies respectives. Cheng joue doucement sur son pipa. (Jamais plus je n'ai connu tant de douceur mélangée à tant d'angoisse. Ma vie interrompue a repris là, dans cette chaleur humaine qui ne tenait qu'à un fil, et elle s'est de nouveau finie peu après. Il faut encore que je vous raconte ça.)

« Et en fait, c'est quoi, le *dama* ? Avant recyclage hertzien ? »

Cheng sourit :

« Une ouverture de milhaud séquencée en space-core et jouée sur un shamizen japonais sous un poème de magandang.

— ... »

Cheng rit avec gaieté :

« Un souteneur philippin du siècle dernier. »

VIII

Souvenez-vous, cmatic et moi étions en train d'errer dans les coursives commerciales de woroïno, entre un cortège funéraire et un Arbre-à-Suif. Je venais de lui apprendre que iasmitine trafiquait des vies humaines avec les refugee. On nommait ainsi, depuis toujours, les plus hardcore des suburbains et depuis peu, les troupes de path et ceux qui commençaient à copier ses méthodes. Il entrait dans ce terme plus d'angoisse que d'érotisme.

« Qu'est-ce qu'on peut faire ? ai-je soupiré, cachant mes yeux fatigués par la lumière blanche dans mes mains grises.

— Rassembler des preuves contre iasmitine, bien sûr ! » s'est exclamé cmatic.

Je l'ai regardé avec effarement : cet imbécile se croyait-il dans un scénario de jeu policier ?

« Et ?

— Et la faire chanter. Qu'elle se débrouille pour nous ressusciter mieux que ça. »

Cmatic est remonté d'un coup dans mon estime. J'avais déjà pensé à quelque chose de ce genre, j'avais

247

assez peu à perdre. Mais à quoi bon ? Au premier geste de rébellion, iasmitine m'aurait fourni, avec un grand sourire mielleux, un beau flacon de poison en me promettant n'importe quoi, et sur qui d'autre aurais-je pu le tester, sinon sur moi ? J'ai jeté à cmatic un coup d'œil chargé de plus de calculs sordides que de solidarité.

« Nous jouerons l'un pour l'autre le rôle de cobaye, a très bien résumé cmatic. Allez, venez. Cette lumière est intolérable et ça pue. Nous discuterons chez moi. »

Cette perspective a balayé immédiatement la totalité de mes soucis.

En fait de perspective troublante, cmatic m'a servi un verre d'eau et gonflé un siège. Son appartement était triste et vide. Contrairement à ma mère et moi, il ne bénéficiait même pas d'une prise sur l'extérieur et devait se contenter d'une simulation murale de panorama, sur laquelle défilaient quand même les inévitables publicités transparentes. Il les a fixées un instant puis a tourné vers moi son long visage sans tonus et m'a demandé :

« Vous n'avez aucun lien avec la suburb ?

— Non, et vous ? »

Cmatic a soupiré :

« Quand j'avais des liens, c'était avec des scientifiques situés à deux cents étages au-dessus. Et ça fait des mois que je n'en ai plus aucun avec personne.

— Et moi, ça fait des années. À part quand je joue sur le Réseau et que j'échange des messages d'insultes avec les autres participants.

248

— Ça me fait penser… », a marmonné cmatic.

Il a déroulé son écran, tripoté les cartes étalées un peu partout sur le sol vitrifié. Il en a choisi une et en a extrait une image qu'il a décompressée :

« Voilà ! Le visuel dont je vous ai parlé, celui qu'un ou une inconnue m'a envoyé dernièrement et qui représente un motu polynésien. »

J'ai à peine jeté un œil sur l'écran où roulaient paresseusement des vagues claires :

« Je peux regarder les cosses du message ? »

Le visuel était encapsulé dans diverses cosses d'adressage que j'ai épluchées avec dextérité. Disséquer l'information, traquer la méta-donnée et démêler les nœuds logiques était un jeu auquel j'excellais, après tant d'années à chercher ainademar sur le Réseau. Cmatic a baissé le niveau sensuel du visuel : pour nos sens étranges, l'odeur de Tiaré était écœurante et l'écume, en se traînant sur le sable, crissait insupportablement. Ensuite il a attendu, patiemment, que j'aie fini mon épluchage. Mais je n'avançais guère :

« Cet envoi a été anonymisé de façon assez archaïque. On doit encore employer ces méthodes vieillottes quelque part, mais où ? Pas à deux cents étages au-dessus du sol, en tout cas. Plutôt… »

Cmatic et moi nous sommes regardés :

« Vous voulez dire : plutôt beaucoup plus bas ? » a-t-il murmuré.

J'ai commencé à lancer requête sur requête :

« Ça vient d'un point de diffusion assez peu cossu, attendez… vingt-deuxième étage de la tour des Pois à ouyang. Voilà. Et le vingt-deuxième étage de la tour des

Pois est… un point mobile à basse sécurité. Le genre de self-service qu'utilisent les cloneurs et les condamnés en cavale, autant dire que votre message vient de nulle part. Quant à la signature adn, elle est… de fantaisie. Grossière. Même pas quatre acides aminés. Z'auraient pu faire un effort, vos correspondants.

— Je meurs de honte », a souri cmatic.

J'ai failli en écraser les cosses d'adressage : j'étais en compagnie d'un homme, dans sa chambre, je l'épatais avec mes dons sulfureux et je l'amusais avec mes bons mots, au point qu'il restait près de moi à me regarder faire et me répondait sur un ton badin. Mon ciel gris s'est ouvert d'un coup sur une pluie de lumière : j'étais vraiment très jeune. J'ai repris le contrôle de ma respiration et souri à mon tour. Puis j'ai recommencé mon pistage mais le plus lentement possible. J'avais la ferme intention de savourer chaque seconde d'un instant dont je savais d'avance qu'il serait sans retour : j'étais déjà bien vieille, en ma jeunesse.

« C'est tout ce qu'on peut tirer des cosses. On jurerait que ce message n'est qu'une pub pour des vacances exotiques réelles ou virtuelles et… et d'ailleurs, pourquoi a-t-il survécu à vos filtres ? Ah, voilà. Liste de vos méta-données prioritaires : polynésie, atoll, motu, lagon, tahiti, marquises… Vous attendez encore des nouvelles au sujet de shi, n'est-ce pas ? S'il y a quelque chose dans ce message, c'est caché dans le visuel même. Planqué dans une des matrices d'extrapolation ou dans une basse couche de couleur ou… »

Je me suis enfin décidée à regarder l'image en détail. Des vagues qui croulaient sur le sable, la transparence sapide d'un croissant de lagon, une fine aigrette de Végétation qui tremblait de chaleur au bout de la plage... Le nom du motu apparaissait en titre : maururu, près de maupiti.

« Déjà allé là-bas ?

— Jamais mis les pieds, m'a répondu cmatic. Ni entendu parler. Il faudra quand même lancer une recherche sur... et là ? »

J'étais en train de balayer au zoom : cmatic avait réagi avec vivacité.

« Là ? Attendez que je nettoie le bruit. C'est, eh bien, un Poisson ? (Cmatic a acquiescé.)

— Très exactement un Tarao Maraurau. Nous en avons... pêché, là-bas. Shi et moi.

— Pêché ? »

J'ai regardé cmatic avec dégoût, il n'a pas esquivé :

« Pêché, oui. Et mangé. Comme deux grands cons que nous sommes. Pêché, tué, vidé, écaillé, frit et mangé. Le crime le plus délicieux de mon existence. Qui n'est pas si riche que ça en crimes et en délices. »

J'ai détourné les yeux, reportant mon attention sur le Tarao Maraurau. C'était un gros Poisson brillant, peu distinct sous l'eau sableuse, comme victime d'un jet de buée. J'ai reconnu le coup de flou des arnaques :

« Il a été incrusté après coup. C'est normal, ces motifs sur son flanc ? »

Cmatic s'est penché encore un peu plus tandis que j'agrandissais le quadrant concerné. Au ras de l'écran, nos joues se touchaient presque.

« Non, ce n'est pas normal, a-t-il murmuré.

— On dirait une tache. Une tache double avec un ombilic.

— C'est un plan. Un plan.

— D'un endroit que vous connaissez ?

— Oh oui. C'est un plan de tahiti. Là, c'est papeete, là, c'est punaauia. C'est un plan, c'est… oh bon dieu, c'est un message de shi. »

Il s'est redressé et a tangué sur son siège, les yeux fermés, avec sur le visage une expression de joie souffrante qu'on n'imagine qu'aux damnés et aux amants. J'ai regardé ailleurs, gênée. En attendant qu'il se reprenne, j'ai débarrassé le plan de tout le bruit possible. Le résultat était assez sommaire.

« Bon, qu'est-ce qui ressort là-dedans ? Si ça se trouve, il y a une zone colorée que ni vous ni moi ne sommes capables de voir. »

J'ai lancé une recherche chromatique :

« Gagné. Tout est dans les tons de gris, à part quelques pixels cyan cachés dans la trame. Ici. Ça vous dit quelque chose ? »

Cmatic s'est à nouveau penché :

« C'est tout près de l'aéroport. Non, ça ne me dit rien. On n'a pas eu le temps de visiter, vous savez. On est allés directement de l'aéroport à l'oise et de là… la Bière ! Le bar ! On a bu une Bière dans un bar en sortant de l'aéroport.

— Il vous attendrait là-bas ?

— Je ne sais pas. Je ne pense pas. Il faudrait être fou pour remettre les pieds dans ce mouroir. »

J'ai isolé les pixels bleus : ils dessinaient approximativement le sceau de ha rebin.

252

« À mon avis, il vous attend dans un endroit qui porte le même nom mais qui est situé dans ha rebin. Il s'appelait comment, ce bar ?

— Mais j'en sais foutre rien, s'est exclamé cmatic avec désespoir. Attendez ! J'ai dû payer nos Bières avec ma carte professionnelle et… »

Il a encore fouillé dans ses cartes mémoire, consulté des colonnes de chiffres :

« Voilà ! Le *maau*. Ça veut dire crétin, non ? Vous croyez qu'il existe ici un bar portant un nom pareil ?

— Ha rebin a été bâtie par des chinois, des russes et des japonais, plus une bonne dose d'hindous et dernièrement quelques australiens. Il n'y a pas de raison que seuls les polynésiens n'y aient jamais mis les pieds. »

Par prudence, je n'ai pas lancé de requête : j'ai fait défiler tous les bars bas-de-tour par nationalité.

« *Maau leapfrog*. Tour yan'an ouest, quartier du lac, neuvième étage… je me demande ce qu'on peut bien y boire. »

Cmatic était déjà à la porte. Il ne connaissait décidément rien à l'art de déjouer les pièges.

« Non mon ami, non. Inutile de voler dans les bras de shi : il ne sera pas là-bas. Dans ce genre d'endroit, on ne se donne pas rendez-vous : on laisse un mouchard et on attend un signe. Si c'est bien shi qui vous a indiqué ce bar, il n'y sera pas en personne, à poireauter à la même table depuis des jours. Et je vous déconseille d'y aller avec… quand on a vos gènes, on ne descend pas au neuvième étage. Même mort. Il va falloir vous armer. Et vous déguiser. Et rester quand même reconnaissable pour shi. »

253

Cmatic a tapoté avec impatience la paroi lisse du sas, puis il a regardé ses pieds et marmonné :

« Vous avez raison.

— Je peux trouver une arme. »

Il a eu un geste d'impatience :

« Moi aussi.

— Je sais aussi comment nous maquiller, mais pour le signe de reconnaissance, je n'en ai aucune idée. Il s'est passé quelque chose, dans ce bar de papeete ? Quelque chose qui...

— Des Fleurs. Quand on a bu notre Bière, on portait des colliers de Fleurs, les colliers de bienvenue de l'aéroport. »

Je me suis levée en grimaçant :

« Des colliers de Fleurs. Ça fera local, à défaut de faire discret. Ah, une dernière chose : pendant que je vais chercher de quoi vous transformer en han de neuvième étage, passez donc demander votre potion à iasmitine. J'irai après vous. Pour descendre là-dessous, il faut qu'on soit en forme et qu'on ait du temps devant nous. »

Il a essayé de protester, mais je suis partie sans l'écouter. J'avais moi-même assez de mal à me décider à pousser la porte aux démons.

Le *maau leapfrog* a été ma première occasion d'entrer en contact avec le monde fascinant de la pègre et du stupre : en clair, c'était un casino et un bordel. Couverte de copyderme, vêtue d'une tunique de toile noire boutonnée sur le côté, un mouchoir noué sur la tête, je ressemblais à une vieille miao, une antique joueuse de

254

mah-jong. Les cheveux graissés et nattés, coiffé d'une calotte à cottes noire surmontée d'un bouton de jade, engoncé dans un caftan tatare défraîchi, cmatic avait l'allure d'un opiomane errant. Nos colliers de Fleurs, en amidon de Maïs violemment coloré, étaient ridicules mais l'assistance n'était pas du genre à regarder sous le nez les bizarreries des voisins. Nous sommes entrés bravement dans le bar, lui devant et moi derrière, comme deux habitués. Le *maau leapfrog* était bâti sur plusieurs étages, ou disons que le tenancier avait illégalement colonisé les balcons internes d'une large colonne d'aération. La décoration se résumait à d'épaisses pulvérisations de peinture fluorescente à même les murs de fibrobéton, d'innombrables spots imitation lanterne qui entretenaient une pénombre mouvante, des tables et des sièges dont l'aérostatisme fatiguait, des rangées de dégorgeurs et de distributeurs de peroxyde, et quelques cages suspendues dans le vide central au bout de nanocâbles. Des hommes nus et des femmes tatouées s'y tordaient en rythme. La musique était stridente, sirupeuse, vaguement mandchoue, les fumées psychotropes se mêlaient aux remugles de la station d'aération qui ronronnait quelques étages plus bas. Cmatic a pris place à une table collée contre la balustrade, commandé deux boissons auxquelles nous n'avons pas touché. Il avait l'air tout à fait dans son élément et a commencé à regarder la fille qui se déhanchait dans la cage la plus proche, juste de l'autre côté de la rampe, avec un intérêt bien imité.

« Et maintenant, qu'est-ce qu'on fait ? ai-je crié pour couvrir la musique.

— On attend », m'a-t-il répondu.

Je n'ai même pas pu lui en vouloir de tant regarder cette fille, moi aussi, elle me fascinait. Tout me fascinait. Ces hanches nues et rondes, brillantes de sueur, les marques de fouet mal imitées sur les fesses refaites et un homme, de l'autre côté du puits, qui agitait en cadence un turban énorme en Soie luisante, et un autre dont les ongles immenses, comme métallisés, maniaient les pions avec une vivacité de Colibri, et un vol d'étoiles 3d qui dansait d'un étage à l'autre, et un groupe sombre, plus loin, que je m'imaginais être un commando porteflingue d'une triade : je voyais enfin *en vrai* les personnages de mes jeux. Paisiblement monstrueuse, je caressais doucement l'arme légère collée à ma cuisse, sous la tunique noire, en rêvant de dégainer et de faire un carton.

« Vous venez d'où ? »

Je me suis retournée : un petit mouchard vétuste flottait devant nous, son œil électronique roulant dans son orbite unique :

« Qui t'envoie ? a demandé cmatic.

— Punaauia, a répondu docilement le petit engin. Vous venez d'où ?

— De punaauia. Et de papeete, d'hiva hoa, de tahuata, de… »

Ayant probablement entendu assez de mots clefs, le mouchard a dit :

« Suivez-moi. »

Quelques minutes plus tard, nous descendions à pied un conduit interne. Je comptais les étages, de plus en plus inquiète :

256

« Six, cinq… J'espère qu'on va s'arrêter bientôt. »

Le mouchard nous a fait changer de conduit puis emprunter un descenseur grinçant de crasse et de graisse.

« Deux, un, zéro, oh non… »

Nous avons franchi le niveau zéro. Au moins trois, le mouchard s'est déconnecté. Nous nous sommes retrouvés tous les deux, cmatic et moi, tassés dans une cage de descension chichement éclairée, béant face à une obscurité absolue.

« Qu'est-ce qu'on fait ? ai-je chuchoté.

— Pareil que tout à l'heure. On attend. Je parie qu'on cherche juste à nous identifier visuellement avant de prendre contact. Ne bougez pas. »

Après un long moment, il y a eu un bruit tout près de nous, dans le noir. Puis une voix a lancé :

« Alors c'est lui, l'ami européen ? »

Une voix de femme, basse, brisée, et que je connaissais. Une voix connue, plutôt. Lusiceinne.

« Oui. »

Une voix d'homme, profonde et comme étranglée. Cmatic s'est affaissé contre la paroi du descenseur :

« Shi. »

Quand cheng a eu fini de me raconter path et les refugee, elle a posé son pipa et allumé un petit cylindre carboné. Dès qu'il s'est mis à pétiller, elle l'a lâché sur le sol et a posé dessus une pépite d'Encens. Un mince trait de fumée odorante s'en est échappé. Cheng a alors trempé son pouce dans une fiole et l'a secoué au-dessus de la braise : j'ai reconnu l'odeur du Saké. Ça m'a fait sourire. J'avais souvent vu ma mère se livrer à ce rite, pour débarrasser notre appartement des relents maléfiques de son dernier client. Cheng a relevé la tête, regardé en direction des deux hommes et marmonné :

« Alors comme ça, il s'appelle shi ? La pierre, hein ? Ça lui va mieux que son pseudo japonais. »

J'ai relevé la tête à mon tour et prêté attention à ce que shi et cmatic se racontaient. Ils étaient en train de fouiller dans leur passé polynésien. Après tout, les plasmodies antiques de tahiti et l'Anophèle tueur de taiohae avaient coûté à l'un sa vie sociale, à l'autre la vie tout court. On serait curieux à moins.

« Il y a une question que je n'ai pas arrêté une seule minute de me poser, a dit cmatic. C'était quoi, cette idée géniale qui t'est venue quand on était dans le labo en Cocotier, près de punaauia ? Pourquoi est-ce que tu m'as littéralement foutu dehors ? »

Shi a frotté ses mains l'une contre l'autre : visiblement, il rassemblait avec précaution les éléments d'un puzzle aux pièces acérées. Puis il a dit, avec hésitation :

« Tu te souviens, dans ce labo ? Tu avais lancé, sous mon identifiant, des requêtes concernant le transgène puant. Tu te rappelles ? »

Cmatic a opiné sans mot dire, shi a continué :

« Je ne savais pas encore qui était derrière tout ça, mais je m'en doutais. On était en face de plusieurs meurtres, pas forcément liés mais avec des causes voisines. Des formes obsolètes du paludisme, des Insectes vecteurs du palu eux-mêmes obsolètes. Il y avait quand même pas mal de chance pour que tous ces crimes aient

258

été commis par la même organisation. Une organisation disposant à la fois de gros moyens en biogénétique et d'un goût prononcé pour le meurtre.

— L'iat, a résumé cmatic.

— L'iat, a approuvé shi. Ça puait l'iat. Le bras armé des transnationales.

— Gros moyens, grosse parano, aussi bonne en bavures qu'en science appliquée.

— Le genre à nommer un fou à la tête d'un labo super-équipé et ensuite, à placer toute la zone environnante sous surveillance, dans la peur que quelqu'un découvre la gaffe. À épier toutes les communications, toutes les requêtes…

— Tu essayes de me dire quoi ? l'a coupé cmatic. Qu'en balançant une requête concernant le transgène raciste de l'iat sous ton nom depuis un labo que l'iat surveillait à coup sûr, j'ai signé ton arrêt de mort et le mien ?

— …

— J'ai eu le temps de me le dire.

— Mais on n'est *pas* morts », a souri shi.

Cmatic n'a rien dit, il a détourné la tête et commencé à décrocher, avec son talon, la rouille qui couvrait un des barreaux de l'échelle sur laquelle shi et lui étaient assis.

« Quand j'ai vu ta requête et mon identifiant sur l'écran, a continué shi, ça m'a sauté au cerveau : on était cuits. Moi, du moins, je l'étais. Mais toi, tu n'étais pas forcément avec moi. Tu pouvais très bien être dans un avion, ou à l'antenne de l'oise, ou en train de pioncer à l'hôtel, n'importe où mais ailleurs, pas avec moi. J'étais mouillé jusqu'aux cheveux mais pas toi. Alors foutu pour foutu, je me suis débrouillé pour que tu fiches le camp vite et loin. Je t'ai raconté n'importe quoi et tu m'as fait confiance. »

Il y a eu un silence. Shi s'est retenu de dire merci, cmatic a essayé de s'y contraindre, sans succès. Puis shi a repris :

« Et j'ai eu raison, parce que des barbouzes me sont tombés dessus juste comme je finissais de flanquer le feu au labo pour effacer tes traces. Quand j'ai vu leur tenue et leur équipement, je me suis dit que je ne m'étais pas trompé sur leur employeur. »

Shi a tracé un signe dans l'air : le logo rayé de l'iat.

« J'en ai blessé deux, le troisième a été plus coriace. J'ai fini par l'avoir. Je l'ai… il s'est noyé au large de punaauia. J'ai tiré son corps dans l'eau le plus loin possible du rivage. »

Shi a baissé la tête : il devait se croire en face d'un chercheur et d'une adolescente, deux engeances timides qu'un meurtre effraie. Mais cmatic n'a pas fait semblant d'être ému et moi, je n'y ai même pas pensé.

« On m'a dit, a soupiré cmatic, qu'on avait retrouvé des traces de sang sur la plage. De ton sang. Pas des traces : des flaques. De ton sang. Trop pour que tu aies pu y survivre.

— C'est exact. Tu te souviens qu'à l'hôpital, on nous avait remis à chacun une poche d'homohémoglobine ? Vu les circonstances, c'était nécessaire.

— Si ç'avait été des flaques d'homohémo, ça se serait vu à l'analyse.

— Non, c'était bien mon sang. J'avais l'arcade ouverte,

j'ai arrosé la plage avec mon propre sang, je me suis transfusé à l'homohémo et j'ai nagé jusqu'à moorea. »

Cmatic a sifflé doucement, d'admiration bien sûr. Tant de sang rouge sur le sable noir, de chair chaude tremblant de fatigue dans l'eau fraîche, tant de courage et de volonté : cmatic sifflait aussi, comme un Serpent, de jalousie. Puis il a enchaîné :

« Alors cette histoire de type que l'oise aurait retrouvé près des sources, couvert de contusions ? Ils m'ont parlé d'un certain cuck bold, un copain du racialiste fou, beb vitale, celui qui a créé le transgène puant… »

Cmatic a donné à shi la version des faits telle que la lui avait servie l'oise. Shi a haussé les épaules :

« Il faisait peut-être partie des barbouzes. Beaucoup de vrai, un peu de faux, c'est la meilleure intox. L'oise t'a raconté un mensonge plausible. Qu'est-ce qu'elle aurait pu faire ? Personne ne peut se permettre de se brouiller avec l'iat. »

Cmatic a ricané aigrement :

« On ne dit pas "intox", on dit "ingénierie sociale".

— Il fallait bien qu'elle te raconte qu'on avait trouvé le coupable et qu'il était sous les verrous, sinon tu aurais été mettre le nez dans l'enquête. »

Cmatic a donné à nouveau de petits coups contre les barreaux. Mettre le nez dans l'enquête… Avait-il mis le nez dans l'enquête ? Comment expliquer ? Qu'aurait-il pu ajouter, cmatic ? Shi, mon ami, laisse-moi te dire. J'aurais voulu mettre le nez dans l'enquête, j'aurais *vraiment* voulu remuer ciel et terre jusqu'à ce qu'on te retrouve, ou au moins qu'on te rende justice, ou les derniers honneurs ou n'importe quoi, mais… Mais j'ai eu confiance en eux, en elle, en l'oise-se et puis j'étais si...

Si fatigué ?

... si fatigué. Très fatigué. Mais fatigué à un point qui...

Une fatigue telle que...

Cmatic a continué à décrocher, avec son talon, de petits copeaux de rouille.

... que j'en suis mort, shi, mon ami.

Shi a continué :

« Voilà ce que j'ai cru comprendre de l'affaire. J'ai pu me renseigner auprès des polynésiens qui m'ont aidé à m'en tirer. Quand tu es en cavale, tu n'imagines pas à quel point les gens ne te racontent pas la même chose que quand tu es représentant officiel d'une organisation. (Shi a ricané :) Tu es au courant que les transnationales, ayant ruiné tout ce qu'elles pouvaient sur terre, en l'air et sur les côtes, ont décidé de partir à la conquête des fosses océaniques. Elles installent des laboratoires partout où elles peuvent, l'iat en a implanté un au large de maupiti, sur un motu.

— Maururu ? a sursauté cmatic : le motu dont tu m'as envoyé un visuel ?

— Voilà. Et l'iat a *vraiment* nommé à la tête de ce labo beb vitale, l'inventeur du Moustique qui préfère la peau noire. Ce connard a immédiatement envoyé un commando voler un lot de souches pathogènes et d'Insectes obsolètes dans les locaux mal gardés de la coanen. Histoire de faire des expériences amusantes signées de l'intron de la coanen. Et il a tout simplement décidé de tester l'efficacité de ces vieilles souches et de ces vieux

262

Bestiaux un peu remaniés sur la population locale. Un grand classique blanc… »

Cmatic n'a pas bronché. Shi s'est raclé la gorge et a repris :

« Je ne sais pas quel était l'ordre de mission de vitale, mais quelque chose me dit qu'on ne lui avait pas demandé de mettre au point des vaccins et des métacures. À la réflexion, je crois que l'iat croyait qu'elle savait ce qu'elle faisait. Comme d'habitude, elle a essayé de manipuler un fou dangereux pour créer un climat de trouille afin d'imposer sa loi sur une zone, et comme d'habitude elle est tombée sur encore plus fou dangereux que prévu et elle a perdu tout contrôle. Ensuite, elle a paniqué.

— Comme d'habitude, a marmonné cmatic.

— Voilà. Le labo sur le motu n'était un secret pour personne, le gouvernement polynésien a commencé à râler, à exiger de l'iat qu'il soit fermé, et les trois premiers meurtres ont eu lieu. Les victimes du polypaludisme, les touristes que tu as vus à la morgue. Pour un régime qui vit du tourisme, c'est inquiétant. Le gouvernement polynésien n'a pas dû hésiter longtemps avant de lever sa plainte contre l'iat. Et là, l'oise est entrée en scène. Dans ce conflit, elle a essayé de jouer l'arbitre, l'intermédiaire, quelque chose comme ça, je ne vais pas appeler ça une tentative de chantage, non. Enfin elle a fait appel à nous, des experts extérieurs avec une écoute internationale. Pas une vraie notoriété, mais un bon début d'autorité scientifique. »

Shi a eu un petit sourire :

« Je parle surtout de toi, là. L'oise a agité ton rapport sous le nez de l'iat et dans la foulée, il y a eu trois morts

263

de plus. Trois entomologistes de l'oise. Étrange, non ? Une chose que tu ne sais pas : il n'y a pas que l'oise et le gouvernement polynésien qui gênaient la mainmise de l'iat sur la polynésie, il y avait aussi les nationalistes. Un courant de type guérilla populaire, très actif. Or la fille que tu as vue à la morgue était la cousine d'heimata, issus tous deux de la famille du leader nationaliste. »

Cmatic a sifflé doucement, admiratif :

« L'iat a maté en rafale le gouvernement local, la principale instance internationale et le principal mouvement politique populaire, c'est ça ? Tout en testant de nouvelles armes plutôt efficaces ?

— Et avec la signature de la coanen, a complété shi. Beau quarté. Voilà toute l'histoire. Pour moi, elle tient. Sauf que, si l'iat a envoyé un commando de barbouzes au labo de punaauia quand elle a compris qu'avec le transgène, on remontait jusqu'à elle, c'est à mon avis qu'elle trouvait son succès un peu fulgurant. Pour ne pas dire voyant. Bref, qu'elle ne contrôlait plus son tueur. Ce qui me confirme dans cette impression, c'est l'incendie de maururu. »

Cmatic a eu un hoquet :

« Maururu a flambé ?

— Juste après notre départ. Tout le motu, avec le labo au milieu. Tu n'es pas au courant ? C'est pour te mettre au courant que je t'ai envoyé le visuel. Une petite requête sur maururu sort dix articles sur le sujet. L'iat a probablement cramé son propre chercheur fou.

— Je n'ai pas eu le temps de faire des recherches sur maururu. J'étais trop occupé à déchiffrer le ventre du Poisson.

264

— Oui, mon premier message était assez cryptique. Les suivants étaient plus simples.

— Les suivants ? Merde, je n'ai pas regardé mes messages depuis… depuis un petit bout de temps. C'était quoi, tes autres messages ?

— Des pubs du *maau leapfrog*. Avec une signature sur la cosse. Une icône de caillou, ou notre code commun seekdialog de deuxième année de fac, des choses comme ça. »

Cmatic s'est mis à rire :

« Dire qu'on a épluché toute la liste des bordels de ha rebin. »

Il a passé sa main dans ses cheveux graisseux, essuyé sa paume sur son caftan.

« Quand même, fallait-il être con pour injecter un transgène aussi connoté iat dans une Bestiole censée être de la coanen.

— Protocole alpha de l'iat. L'iat exige que tout Diptère sortant de chez elle porte ce transgène. Au cas où un de ses petits génies lâcherait dans la nature, par mégarde, un nouveau fléau incontrôlable. L'iat est trouillarde, et l'iat est blanche. Beb vitale a bravement suivi les ordres. C'était un fou discipliné.

— Tu as toujours été meilleur que moi en géopolitique », a soupiré cmatic avec lucidité.

Ce qui n'enlève rien au fait que la version de shi était complètement fausse.

Shi a décroché une fiole de Saké de sa ceinture, en a offert à cmatic :

« Non, merci. »

265

Shi a bu, rejetant en arrière sa belle tête pâle et ses longs cheveux. Puis il a arpenté l'étroit palier de la station de descension de son pas silencieux, pour se dégourdir les jambes. Cheng et moi l'avons regardé, apaisées par ses gestes fluides et calmes. À côté de son large visage lumineux, les traits gris de cmatic criaient de misère.

« Tu as été cassé, n'est-ce pas ? a demandé shi.

— Hein ?

— Professionnellement. Tu m'as dit que tu étais en mission mais ça se passe comment ?

— Euh… professionnellement ? Oui, a répondu cmatic d'un air morne. Oui, j'ai été cassé. On peut dire ça.

— C'était à prévoir. L'oise déteste l'iat, mais elle la ménage. Et l'iat a dû demander qu'on te casse, par précaution ou par pure mesquinerie. Je… »

Il a repris une gorgée, raccroché sa fiole à sa ceinture, puis est revenu se suspendre à l'échelle à côté de cmatic, qui usait toujours son talon aux barreaux :

« Écoute, je sais ce que l'entomologie représentait pour toi. Je sais que tu as bossé comme un fou. Je suis désolé.

— Arrête ça. C'est moi qui suis désolé. C'est moi qui ai fait l'erreur.

— On l'a faite tous les deux, quand on a refusé de quitter tahiti en sortant de la morgue. À partir de ce moment-là, l'iat nous a eus dans le collimateur. La seule chose qui me fait plaisir, c'est qu'en t'expédiant ailleurs au dernier moment, je n'ai pas pu tout sauver mais j'ai limité les dégâts. Je veux dire : je n'ai pas pu sauver tes recherches, mais je crois que je t'ai sauvé la vie. »

266

Shi a passé un doigt sur sa lèvre inférieure, cmatic a redressé lentement la tête et les épaules en écarquillant ses yeux morts.

Moi, j'ai ouvert largement la bouche mais pas un son n'en est sorti.

« J'ai encore appris quelque chose sur… la suite de l'histoire, a repris shi. Quelque chose qui te concerne. Mais j'ai un service à te demander. Elle… »

Shi s'est tourné vers nous, ou plutôt vers cheng :

« Il faut qu'on se sépare, tous les deux. »

J'ai jeté un œil à cheng : elle avait baissé ses longs cils sur ses doigts maigres. Shi s'est de nouveau tourné vers cmatic :

« Je voudrais te demander de lui trouver une planque dans les étages. Une identité, une case sociale. Loin de chine. Tu peux ? »

Shi s'est penché vers cmatic. Lequel, gris et crasseux, raide comme une statue, a dit d'une voix sans timbre, sans qu'un muscle de son visage ne bouge :

« Je peux essayer. Je peux, oui, je vais le faire. Sans problème. Sans aucun problème. »

Puis il a incliné son front maigre vers le sol graisseux. Shi a repris :

« Je te disais que j'ai appris un truc sur…

— Ta gueule.

— … comment ?

— Ferme-la. Je sauverai cette femme. Tu en as assez fait pour moi, je n'ai pas besoin que tu payes mon aide avec tes renseignements. »

Shi a écarté les mains doucement :

267

« Ce n'est pas ce que je voulais dire…

— Si, a soupiré cmatic, si. Tu as négocié comme un dealer de cornées. »

Cmatic a balayé d'un geste les protestations de shi :

« Ça signifie que tu as appris, depuis la dernière fois qu'on s'est vus, certaines vérités sur l'espèce humaine. Tu as acquis des réflexes de méfiance. Je ne vais pas te le reprocher. Si je n'avais pas tant fait confiance, je ne serais pas… ici. Comme ça. Ce n'est pas grave. Je vais le faire. Je vais m'occuper d'elle. Je ne suis plus grand-chose mais ça, je peux le faire. »

Cmatic s'est redressé sur son échelle :

« Je suis heureux que tu comptes encore sur moi. Et puis, ça ne me fera pas de mal de servir enfin à quelque chose de… à sauver une vie. »

Cmatic a relevé la tête et il a souri, de toutes ses dents mortifiées dans ses gencives noires. On aurait cru voir se fendre la porte d'un tombeau. Shi a reculé, puis soufflé :

« Tu es… mon vieux, qu'est-ce que…

— Oui, je suis malade. Ou plutôt, j'ai été malade. Je n'ai plus la santé mais ça va mieux qu'à une époque, a tranché cmatic d'une voix ferme. Ça va très bien. Sale gueule, mais bon moral. Mademoiselle ? »

Il a dirigé le regard noir de ses verres filtrants vers cheng :

« Mademoiselle, je ne peux pas vous promettre une position sociale très haut perchée, mais vous y serez en sécurité. »

Elle l'a remercié d'un signe de tête et s'est rencognée

268

dans la cage en serrant son pipa contre elle. Shi s'est raccroché à l'échelle près de cmatic :

« J'ai quand même encore quelque chose à te dire. Quand j'ai cherché à te retrouver, je n'ai pas pu. Tu avais disparu. Un tunnel d'anonymat, hein ? »

Cmatic a approuvé.

« Je me suis dit qu'on devait t'utiliser comme taupe quelque part sur la planète. Ça pouvait être n'importe où. Un moment, j'ai dû quitter la chine par le nord. Et puis j'y suis revenu. Quand j'ai appris que tu étais à ha rebin. Il n'y a personne en qui j'ai confiance comme j'ai confiance en toi. Et je tiens à ce que cheng s'en sorte. Elle et moi, on est…

— … plus repérables ensemble que chacun de votre côté », a dit cmatic avec son exaspérante brusquerie. « Il lui faut quelqu'un qui soit socialement bien implanté pour la cacher, vu qu'elle a un visage que la moitié de la planète connaît, et que ce n'est pas possible de garder toujours un masque sur le nez. Il lui faut même quelqu'un d'assez riche pour lui payer une bonne opération esthétique et une nouvelle identité. C'est ça ? »

Shi l'a regardé en silence, un moment. Il a dû se faire la réflexion qu'il n'était pas seul à avoir gagné en expérience. Puis il a repris :

« C'est la façon dont j'ai retrouvé ta trace qui est bizarre. Tu te rappelles, le petit sac vaudou que j'avais pêché sous mon fare ? Avec la main coupée ? J'en ai parlé à des gens de la suburb. Ils connaissent ça. Tout le monde connaît ça, en bas. »

Shi a fait une grimace écœurée :

269

« Je crois toujours que c'est l'iat qui a balancé ce sac au milieu des Larves d'Anophèle pour mouiller encore un peu plus la coanen. Mais l'iat n'a pas fabriqué cette chose. Elle l'a volée à un prêtre vaudou. Tu as entendu parler du ndeup ? »

Cmatic a secoué la tête négativement, sans mot dire, sans un sourire, sans même regarder shi. J'ai reconnu cette maussaderie, cette morosité, cette difficulté à parler : c'est celle qu'on a quand on s'est vu, dans les yeux d'un autre, immonde à regarder.

« Le ndeup, a répété shi. C'est nouveau et c'est vieux comme le monde. Bras armé de l'africamericana, versant obscur de la coanen. Les prêtres vaudous se structurent, ils s'organisent, en ce moment même. Le ndeup monte en puissance depuis les rota. Le ras-le-bol des pauvres. Un peu comme les refugee. Vous avez été touchés par les rota, ici ?

— Pas tellement. Il a fait un froid de banquise, à ce moment-là. Mais on a eu droit aux crises sécuritaires contre la suburb, comme partout. Je n'ai pas trop suivi. »

Pensif, shi a regardé cmatic qui, morne, regardait cheng gratter son pipa. Il a dû mesurer la distance que son expérience des rota avait creusée entre lui et cmatic, entre lui-même et le chercheur qu'il avait été. Entre l'entomologiste à l'âme vierge, soucieux de son répulsif à Moustique, et le refugee couvert de crasse et de meurtres. Son corps, tanné par les froids suburbains, écrasé sous la grande ombre tellurique, a dû se souvenir du sel et du soleil, de la légèreté des vols en plein ciel et de la lumière immense sur l'océan.

270

« Tiens, tu as vu ce que porte cheng autour du cou ? Le tissu bleu ? Lambeau de pareo pure polynésie, mon vieux. Je l'ai ramené de là-bas. »

Tous deux ont souri et se sont regardés. Pendant quelques secondes on a pu entendre, sur l'étroit palier cerné par l'obscurité, le doux ressac de la mer et le cri des Oiseaux. Shi a brutalement arrêté la bande-son :

« Ce sac vaudou avec la main coupée… Ç'aurait pu être une couille coupée, une oreille coupée, ou une Fleur coupée : les prêtres ne signent pas tous de la même façon. Il y en a qui sont sanguinaires, d'autres non. Le ndeup, c'est toujours une main coupée. Une main de bébé blanc recousue au gros fil, très exactement. Avec ça, je crois que tu entrevois à peu près la mentalité du ndeup. Et le ndeup a quelques grands patrons dont une ici, à ha rebin. On m'a dit quelque chose comme "la grande diablesse rouge". »

Cmatic s'est penché, redressé, a porté une main à son front, l'autre à son cœur, je me suis mordu le pouce, shi nous a regardés alternativement :

« Oui ? a-t-il dit, oui ?

— Oui, on connaît, a grincé cmatic en frottant à nouveau ses mains sur son caftan, nerveusement. Oui. Et ?

— D'après la composition du sac, ça pourrait être sa signature. Les clous, notamment. On m'en a raconté des rouleaux, sur elle. La peur. Et la fascination. Un jour, un vieux kamtchatki imbibé de voda-vodka m'a dit que même de grands européens riches venaient s'installer près de chez elle, à ha rebin, tour woroïno, 42e étage. De grands blancs avec des gènes à cent mille yuans et des

271

cheveux blonds. J'ai fait un saut de Grenouille, quand j'ai entendu ça. J'étais sûr que c'était toi. En mission. Mais je vois que ce n'est même pas la peine que je te dise qu'il faut que tu te méfies de cette femme. »

Cmatic a fait non, lentement, de la tête et de tout son torse. Shi a eu l'air inquiet :

« Mais, quand même… pourquoi l'oise t'a-t-elle envoyé exactement chez celle qui a fabriqué le sac qu'on a trouvé parmi les Anophèles tueurs ?

— Tu crois aux coïncidences ? a souri cmatic.

— Non. »

Ils sont restés muets tous deux tandis que cheng jouait, en sourdine, « la veille de la fête des lanternes ».

« Non, mais je n'ai pas d'explication. »

Shi a bu une nouvelle rasade, fait quelques pas sur le palier. Ses cheveux bougeaient sur ses épaules, ses pas souples ne tiraient pas un bruit du sol en métal sonore. Cheng a bâillé, sa petite tête pâle oscillant de fatigue au-dessus de son instrument. On entendait tomber des gouttes d'humidité, quelque part en contrebas. Cmatic s'est levé à son tour, immense, craquant comme un navire, livide sous ses fards :

« Shi, mon ami, je vois que tu ne vas pas mal et… vraiment, j'en ai rêvé. Ce n'est pas souvent qu'un rêve se réalise. Vraiment, je ne vois pas ce qui aurait pu m'arriver de mieux. »

Shi a eu l'air stupéfié. Il a fait son sourire en point de fuite et il n'a rien dit. Il a juste enfoncé ses mains dans ses poches. Cmatic s'est tourné vers moi :

« Tu peux la faire remonter ? Passer les contrôles d'étage et de tour jusqu'à mon appartement ?

— Euh... oui. Il me faut un peu de temps pour tromper les sas mais ça doit pouvoir se faire.

— Alors on va y aller. On a pas mal de choses à faire là-haut, tu ne crois pas ? »

Il m'a souri brièvement.

« Dis-moi, shi : ceux qui t'ont parlé de cette femme en rouge, est-ce qu'ils t'ont dit ce qu'elle faisait comme... Merde : est-ce que tu as entendu parler de trafics grâce auxquels je pourrais la coincer ?

— Trafic humain.

— Oui ?

— Elle achète des humains. Vivants. Après... »

Shi a fait un petit signe avec deux doigts, comme on balaye une cendre d'une chiquenaude.

« Plus personne n'en entend plus jamais parler. On lui vend des malades, des vieux, des... des gens au bout du rouleau. Muti, je suppose. Philtres à base de composants humains. Quoique d'ordinaire, il vaut mieux utiliser des gens en pleine santé. Mais tu veux des preuves ? Je n'en ai aucune. Je n'ai que des racontars suburbains. »

Shi s'est rassis sur l'échelle, pensif :

« Soit elle a une baignoire pleine d'acide ou un four à dessiccation ou quelque chose d'équivalent, soit elle a des complicités chez les retraiteurs de corps. C'est par là qu'il doit falloir chercher, pour les preuves. C'est encombrant, un cadavre.

— Et le sac ? Le sac que tu as pêché ? Tu l'as encore ?

— Brûlé avec le labo.

— Oh. »

Ils avaient tous les deux l'air épuisé. Moi, je tripotais ma matrice de programmation sous le regard curieux de cheng. J'ai fini par dire :

« On va pouvoir y aller, cmatic.

— N'oublie pas de recoller ton copyderme avant de remonter.

— Pas de danger. J'ai l'habitude. De me déguiser. »

Shi et cmatic sont restés un moment l'un en face de l'autre, empotés. Shi avait probablement envie d'étreindre son ami, cmatic redoutait tout contact. Il a recoiffé sa calotte sommée d'un bouton de jade et reculé d'un pas. Shi a dit d'une voix étale :

« Que ta route soit longue, cmatic. Et belle.

— Toi aussi, mon vieux. Toi aussi. »

Cmatic a hésité :

« Tu sais, je… Il m'est arrivé quelque chose, il n'y a pas longtemps.

— Oui ?

— Un truc bizarre. En fait, je suis… En fait, c'est aussi bizarre à dire. »

Cmatic est passé d'un pied sur l'autre, attendant que shi insiste :

« Un truc bizarre ? »

Mais shi n'a pas insisté ; il n'a rien dit. Il s'est aussi dandiné d'un pied sur l'autre, en bougeant les épaules pour chasser le froid. Il avait path aux fesses, sa solitude à retrouver, l'absence de cheng à supporter, une vie à réinventer, un estomac à combler, envie de pisser aussi, sûrement. Cmatic a très bien compris. Qu'avait existé un temps où lui et shi étaient attentifs l'un à l'autre sans le moindre effort et que ce temps était terminé. Que shi l'avait oublié, qu'il était devenu plus dur dans un monde plus âpre. Cmatic avait retrouvé son ami mais il n'avait pas retrouvé leur amitié, étoile fixe de son monde obscur. Il paraît qu'on rencontre la même douleur en amour. Je me demande si cmatic n'a pas, une seconde, regretté de ne plus avoir à regretter shi.

Cmatic a jeté le pipa de cheng sur son dos et nous avons laissé les deux fugitifs se dire au revoir. Puis shi s'est incliné devant moi avec grâce et nous avons remonté l'échelle rouillée, cmatic devant et cheng derrière. Nous n'avions pas atteint l'étage supérieur que shi a hélé cmatic :

« Au fait !

— Oui ?

— Les Fleurs. Les colliers.

— Oui ?

— Très joli. Mais n'oubliez pas de les enlever avant de retourner dans les étages. »

Cmatic a ri silencieusement tandis que shi se fondait à nouveau dans l'obscurité de la suburb.

« Tu vas mourir, ai-je grincé au nez de cmatic.

— Très drôle.

— Je veux dire : vraiment mourir. Et surtout, c'est elle qui va te tuer. Elle va gagner.

— Ah, parce que ça n'est pas déjà fait ?

— Non ! Pas encore complètement. Et arrête de dire n'importe quoi ! »

Ma relation avec cmatic avait évolué remarquablement vite. Nous avions laissé cheng dans l'appartement de cmatic, avec de grands sourires crispés qui dissimulaient mal notre hâte à nous retrouver seuls. Cmatic avait patiemment attendu que le sas ait coulissé sur nous deux pour exploser :

« Salope ! Immonde salope ! »

Il avait voulu se ruer chez iasmitine, j'avais réussi à le traîner dans une ancienne serre d'ainademar transformée en halte à oxygène et en pissotière, et j'essayais de le raisonner.

« Je te rappelle, ai-je continué, que tu as promis à ton ami d'offrir une nouvelle vie à cheng. Je ne sais pas comment tu vas t'y prendre, mais te faire assassiner ne me paraît pas une solution. »

Cmatic s'est calmé, il a haussé les épaules :

« Cheng ? Je vais l'épouser, bien sûr. Que veux-tu que je fasse d'autre ? Je suis encore membre de l'oise, j'ai encore droit à quelques avantages et je peux encore en faire profiter ma femme. »

J'en suis restée comme un os de Sèche. Cmatic s'est remis à siffler :

« Quelle salope !

— Mais… pour que cheng soit épousable, il lui faudrait une identité !

— Là, je compte sur toi », a tranché cmatic avec son exaspérant petit geste de la main. J'ai hésité entre lui répondre « Plutôt crever », et le remercier du compliment. Inventer de toutes pièces une identité cohérente n'était pas à la portée de tout le monde et il m'en supposait capable. Il était surtout beaucoup plus préoccupé par iasmitine que par cheng.

« Salope !

276

— Iasmitine est pire que ça et nous le savons tous les deux. »

Je me suis hissée sur le container d'oxygène. De là, je dominais cmatic assis sur le sol vitrifié.

« Ce n'est pas en te précipitant chez elle pour lui casser la figure que tu vas arranger quoi que ce soit. Tu vas juste réussir à te faire tuer. Et puis, pourquoi est-ce que tu lui en veux davantage maintenant qu'avant ? Pour moi, la seule chose qui soit nouveau là-dedans, c'est qu'elle est intervenue d'une manière ou d'une autre dans ce qui vous est arrivé en polynésie. »

Cmatic a secoué la tête :

« Petite péripétie qui ne m'a coûté que mon ami, mon boulot et, je l'ai compris tout à l'heure en bas, ma vie. Pour ne parler que de moi. Ça ne te suffit pas ? Tu n'as rien compris ? Vraiment rien ?

— Eh bien…

— Eh bien, moi non plus. Mais je me souviens des Anophèles tueurs, de ce nuage infernal, ce tore noir et sanglant qui roulait sur la plage de taiohae. Et de cette toute petite main de bébé coupée, qui ressemblait à un Coquillage. On aurait dit la main d'un nourrisson en train de dormir, abandonnée comme une barque, et il y avait la sauvagerie de cette couture au gros fil… Ceux qui ont fait l'un ont fait l'autre. Et inversement. »

Cmatic a levé vers moi un regard hanté :

« L'iat n'est pour rien, là-dedans. Elle l'aurait bien voulu mais elle n'a fait que subir. L'iat est une énorme machine à tuer, mais… Tu sais, elle est capable de lancer son armée dans une bataille sous-marine avec des missiles qui prennent l'eau. Elle est comme ça, l'iat. Arrogante, inculte, richissime, elle peut monter des opérations gigantesques mais en guérilla, elle est nulle. Sur le terrain, elle est pitoyable. Dès qu'elle descend de ses tours, elle n'arrive plus à rien. Jamais elle n'aurait su mettre au point ce... cette Meute d'enfer. J'en suis persuadé.

— Les Chiens de l'enfer. La Maisnie hennequin.

— Quoi ?

— Rien. Ou plutôt si : je parle d'un autre diable rouge. Toi et shi, vous n'avez pas suivi ce que m'a raconté cheng ? Je te dirai. Iasmitine a un double souterrain, et c'est lui qui traque shi. »

Cmatic a secoué ses nattes crasseuses :

« Il y a quelque chose qui monte. Quelque chose qui s'organise. Le ras-le-bol des pauvres, dit shi. Le ndeup.

— L'armée des damnés, ai-je murmuré. Les troupes du baron samedi. Mais qu'est-ce que tu en sais, au fait ? Tu as un début de preuve de ce que tu dis, que je n'ai pas peur pour rien ?

— Oh non. Justement. Dans cette histoire polynésienne, il y a tant de preuves contre l'iat que ça me suffit pour la croire hors de cause.

— Les apparences sont contre la coanen, plutôt !

— Voilà. Et pourquoi pas contre le croissant rouge ? Comme c'est plausible ! Une bande de médecins nécessiteux se transformant en bio-criminels à gros budget. Ça pue le coup monté. Par qui ? Pose donc la question à un crétin naïf, je veux dire un expert en entomologie. Il s'exclamera vertueusement : "Oh, ce transgène me dit quelque chose, mais quoi ?" Et voilà.

— Tu veux dire que ça ressemble tellement à un coup

278

monté par l'iat pour faire accuser la coanen que ça ne peut pas être l'iat ? »

J'ai ôté mon masque de copyderme qui bâillait sur mes tempes et j'ai commencé à le réduire en boulettes, à coups d'ongles nerveux. Résoudre cet imbroglio me semblait de plus en plus fatigant, angoissant, impossible et surtout, inutile. Mais cmatic, agitant ses grands bras raides comme une Mante Religieuse en chasse, ne semblait pas disposé à s'intéresser à autre chose.

Sa mort ! ai-je brutalement compris. *Il cherche de quoi il est mort ! à cause de qui, surtout !*

Non, l'idée ne m'avait pas encore traversée. Ne soyez pas trop dur : je n'avais jamais connu cmatic que mourant, et je n'avais de la vie qu'une expérience assez contingente. Et puis, avant sa mort, il avait beaucoup parlé d'affections exotiques indétectables, de parasitoses inconnues, des risques qu'il avait pris en pataugeant trop longtemps dans les marigots des marquises, exposé à ce qu'il nommait encore nature et qui était déjà lourdement chargée en toxiques et bombardée de rayons durs mal filtrés. Il avait parlé d'apoptose, de potentialisation de la mort cellulaire programmée, enfin je pensais le problème réglé dans sa tête.

« Je vais te dire à quoi ça ressemble, moi, a dit cmatic en se tournant vers moi, ses longs abattis repliés à grand-peine devant lui, le visage horriblement cave. Je vais te le dire. La coanen n'a pas du tout apprécié que l'iat lui ait volé des souches. Et elle a fait appel au ndeup, qui s'est chargé de la suite. Je peux même aller plus loin : la coanen a hurlé au vol alors qu'il n'y a jamais eu le moindre larcin.

279

— Comment ?

— Une intuition. Le ndeup a-t-il besoin de raisons pour s'en prendre aux blancs ? Aux anciens colons ? Après tout, on vit des temps déraisonnables où on voit des morts à table et où on prend les Loups pour des Chiens. La pièce est-elle ou non drôle ? Moi, si j'y tiens mal mon rôle, c'est de n'y comprendre rien. (Oui, cmatic a bien tenu ces propos, mot pour mot : j'ai mis longtemps à découvrir qu'il citait un poète de chez lui. Non, ce n'est pas shakespeare.) Ou de n'avoir, long-temps, pas eu envie de comprendre. Je me rappelle ma première impression quand j'ai comparé les génotypes de l'Anophèle tueur et de la plasmodie. L'iat a des pro-tocoles génétiques lourds et efficaces. Grâce à quoi elle obtient du pesant et de l'efficient. Mais cet Insecte et cette maladie étaient... trop finement exécutés. Je ne sais pas comment dire...

— C'est inutile. Je ne suis pas une débutante en codage, y compris génétique. Je sais ce que c'est que de reconnaître un coup de main. »

Cmatic a rouvert la bouche, l'a refermée, et un petit sourire de contentement a animé une seconde ses lèvres sinueuses.

« Alors, on va commencer par le scénario le moins tordu. La coanen voit disparaître quelques-unes de ses précieuses antiquités génétiques. Elle accuse l'iat... et rien ne bouge. Ce n'est pas le gouvernement polynésien qui va s'en prendre à l'iat. Peut-être que la coanen en appelle à l'oise, dans sa crédulité : nouvelle déception. Alors la coanen fait appel au ndeup. Qui a toute une réputation à bâtir. C'est assez réussi : quelques semaines

280

plus tard, le tourisme local est cassé, l'oise aussi, l'iat aussi, ainsi que le mouvement nationaliste.

— Que le ndeup haïsse l'iat, d'accord. Mais l'oise ? Le gouvernement polynésien ? Le mouvement nationaliste ?

— Tu veux dire : ce ramassis pluriethnique d'entomologistes qui baisse sa culotte devant les transnationales ? Ce gouvernement de traîtres enrichis au tourisme de luxe ? Ce nationalisme bon teint qui renâcle au terrorisme ? Tu peux même rajouter la coanen, ces pauvres larbins humanitaires qui se retrouvent mêlés à une histoire sanglante et grotesque. Touchés, coulés, matés et tous brouillés les uns avec les autres. Je ne sais pas ce que l'iat a fabriqué sur son motu, mais je parierais bien qu'elle n'est pas arrivée à grand-chose. C'est le ndeup qui a trafiqué les souches de la coanen. Et peut-être même dans le labo de punaauia. Et il a paisiblement rajouté le transgène raciste pour griller l'iat, au risque de décimer sa propre population. D'après shi, le ndeup n'est même pas une machine de guerre : c'est une machine de vengeance. L'iat a paniqué ; elle a envoyé ses barbouzes là-bas dès qu'elle a eu quelque part où les envoyer. Et elle s'est trompée de cible, comme d'habitude.

— C'est peut-être vrai, ai-je grimacé. Mais ça peut aussi être n'importe quoi, cette théorie.

— Ce qui est n'importe quoi, a craché cmatic, c'est d'imaginer l'iat foutant le feu à son propre motu. Grillant elle-même une de ses implantations océaniques.

— Bon, admettons. Et ensuite ?

281

— Ensuite le ndeup a replié ses tentacules, satisfait, les nationalistes ont enterré leurs morts, la coanen compté ses bocaux et l'iat s'en est pris à l'oise parce qu'il faut bien présenter le chapeau à quelqu'un.

— Et il a fini sur ta tête. »

Cmatic a posé ses coudes sur ses genoux pointus et fait craquer ses vertèbres d'une traction :

« Je me suis cassé tout seul. J'ai tout raconté à un type de l'oise, même l'histoire du petit sac vaudou. L'oise a transmis à l'iat. Qui a reconnu la signature du ndeup. Très précisément, celle de iasmitine. Sans moi, cette signature était perdue pour tout le monde. »

Cmatic a ricané :

« L'iat a dû exiger de l'oise qu'elle envoie un de ses agents afin d'essayer de coincer la signataire. Pour ne pas dire : qu'elle sacrifie un de ses agents. Ou c'est l'oise qui m'a proposé, de toute façon j'étais grillé, encombrant, inutilisable, ce que tu veux, et la mission était perdue d'avance. L'iat et l'oise sont occidentales et elles ne sont pas totalement idiotes : elles savent qu'elles ont peu d'influence sur l'hydre vaudoue au cœur de l'asie.

— Ma parole, je ne savais pas que iasmitine en avait la moindre en polynésie ! Ni qu'elle connaissait quoi que ce soit à l'entomo-génétique.

— Principe même du ndeup, ce qui lui donne sa réputation de Kraken aux bras longs comme l'équateur, aussi insaisissable que la brume. Ç'aurait pu être la signature d'un chaman inuit. Si un jour tu apprends qu'à ha rebin, il y a eu un crime anthropophage, sois sûre que la signature sera celle d'un prêtre polynésien végétarien. C'est une vieille technique.

— Pour négocier après les hostilités, ça ne doit pas être très facile.

— Le ndeup ne négocie sûrement jamais : il détruit, et il signe avec des mains tranchées de bébé blanc. »

J'ai digéré l'information en faisant tourner ma comète familière au creux de ma paume. Puis j'ai posé la question de trop :

« Alors l'oise t'a envoyé ici faire de la figuration pour faire plaisir à l'iat ?

— Non, elle m'a envoyé ici pour que j'y meure. »

Courageusement, j'ai trotté sur les pas de cmatic, qui enjambait avec rage les tas de plaquettes thermiques, de briques de calories farineuses et de bottes d'Hydroponiques entassés devant les sas des appartements, et jusqu'au bout j'ai argumenté :

« Attends ! Mais explique-moi ! Tu ne m'as toujours pas dit pourquoi tu t'étais mis subitement à en vouloir autant à iasmitine !

— À ton avis, quand elle a vu débarquer un des types qu'elle avait ratés aux marquises, qu'est-ce qu'elle a décidé ? Crétin de moi ! Qui d'autre qu'un sorcier vaudou serait capable de concocter un poison assez subtil pour échapper à la médecine occidentale ?

— Une sorcière chinoise ? »

Cmatic a paru détester ma réponse : il a encore accéléré le pas et j'ai dû me mettre à courir à ses côtés :

« Et c'est l'oise qui m'a envoyé à elle ! Ah, ils m'en ont proposé, des soins et des analyses, mes chers employeurs ! Salauds !

— Attends ! Mais attends ! Qu'est-ce que tu crois ? Que tu es le seul à la haïr et à souhaiter sa mort ? Et pourtant elle est là, elle est toujours là ! Cmatic ! Elle a *toujours* été là ! »

J'ai fini par agripper un pan du caftan et par me laisser traîner. Cmatic a ralenti, puis il s'est arrêté et s'est retourné pour me regarder :

« Tu n'en viendras pas à bout tout seul, ai-je chuchoté. Il te faut de l'aide. »

Cmatic a plié sa jambe raide et s'est agenouillé devant moi. Les passants de la coursive nous jetaient des regards curieux.

« De l'aide ? Mais de qui ? »

Je me suis sentie blessée :

« Ça pourrait être de moi, non ? L'idée de shi n'est pas bête, et je pourrais essayer de trouver sur le Réseau des traces de trafic de corps. »

Cmatic a eu un léger sourire sous son masque, ou bien c'était un rictus d'amertume :

« Il ne s'agit plus de la faire chanter, mon petit.

— Mais alors, qu'est-ce que tu veux faire ?

— Ce que j'aurais dû faire tout de suite. »

J'ai senti ma peur monter encore d'un cran : cet imbécile voulait tuer iasmitine. Il voulait tarir la source de notre éternité. Est-ce qu'il ne savait pas déjà à quel point la vie est une drogue terrible ?

« Si tu la supprimes, qui préparera notre remède ?

— Ce n'est pas un remède ; c'est une malédiction. Nous sommes morts, petite fille. Morts. Il faudra bien qu'on l'accepte un jour. »

Cette fois, je l'ai regardé avec horreur :

« Mais je ne veux pas ! Je ne veux pas mourir ! »

Il a ouvert la bouche pour répliquer, je me suis

284

retrouvée en train de piétiner le plastite usagé, comme une héroïne de roman atteinte de bouffée hormonale :

« Et je t'interdis de prétendre qu'il n'y a aucune différence entre la mort et notre existence actuelle ! Et arrête de me traiter de petite ! »

Ce que les hommes peuvent faire de nous, n'est-ce pas, avec leur égoïsme borné...

Je me souviens de cette brève période comme d'une panique sans trêve. Moi qui avais cru trouver un allié en cmatic, je voyais soudain ma survie dépendre de ses caprices incompréhensibles. Ce n'était pas de sa faute, simplement nous ne venions pas du même monde mental. Lui discernait en iasmitine quelque chose entre l'empoisonneuse et le chef de gang. Je ne sais pas trop comment il expliquait rationnellement son état morbide, je suppose qu'il soupçonnait iasmitine d'avoir mis au point, dans son officine médicale, je ne sais quelle protéine dégénérante, je ne sais quelle pharmacodépendance qu'elle administrait à sa convenance afin de se constituer un environnement de serviteurs dociles. Cmatic n'était que soupçons, plans imbriqués en eux-mêmes et biotechnocomplots, il ne voyait que luttes de pouvoir et pouvoirs occultes s'étirant sur toute la planète, dégringolant les étages comme un nœud de Tentacules pour s'insinuer au cœur glacé de la suburb. Il supputait des ententes doubles et triples, des capitaux et des gènes fluctuant au gré des mensonges de chacun, des stratégies sans cesse ballottées au gré de l'immense houle géopolitique et des innombrables embruns des intérêts personnels. Il n'avait pas tort mais ce n'est pas comme ça qu'on se sauve soi-même. À trop étudier la table de go, il en était venu à prendre iasmitine pour un pion. Ces européens n'ont aucune spiritualité.

Mais qu'aurais-je pu lui dire ? Lui parler des Tiangou, la Meute dévorante que mènent les dieux, si semblable à la Maisnie hennequin européenne ? Ou lui dire qu'aucun ethnologue n'a jamais pu expliquer pourquoi le zombie vaudou qui erre tristement, les poings fermés, les yeux clos et la tête inclinée sur l'épaule, depuis les terres africaines jusqu'aux déserts sud-américains, est le frère jumeau du *geongsi* chinois ?

Comme nous arrivions devant chez iasmitine, cmatic s'est de nouveau arrêté et penché vers moi :

« Je n'ai pas seulement attendu de mourir, tous ces derniers mois. J'ai aussi mené mon enquête et je sais quelles sont les habitudes de iasmitine. Elle n'est pas chez elle, en ce moment. Si nous entrons pendant son absence et que nous allons voir ce qu'il y a derrière la porte du fond, peut-être que nous trouverons la source de ce remède auquel tu tiens tant, et que nous n'aurons plus besoin d'elle. »

Il cherchait à me tenter : il avait besoin de mes talents pour ouvrir le sas de iasmitine. Mais aller voir derrière la porte du fond ? Car il voulait pousser la porte du fond, et entrer. Si j'avais pu, j'en aurais pleuré de terreur. Que restait-il du *gui* que j'avais prétendu être, cette conscience froide que rien n'émeut ? Et de iasmitine, déesse impérieuse et cependant compassionnelle, sœur obscure de la reine-mère wang, pressant les Pêches d'immortalité pour m'en faire boire le Jus amer, que restait-

286

il ? C'était elle le *gui*, le spectre aux griffes glacées tenant les démons en laisse dans une cage de gel, et je n'étais qu'un de ses *geongsi* – un corps mort emprisonnant un trognon d'âme terrifiée. Mais cmatic me demandait de le faire entrer chez elle. Comment aurais-je pu, moi, lui refuser quoi que ce soit, à lui ?

La sempiternelle odeur de Ginseng flottait dans le bureau. Cmatic l'a traversé d'un pas vif et a poussé le panneau chargé de démons. Je l'ai suivi dans l'ombre du temple, épaisse et chaude. Depuis longtemps, iasmitine ne m'y invitait plus, se contentant de me recevoir comme une cliente encombrante : elle m'ouvrait, me tendait mon remède puis me tournait le dos ; il ne lui arrivait pas souvent de me dire un mot. Des perles de verre pendues au plafond ont tinté faiblement, j'ai reconnu le petit Crâne d'Antilope. Toujours décidé, cmatic a replié le paravent qui masquait le mur du fond, écarté le pan de Soie qui le couvrait et je l'ai vue, la porte – un simple pan de mur mobile, en composite iso-acoustique. Il était laqué de givre sur toute sa hauteur, une longue larme de glace comblait la rainure de montage, la vieille angoisse en exsudait comme une mauvaise odeur. J'ai eu les poils hérissés et je me suis sentie trembler, moi qui n'étais que chair inerte.

« N'y touche pas », ai-je murmuré. Les lueurs mouvantes du temple ruisselaient sur les joues de cmatic et posaient de longs glacis brillants sur le givre. Tandis qu'il observait la porte de très près, pouce par pouce, des volutes de froid ont commencé à s'en détacher, comme des langues aiguës. Lentes et impalpables, elles sont venues lécher son visage. Cmatic a secoué la tête, puis il a sorti d'une poche un mince pinceau laser et l'a allumé. J'ai dit :

« Ne fais pas ça » ; il ne m'a pas répondu. Peut-être avais-je parlé si bas qu'il ne m'avait pas entendue. Obscurément, j'espérais que toute son incrédulité, son aveuglement, son positivisme brutal d'occidental le protégeraient de ce qu'il était en train de réveiller. Il a passé le pinceau laser tout le long de la rainure, de haut en bas. Le jet d'un blanc vif m'a blessé les yeux, je les ai cachés dans mes paumes.

« Arrête ça ! » ai-je supplié. On commençait à entendre une rumeur sourde monter derrière la porte, couvrant le grésillement du laser. La glace vaporisée retombait sur moi en fine pluie glacée, avec une horrible odeur de composite fondu. Les langues de gel étaient devenues des tourbillons livides qui enveloppaient cmatic tout entier, semblaient dévorer sa tête et son torse comme un poulpe s'enroulant autour de lui, et la sensation d'angoisse montait, montait, jusqu'à atteindre un point insupportable. La rumeur devenait criailleries, puis cris incohérents, le laser jetait des éclairs brefs dans le brouillard, palpitait, descendait toujours, et toujours.

Le panneau a basculé sur un froid atroce et un bruit plus atroce encore.

« Qu'est-ce que c'est que ça ? » a balbutié cmatic. J'ai risqué un œil entre mes doigts joints : j'ai vu palpiter une membrane hurlante. J'ai écarté les doigts : ce n'était qu'un mur d'écrans, de vieux écrans, tous branchés sur des chaînes différentes. J'ai abaissé mes mains :

la porte ne dissimulait qu'un placard, et il était entièrement tapissé de vieux écrans qui braillaient chacun de leur côté, films publicités jeux sitcoms jeux publicités films, certains étaient encore 2d, d'autres n'étaient même pas plats, simplement de vieux écrans branchés sur des chaînes pékinoises, nankinoises, shanghaiennes, taïwanaises, mongoliennes, tibétaines, kamtchatkis, japonaises, des sumos des chanteurs échevelés des gélules roses des patchs rouges des implants sous vide des moines taoïstes des surfs dernier cri des héroïnes en pleurs des voyages sur place des meubles plasmatiques des appartements abyssaux des tatouages mouvants des tablettes funéraires en vraie Laque des hommes politiques des Récoltes des militaires, mais comme ça gueulait ! Jingles cris fusillades spots discours musiques explosions ordres, ça beuglait comme mille démons parlant par la même bouche ! J'ai reculé, geignant sans même m'en rendre compte, les mains sur les oreilles. Cmatic a avancé en me traînant avec lui.

« Regarde, regarde ! »

Par-dessus les hurlements, cmatic criait en me secouant le coude : j'ai regardé. Devant les écrans étaient posées des bouteilles, de petites bouteilles transparentes, à l'ancienne, et elles contenaient toutes une étrange fumée gelée – une fumée fixe et tremblante comme une gelée. Leur bouchon était une bulle de duraglass pourvue d'une buse, et à cette buse pendait un sachet translucide, dans lequel tombait goutte à goutte ce que je reconnus pour être notre remède. L'essence amère de l'immortalité, le philtre de la vie éternelle, distillé par des centaines de bouteilles. Et plus que tous les écrans réunis, ce sont ces bouteilles qui hurlaient. C'était d'elles que venait tout ce froid. La gelée, à l'intérieur, semblait frémir : c'était elle qui criait, au-delà des limites audibles, un hurlement aussi bien mental que physique, une angoisse qui faisait craquer les murs, me glaçait la peau comme le pire des hivers, comme les grands vents qui dévalent en meuglant depuis le pôle pour secouer les tours de ha rebin. J'ai reculé à petits pas, jetant des coups d'œil affolés sur toutes ces bouteilles tremblant de cris, bondées de tortures. Il y en avait, il y en avait aussi haut que le plafond, serrées comme les atomes d'un trou noir, et toutes vibrantes, suantes, mugissantes, exhalant le froid des enfers et la terreur des damnés ! Et comme je reculais j'ai vu, là, sur une étagère à hauteur de mon nez, à droite, j'ai aperçu des accessoires de nécromancie jetés en vrac, et parmi eux une main de gloire, sèche, le poignet cousu de gros fil et tenant une bougie de Cire à moitié fondue, une main blanche avec un doigt tordu.

Et puis une plaque iso-acoustique a coulissé, remplaçant celle que cmatic avait découpée et le son est tombé net, comme un mur. J'ai eu l'impression de prendre une gigantesque gifle de silence. Cmatic et moi, nous nous sommes regardés et lentement retournés : iasmitine était là, noire dans l'encadrement clair de la porte aux démons.

Sans ses colliers, elle était belle comme une idole et la colère emplissait ses yeux noirs d'un feu liquide. Pas une fois elle ne les a tournés vers moi : elle n'a parlé qu'à cmatic, de ses belles lèvres brillantes bougeant à peine sur ses dents serrées.

« Qu'est-ce que tu espérais, imbécile ? Tu as perdu ton travail, ton étage, la confiance de tes pairs, tu as même été incapable de ne pas perdre ta propre vie et tu imaginais gagner contre moi ? »

Elle a fait un geste et cmatic est tombé, frappé au ventre par un jet sonique. J'ai reculé dans le temple, renversé le grand plateau d'argent : les Fruits ont roulé sur les tapis, je suis allée me cacher dans les plis de l'autel, comme autrefois. Mais je n'avais encore jamais autant tremblé.

« Espèce d'imbécile ! » a hurlé iasmitine. Cmatic a essayé de se relever, elle l'a frappé à nouveau.

« Vous… vous m'avez tué ! a-t-il soufflé, à genoux et les bras croisés sur le bas-ventre.

— Crétin ! »

Elle a levé ses bras couverts de bijoux, posé ses longues mains de chaque côté du chambranle, et les manches larges de sa robe ont coulé jusqu'à ses épaules. Dressée ainsi, en croix, le poing serré sur sa matraque sonique, elle nous barrait le chemin et seules ses dents et le blanc de ses yeux brillaient dans son visage assombri.

« Qu'est-ce que je t'ai fait, pour que tu t'en prennes à mes secrets ? Est-ce que je ne t'ai pas soigné, hébergé et finalement sauvé ? Et cette petite fille et sa mère, est-ce qu'elles ne t'ont pas accueilli et écouté ? Pourquoi les mets-tu en danger ? Qu'est-ce que nous t'avons fait, toutes, pour que tu nous traites ainsi ? »

Cmatic a bafouillé :

« Vous m'avez tué…

— Quel intérêt ? Pour quoi faire ? a aboyé iasmitine. Tu te crois dangereux ? Pauvre Chien blanc. »

291

Cmatic a relevé la tête : il grimaçait encore de douleur.

« Mais… qui ?

— Pourquoi t'a-t-on envoyé ici, à ton avis ? a dit iasmitine d'une voix cinglante.

— Pour y mourir », a murmuré cmatic. Iasmitine a lentement abaissé ses beaux bras, ses manches ont glissé jusqu'à ses poignets.

« Tu as compris ça, au moins, a-t-elle dit d'un ton qu'un peu de tristesse assouplissait. Ceux qui t'emploient me veulent, et pour débusquer une han en pays han, les occidentaux doivent au moins pouvoir se plaindre d'un meurtre. Au moins d'un homme riche et savant. Il est fini, le temps où toi et tes pareils pouviez impunément déferler sur le vietnam ou danser devant les flammes du palais d'été. Il vous faut être un peu plus subtils, aujourd'hui. Mais est-ce que je t'ai fait avaler des potions bizarres, est-ce que je t'ai patché avec des substances que tu n'aurais pas pu analyser ? Pourquoi me soupçonnes-tu ? Pourquoi n'as-tu rien vu ? »

Semblant avoir retrouvé tout son calme, elle a arrangé ses dentelles sur sa poitrine et, d'une voix lente, a porté à cmatic le dernier coup qu'il pouvait encore recevoir :

« Tu n'as jamais été étonné de ce que ta puce s'obstinait à te considérer comme en pleine santé alors qu'aux yeux de tous, et même aux tiens, tu mourais ? »

Cmatic a porté ses mains à son visage et j'ai bien cru qu'il allait, de ses ongles noirs, arracher sa peau flétrie. Qui aurait pu truquer ses données médicales, sinon le prestataire de son assurance médicale, la même entité

292

qui le nourrissait, le logeait, l'occupait, lui donnait sa raison sociale et sa raison de vivre ?

« L'oise ! ai-je dit tout haut.

— J'ai déjà vu des sommeilleux qui te ressemblaient, a continué iasmitine. On t'a privé de rêves, je pense. On a inscrit dans ta puce une impulsion provoquée par chaque phase de sommeil paradoxal, ou quelque chose d'équivalent, de telle façon que dès que tu entrais en phase de rêve, ta puce t'en sortait. Tu es résistant : une Souris meurt en une semaine de ne plus pouvoir rêver. Et moi, mon seul crime est d'avoir fait ce que j'ai pu pour nous sauver tous les deux. »

Ses cheveux, dérangés dans sa colère, ruisselaient sur ses épaules. Couverte de Soieries et de bijoux, avec sa belle peau mate et ses lèvres comme des Grenades, elle brillait autant qu'un soleil et la compassion couvait dans ses longs yeux. Oh ! La belle en regrets. C'est tout juste si, de désespoir, elle ne tordait pas ses mains – et ses longs doigts parfaitement rectilignes.

Cmatic s'est levé en tremblant, hésitant sur ses jambes flaccides, il a titubé deux pas et il s'est jeté sur iasmitine. Elle aurait dû basculer en arrière, ils auraient dû rouler par terre tous les deux et se battre dans un fracas de meubles, écrasant les Fruits et déchirant les Soies. Mais iasmitine a simplement tendu la main et bloqué le bras de cmatic, comme si tout son corps à elle avait été en bronze. Puis elle a tiré un coup sec et le bras de cmatic s'est cassé net. Cmatic est retombé à genoux tandis qu'une infecte odeur de Viande faisandée se répandait dans le temple. Je suis sortie de sous l'autel, visant iasmitine avec un petit stick sonique mais elle pointait déjà le sien sur moi : j'ai lâché mon arme. Son autre main broyait toujours l'avant-bras de cmatic. Le radius brisé avait crevé le caftan et brillait, blanc, sur le tissu sombre. Cmatic s'est alors mis à pousser une longue plainte basse, semblable à celle d'un navire perdu en mer : la douleur devait être intolérable. Mon regard est passé de l'os saillant près de son coude à sa bouche distordue, noire comme le palais d'un Chien de race. J'ai alors réalisé que iasmitine me fixait, je l'ai regardée à mon tour et je l'ai enfin vue telle qu'elle était – avec ses yeux exorbités, métallisés comme des grelots de cuivre, ses cheveux bougeant comme des serpents, avec son cou, ses joues, son bras raidis et gonflés de colère, et tout son visage déformé par un étrange rictus mêlant la rage à la cruauté, une sorte de sourire semblable à la blessure large ouverte qu'aurait pu faire un sabre : je n'y ai pas vu de fond. C'était à la fois une statue de terre cuite de wuxi et la face d'un mort ; c'était bien la grimace d'un démon, d'un gardien du grand froid d'en dessous. Cmatic a eu un jappement, un soubresaut désespéré contre la poigne qui le broyait : l'être nommé iasmitine a tourné vers lui son masque épais et j'ai entendu un bruit horrible de chair pressée. J'ai filé.

J'ai traversé le bureau de iasmitine, ouvert le sas, dévalé le couloir et je me suis ruée chez moi. Chez nous. Chez ma mère, enfin.

Pour la suite, je vous livre la retranscription littérale d'une conversation. L'original est peu audible, pour diverses raisons, et d'abord parce qu'il ne s'agit que de murmures parasités par des claquements de dents, des pleurs et d'innombrables plages de silence.

« Que se passe-t-il ? Où étais-tu ? Tu peux ouvrir ? »

[Un temps.]

« Tu ne peux pas ouvrir ? Tout est bloqué, ici. Le sas, et tous les automatismes. Je crois que le home-net est hors d'usage. Tu peux m'ouvrir ? »

[Un temps assez long.]

« Je voudrais que tu m'ouvres. Je suis inquiète. Tu vas bien ? »

[Un temps plus court.]

« Tu es là ? Tu ne veux pas ouvrir ? Les sas sont bloqués et j'ai seulement mon sheongsam. Celui en Lin bleu. »

[Quelques secondes.]

« Le thermostat s'est déréglé. Il commence à faire froid. Je ne comprends pas, je n'arrive plus à communiquer avec rien ni personne. C'est toi qui as fait ça ? Tu es là ? J'ai vraiment froid. »

[Quelques secondes.]

« Tu ne veux pas me faire un signe ? Juste un petit coup contre la porte. J'ai peur que tu ailles mal. Si tu vas bien, tu peux me faire un signe ? Je t'en prie. »

[Quelques minutes.]

« J'ai froid, tu sais. J'ai les mains bleues de froid.

— Tu savais qu'elle l'avait tuée ?

— Ah ! Tu es là. Tu vas bien ? »

[Un temps.]

« Tu savais ?

— Tué qui ? Qui a tué qui ?

— Iasmitine. Ainademar. Tu savais ? »

[Quelques secondes.]

« Tu ne veux pas ouvrir ? Il fait tellement froid. »

[Une minute.]

« Elle a tant tué, tant de gens. Ouvre. »

[Dix secondes.]

« Qu'est-ce qu'elle me fait boire ? »

[Une seconde.]

« Je ne sais pas. Il fait si froid.

— Qu'est-ce qu'elle me fait boire ? »

— Je ne sais pas. »

[Dix minutes.]

« Je vais mourir de froid, je t'assure.

— Qu'est-ce qu'elle me fait boire ? »

[Une minute.]

« J'ai vu les bouteilles.

— J'ai froid.

— J'ai vu les bouteilles.

— Mais quelles bouteilles ? Oh, j'ai si froid…

— Il y a des bouteilles. J'ai entendu les cris, j'ai vu les écrans allumés pour couvrir les cris, mais je ne sais pas ce qu'il y a dans les bouteilles. Qu'est-ce que c'est ?

— Je ne sais rien de ces bouteilles.

— Mais ce qu'elle me fait boire, qu'est-ce que c'est ? Tu dois bien avoir une idée ? Tu as sûrement une idée.

— Ça a rapport avec les morts.

— Comment ?

— Je ne sais pas exactement. On m'a raconté tant de choses. Ouvre.

— Quelles choses ?

— Eh bien, on m'a dit qu'elle… presse les morts. Elle en extrait l'âme. C'est ce qu'elle fait, quand elle dit qu'elle abrège les souffrances de quelqu'un. Elle le met à

296

mourir dans un liquide, et quand l'esprit sort du corps, il fait comme une bulle et elle la piège dans le liquide.

— Du pet d'âme ?

— Quelques milligrammes, je crois. Je crois qu'on connaît depuis longtemps le poids de l'âme. Il paraît que c'est comme une fumée un peu épaisse.

— Une gelée. Tremblante.

— Mais ce sont des racontars.

— Tu m'as livrée à ça. Tu m'as livrée à ce… à ça. Tu m'as fait boire *ça* !

— J'avais si peur de te perdre.

— Le poignet d'ainademar. C'est toi qui l'as cousu, n'est-ce pas ? J'ai reconnu ton coup d'aiguille. Je le reconnaîtrais entre mille. C'est toi qui l'as fait.

— Elle me l'a demandé. La vieille dame était déjà morte. J'ai fait ça pour toi. Tu n'avais pas huit ans.

— Tu m'as laissée chercher, et chercher.

— Qu'est-ce que je pouvais te dire ?

— C'est toi qui envoyais les petits colis ? Les petits cadeaux avec l'adn d'ainademar ?

— Non. Elle devait faire faire ça par quelqu'un d'autre.

— Tu as fait ça souvent ? Ta couture sur poignet ? Elle te payait bien ?

— Comment crois-tu qu'on a vécu, après ta maladie ?

— Ma mort, maman.

— Tu veux bien ouvrir, maintenant ? S'il te plaît, j'ai froid.

— Moi aussi, maman, moi aussi. Depuis des années. »

297

Ainsi prend fin le peu qui reste de cette conversation. Le thermostat est descendu très bas et le support fragile de la mémoire n'y a pas résisté.

À la fin, elle m'a maudite.

Depuis, je n'ai pas vu de différence.

Dans la glacière de ma chambre, j'ai rassemblé ce que j'ai pu trouver sur le Réseau concernant iasmitine et concernant les trafics avec la suburb. Il n'y avait, dans ce dossier, rien de cohérent mais peu importait : ça suffirait pour que iasmitine m'ouvre sa porte et pour qu'elle m'approche. J'ai codé le dossier et je l'ai fébrilement sauvegardé un peu partout, avec des ordres d'envoi différés à toutes sortes d'adresses officielles. Ensuite, j'ai écrit un petit programme et je l'ai basculé dans une commande annulaire. J'ai aussi gravé, sur un miroir à main, les huit trigrammes qui renvoient les ondes néfastes à leur envoyeur. Finalement, couverte de givre brillant, je me suis levée, j'ai glissé le miroir dans ma poche, la commande à mon doigt et j'ai ouvert la porte de ma chambre qui a grincé sous l'effort : le joint était durci par le froid. J'ai enjambé le corps recroquevillé dans le couloir et je suis sortie de l'appartement. Un nuage de vapeur glacée m'a accompagnée un moment.

Iasmitine était assise à son bureau, elle portait son visage fatigué de vieille guérisseuse mais elle ne souriait pas. Quand elle a parlé, elle a utilisé son ton professionnel, affable et distant.

« Je sais ce que tu vas me dire. Que tu as un dossier

298

contre moi et qu'il sera envoyé à qui de droit si tu n'es plus là pour l'en empêcher. »

Je n'ai rien répondu : recroquevillée contre le sas fermé, je tremblais de peur. Plus exactement, je vibrais. Ma chair, en se réchauffant, exhalait une odeur fade et mouillée.

« Tu as vraiment cru que ça m'arrêterait ? Tu as cru pouvoir me menacer ? C'est à cause de ce dossier que tu as pensé pouvoir revenir me voir ? De toute façon, tu n'avais pas le choix. N'est-ce pas ?

— Où est-il ?

— Tu commences à avoir soif, n'est-ce pas ?

— Où est-il ?

— Il est là. Dans le temple. Derrière moi. Tu veux le voir ?

— Il est mort ?

— Il l'était déjà. »

J'ai essayé de crier, mais je crois que je n'ai réussi qu'à piauler. Cette femme frêle, voûtée au-dessus de son vieux bureau, envoyait contre le mur une ombre énorme de colosse bossu. J'ai essayé de parler distinctement :

« C'est toi qui l'as tué ? Les deux fois ? »

Iasmitine s'est levée lentement, comme une ancêtre dominant les douleurs de ses os, mais sur le mur, j'ai vu se déplier des choses immenses. Plaquée contre le métal du sas, je serrais de toutes mes forces le miroir au fond de ma poche.

« N'approche pas », ai-je soufflé. Iasmitine a souri : « Il va bien falloir que je me débarrasse de toi, pourtant. C'est désolant, je t'ai si longtemps aidée. Mais tu ne me laisses pas le choix.

299

— Tu l'as tué ?

— Même pour toi, ce sera un soulagement. Je sais que tu es fatiguée d'être éternellement si petite, si laide et si inutile.

— N'approche pas.

— Même pour ta mère, ce sera une chance. »

Iasmitine, tout en parlant, faisait le tour de son bureau et venait vers moi. Ses yeux luisaient et l'ombre, derrière elle, s'étirait jusqu'au plafond :

« Elle pourra peut-être, enfin, avoir un enfant. Un vrai. Un garçon, qui sait ? Un enfant vivant, en tout cas ; qui grandira, qui apprendra, qui servira un jour à quelque chose et qu'elle pourra prendre dans ses bras sans dégoût. »

J'ai sorti doucement le miroir de ma poche, mes doigts raides ont failli le laisser échapper. Iasmitine était tout près, je voyais briller les colliers sur sa poitrine et bouger ses lèvres laquées :

« Tout ce que tu n'es pas. Tout ce que tu ne seras jamais. »

Là, je crois qu'elle avait oublié que je n'avais plus sept ans. Quand on est petit et moche, on pleure. Quand on est adolescent et moche, on crache du venin. J'ai craché :

« Et ainademar, tu l'as tuée pourquoi ? Parce qu'elle était tout ce que tu n'es pas ? Quelqu'un qui sait faire quelque chose de constructif de ses dix doigts et qui n'a pas la trouille de mourir ? »

Iasmitine a grimacé de rage :

« Cette vieille Pie ? Elle a osé. Elle a *osé* m'insulter ! Cette vieille harpie voûtée a osé venir ici et me reprocher ce que je t'avais fait ! Elle était là, juste là, comme un vieux Coq qui piaille, dressée sur ses Ergots tremblotants ! »

Pour le coup, j'ai failli fondre en larmes. Iasmitine s'est à nouveau penchée vers moi. J'ai chuchoté :

« N'approche pas. »

Et je me suis retournée vers la paroi en levant le bras pour me protéger, tenant le miroir de l'autre.

« Qu'est-ce que tu as amené ? Une amulette ? Le sas a vérifié que tu n'avais pas d'arme. Montre-moi ça… »

J'ai regardé le reflet de iasmitine dans le miroir, entre les huit trigrammes : vous savez que c'est seulement dans les miroirs qu'on les voit tels qu'ils sont. Elle a tendu la main pour me prendre le miroir, j'ai tendu la mienne comme pour me défendre, j'étais presque dans ses bras. Mes doigts ont effleuré ses colliers, les ordres se sont déversés dans les tenseurs qui donnaient à son beau visage les rassurants stigmates de l'âge.

Elle n'a pas eu le temps de hurler avant que les maillons ne s'enfoncent dans son cou. Les tenseurs ont arraché d'un coup la peau de ses joues, de son menton et de sa nuque, les muscles et les ligaments se sont déchirés, mettant à nu ses mâchoires, la cavité noire de sa bouche et ses longues dents blanches. Le sang a jailli de sous sa langue, il y a eu des craquements alors que l'arrière du crâne cédait, elle a battu des bras comme un Cormoran saisi par les pattes et elle est tombée en arrière.

IX

Après ça, que croyez-vous que j'ai fait ?

L'horrible vérité est qu'on meurt de tout, voire de n'importe quoi, mais jamais de chagrin.

Voilà, en vrac, les quelques souvenirs que je garde des instants qui ont suivi. Le corps de cmatic flottait encore dans la baignoire de iasmitine. Elle avait laissé traîner assez de matériel pour que je puisse comprendre de quelle manière elle exerçait son métier.

J'ai dissimulé iasmitine sous l'autel, je suis allée chercher cheng et je lui ai demandé de m'aider à transporter ma mère. Elle l'a portée dans ses bras comme un long bébé glacé, je ne pensais pas que cette musicienne fluette était si vigoureuse. Je l'ai vue tressaillir alors qu'elle apercevait le sang répandu, elle devait connaître mieux que moi l'odeur de la mort. Mais elle n'a pas posé de question, et elle a eu la grâce de s'intéresser exclusivement à la botanothèque tandis que je m'occupais de ma mère (à ce stade d'hypothermie, il n'était de toute façon plus possible de la sauver). Ensuite, j'ai montré à cheng le cadavre de cmatic. Je lui ai expliqué que je saurais

303

m'occuper d'elle, pas beaucoup plus mal que lui, mais elle s'est quand même mise à pleurer silencieusement. Je crois que c'était à cause de l'attachement que shi avait pour cmatic. Je me suis débarrassée des corps.

Pour des raisons évidentes de sécurité, j'ai dû prélever et traiter la puce de cmatic. Disons que l'oise a cru savoir qu'il s'était égaré sans retour dans les profondeurs de la suburb. Iasmitine, sur un point, n'avait pas menti : la puce de cmatic était programmée pour le détruire lentement en le privant de sommeil paradoxal, et pour lui mentir jusqu'au bout. C'est bien la seule certitude de cette histoire aussi emmêlée qu'une chevelure de sorcière. Elle étonnerait moins aujourd'hui, nous connaissons tous le ndeup. Mais à l'époque, on croyait encore que seuls les individus tuaient par plaisir. Les organisations étaient priées d'avoir un prétexte.

Cheng a remplacé ma mère (simple trafic d'identité sur le Réseau), j'ai remplacé iasmitine. À ceux qui la demandaient, je racontais qu'elle était en voyage et m'avait laissé sa boutique en garde. Ma laideur flagrante m'a bien servi, pour une fois : il y a certains faciès auxquels on ne pose pas deux fois la même question. À nager dans le sillage de iasmitine, j'ai appris pas mal de choses, j'en ai fait quelques-unes. J'ai servi qui il fallait et obtenu ce dont j'avais besoin ; je m'en suis assez bien sortie, somme toute.

Il était possible de changer le visage de cheng et son identité officielle, et même son pipa, mais il était impossible de changer son goût pour ce qu'elle appelait la liberté et qui consistait à errer dans les coursives en écoutant le claquement joyeux de la plante de ses pieds nus sur le sol, puis à s'asseoir à un endroit d'où elle pouvait apercevoir le ciel, entre deux mâcheurs de gumi crasseux, pour jouer jusqu'à ce que ses doigts s'engourdissent. Il n'était pas non plus possible de changer la façon de jouer de cheng.

Le *big blast* a tétanisé le monde. J'ai alors pu, sur le Réseau, en apprendre tout mon soûl sur path. Il a inspiré une haine fanatique qu'on n'imagine plus. Cheng, avec détachement, me commentait les articles, rectifiait les rumeurs, corrigeait les racontars : non, il n'était pas biomécanique ; oui, il tuait comme d'autres respirent ; non, il n'en avait pas une énorme, ni double, ni en titane. Un jour, un de mes clients a commencé, tout en me parlant, à faire tourner sur l'ongle de son pouce un stick électrique. Ses questions étaient insidieuses, empreintes d'une brutalité affleurante et très éloignées des habituelles plaintes physiologiques. Quand il a commencé à mentionner ma mère, je lui ai fait un sourire et j'ai eu le plaisir de le voir rater un tour. Son stick est tombé sur le tapis taché d'auréoles pâles. Honnêtement, je ne sais pas s'il s'agissait d'un simple émule de path, ou si ce dernier avait flairé la trace de cheng et lancé sur sa piste un de ses sbires. Lequel, bien sûr, n'est pas sorti de mon bureau par la voie qu'il imaginait : je suis terriblement impressionnable et j'ai horreur qu'on me le rappelle. Mais j'ai eu la bêtise impardonnable de prévenir cheng de cette visite étrange. Je suppose qu'elle n'attendait que ce prétexte. Elle a disparu le lendemain. En emportant son pipa, l'idiote.

Shi et cheng. La pierre et la vérité. « Nommer est la plus importante des choses », disait confucius. Le moyen, pour une jeune fille qui porte un nom pareil, de survivre dans un monde pareil.

J'imagine parfois path au-dessus d'elle, ivre de rage, secouant son cadavre souriant, et ça me fait sourire à mon tour. Car j'avais truffé cheng, à son insu, de doses mortelles d'opiacées encapsulées dans des cosses solubles dans l'histamine, et d'un petit témoin chargé de me signaler leur dissolution. Le témoin s'est manifesté, peu de jours après le départ de cheng. Je n'ai pas pu lui éviter la torture, mais elle ne l'a pas endurée dix minutes et elle est morte en riant bêtement. Je n'ai jamais cherché à en savoir plus. J'ai eu suffisamment de peine quand j'ai compris qu'elle n'avait pas réussi à rejoindre shi, ou des pays plus beaux sous de grands ciels jaunes. De shi, je n'ai jamais eu de nouvelles. C'est-à-dire qu'il n'en a jamais pris de cheng auprès de moi. Soit il en a pris par d'autres biais, soit il n'y a rapidement plus eu personne pour en prendre.

Quant à path, tout le monde connaît son sort.

Depuis je suis restée ici, tour woroïno, entre le 41e et le 42e étage. J'ai inventé les décors dont je vous ai parlé, ils m'ont nourrie. Ensuite, j'ai appris le métier que vous savez que j'exerce : traduire, c'est voyager. L'officine de iasmitine est tombée dans l'oubli, je m'y rends encore quand il le faut. Ayant pris sa place, il m'a bien fallu reprendre tous ses rôles.

Pendant ces deux siècles, j'ai vu le ndeup gagner en puissance et des murs de peur tomber comme des couperets entre les peuples. Dans une bonne partie du système, il faudrait désormais être vraiment très riche ou très fou pour oser encore arborer un bagage génétique aussi parfaitement blanc que l'était celui de cmatic. La haine que les noirs et les rouges ont pu, autrefois, porter à leurs assassins leur a survécu et elle tourne toujours, comme un broyeur de chair humaine, sans raison ni sens. Insatiable et folle, l'armée du baron samedi danse dans l'ombre des génocides anciens : comment voulez-vous arrêter une charge de spectres ? Le ndeup s'est même doté, à la longue, d'une vitrine officielle : le diaraf. Il y a toujours des petits malins pour essayer de faire des sous avec n'importe quoi.

J'ai aussi vu la suburb, ou plutôt cette dictature qui se fait encore appeler refugee, croître sur la misère des sous-sols et d'autres murs de peur coulisser entre les étages. Mais la haine que le suburbain porte aux tours s'appuie, elle, sur des raisons très actuelles : asphyxie, faim, germes et toxines. La pauvreté est une éternelle contemporaine. Certains prétendent que, comme le diaraf est la vitrine officielle du ndeup, le ndeup est la partie hors-sol de la suburb. D'où je suis, étant ce que je suis, je peux vous assurer qu'ils ont raison. Path et iasmitine avancent désormais main dans la main ; la sorcière écarlate chevauche le dragon rouge. Ou, si vous préférez une approche moins lyrique, disons que les mafias, générations spontanées de toutes les dérélictions sociales, se sont interfécondées et internationalisées – comme le reste.

Après tout, il n'est pas absurde que les descendants des esclaves se soient alliés aux esclaves d'aujourd'hui pour s'en prendre à leurs bourreaux de toujours, ceux qui leur ont volé la liberté hier, l'oxygène aujourd'hui, tout espoir et toute justice de tout temps. J'ai mis longtemps à comprendre ces enjeux, et que path et iasmitine étaient les deux faces d'une même médaille, brûlante de haine, pendue au cou de l'humanité souffrante. Parfois, j'ai pitié des blancs : ils ont ravagé la planète à coups de fouet, de canon et de torture pendant des siècles, mais ils l'ont bien payé. Hors ceux qui pataugent encore dans les restes de l'europe, les steppes américaines et quelques ghettos australiens, qu'en reste-t-il sinon des séquences ? Il me semble que nous portons leurs bouclettes dorées comme des scalps, et leurs yeux clairs comme ces trophées que les vainqueurs promènent en triomphe.

Et j'ai vu le Réseau s'étendre et gagner en toute-puissance, j'ai vu la terre se dessécher au-delà de tout espoir, et les routes interplanétaires s'ouvrir. J'attends avec impatience le voyage interstellaire, moi qui pourtant n'ai jamais pu m'éloigner du temple de iasmitine. J'attends surtout ce transfert cérébral qu'on nous promet et qui pourrait, peut-être, me permettre de retrouver un corps vivant, chaud, souple et surtout adulte, avec des yeux capables de voir les couleurs et une langue capable de gourmandise. En attendant, le cimetière hurle pour moi. Ne me demandez pas pourquoi les âmes hurlent : je suppose qu'elles souffrent. Ne me demandez pas de quoi. Sûrement d'être enfermées.

Cependant mes âmes s'épuisent lentement, les unes après les autres, et il me faudra bientôt les remplacer.

Savez-vous qu'il n'y a pas si longtemps, on trouvait encore, dans certains pays, des espérances de vie oscillant entre vingt-cinq et trente ans ? On était adulte à treize ans, héros à vingt et mort dix ans plus tard. Il y a encore moins longtemps, passé la quatre-vingtaine, on ne pouvait plus espérer que des souffrances physiques et la déréliction mentale. Depuis, nous avons dompté la vieillesse : quel changement pour nous tous ! Mais quel changement autour de nous ? Le monde tangue toujours sur son erre de souffrance et la vie de la plupart des humains est toujours incroyablement pénible. Il en a toujours été ainsi, nous n'avons rien su y changer. Vous êtes moins vieux que moi et vous vivrez moins longtemps, mais pour toutes les générations d'enfants morts qui nous ont précédées, nous avons la même allure de dieux immortels aux mains vides. Je bois des âmes, vous videz des clones et pour que perdure notre existence, nous avons besoin d'entretenir l'injustice du monde : voilà toute notre contribution à la condition humaine.

Les plus de cent ans possèdent le pouvoir décisionnel et le poids économique, en plus de l'expérience, et qu'en font-ils ? Après tout, que peut-on attendre de gens qui, au bout de cent années d'existence, ne sont morts ni d'amour, ni de dégoût, ni d'épuisement ? Un peu de sagesse ? J'en cherche les effets autour de moi et je ne vois rien. Que peut-on espérer d'un monde que dirigent d'inusables vieillards ? Nous qui avons le temps, la connaissance et le pouvoir, nous ne savons que durer. Nous n'avons appris qu'à nous survivre. Nous sommes des monstres, mon ami.

Je sais qu'en parlant ainsi, il vous semble que je crache sur ce qui fait de nous des han : le culte des ancêtres. Je connais votre respect pour le grand âge, je connais vos opinions, vos convictions religieuses et raciales : que pour vous, on ne devient pas chinois, on l'a toujours été ; et qu'on ne l'est que si on peut, en suivant son lignage, aïeul après aïeul, remonter jusqu'à son lieu d'origine. Vous appartenez à *zhongguo*, l'empire du milieu, où les Tiges innombrables des générations s'entrelacent autour d'un axe divin. Je sais que vous possédez un reliquaire qui contient tous les esprits de votre famille, à l'abri de leurs tablettes de Bois gravées de lettres d'or, et que votre seul souci est de retrouver celles qui manquent. Je sais qu'à lire ma longue lettre, vous avez souvent pâli d'horreur. *Pu tao*, crime impie, crime ultime, l'impiété envers les parents morts ou vivants. Ma collection d'âmes en bouteilles a dû vous horrifier moins que ma façon de parler à ma mère. Mais la question que je vous pose, celle de notre légitimité, n'est ni oiseuse ni simple.

Ne vous semble-t-il pas, parfois, que nous sommes comme les personnages du *hoshin engi* ? Dans ce vieux livre, les immortels *kun lun* et les immortels *jin ao* s'opposent pour la domination de l'empire du milieu. Les uns veulent gouverner l'humanité, les autres laisser les humains vivre leur vie sans intervention divine et organiser leur propre liberté. Ne vous semble-t-il pas, parfois, que vous êtes un de ces immortels, que vous hésitez entre le kun lun et le jin ao ? Que vous songez aussi à partir, pour laisser le champ libre aux nouvelles générations ? Pour ma part, j'y pense sans arrêt. À quoi sert, en ce monde, mon cynisme stérile et mon éternel appétit ? Mais la vie est une drogue terrible. Je me rassure en me disant que, comme la grotte de mogao, je recèle d'antiques richesses culturelles. Mon métier, qui consiste à exhumer de vieux trésors linguistiques, me paraît parfois justifier ma survie. Et vous, quelle est votre excuse ? Vous connaissez le coût économique et écologique de vos protocoles hormono-viscéraux.

Pardonnez-moi, mais je ne crois pas à cette sagesse des anciens pour laquelle vous avez tant de respect. Car les vieillards sont ceux qui ont beaucoup vécu et donc beaucoup souffert. Je suis morte et j'ai tué, j'ai vu tuer et mourir, j'ai eu un temps immense pour la douleur et la méditation, ai-je pour autant grandi en force morale ? En discernement ? La souffrance n'élève pas, elle abaisse. Elle ne rend pas intelligent, elle abrutit ; elle ne rend pas plus fort, elle fêle ; elle n'éclaircit pas la vue, elle crève les yeux ; elle ne mûrit pas l'esprit, elle le blettit.

Il m'a semblé, il y a quelque temps, qu'il serait plus propre de mourir, de rejeter enfin ce voile troué qui recouvre les misères de mon néant. Ça m'a passé ; je n'en ai pas eu le courage. Il m'a aussi semblé, il y a quelque temps, que je pouvais inventer une alternative autre que la mort à ma persistance de parasite : toute l'humanité d'en haut vit dans un songe. Les informations qui circulent ne sont plus que des métadonnées sur les paradonnées que nous sommes, et les ventres planétaires qui nous portent font un bruit creux de squelette. Toutes nos chairs décomposées en Humus ne feront pas de mars une planète habitable, ni ne referont de la terre un monde viable. Mais peut-être est-il encore possible,

311

avec beaucoup de soin, de science et de patience, de rendre la terre aux hommes et les hommes à la terre ? De rogner les tours à défaut de les abattre, épurer nos sols, nos eaux et notre air pour y relâcher, ressuscitées, toutes les Espèces dont nous conservons l'adn avec un soin pathétique ? Et ensuite, oser risquer un œil hors du Réseau sous un ciel moins jaune de crasse ? La tâche est immense, il y faudrait une parfaite maîtrise du présent, une connaissance intime des erreurs passées et beaucoup de temps. Qui d'autre que nous pourrait envisager un tel travail ? Mais pour que nous le fassions il faudrait que nous soyons pleins de courage et de projets, il faudrait que nous fassions confiance à d'autres que nous-mêmes et que nous acceptions la possibilité d'un échec, en bref, il faudrait que nous soyons à l'opposé de l'égoïsme féroce qui nous a permis de durer. Vous nous voyez nous lancer dans l'espoir, à notre âge ? Finalement, j'ai aussi débarqué cette ambition-là.

Avez-vous peur de la mort ? Vous dites que non. Je vous envie. Vous êtes assis à l'ombre d'un Arbre généalogique vigoureux qui plonge ses Branches dans le vent des siècles. Quand vous ouvrez la double porte du meuble de vos ancêtres, je suis certaine que toutes les tablettes s'alignent dignement et que vous les voyez vraiment, deux files d'hommes graves et immobiles, les yeux fixés sur votre silhouette agenouillée. Et, dans le lointain, vous devez distinguer le grand ancêtre sur son trône, dans sa longue robe brodée d'or. Vous connaissez vos origines et au jour de votre mort, « votre âme pourra rentrer dans son pays natal en suivant la route qui lui sera montrée ». Mais moi ? Je n'ai pas de reli-

312

quaire familial. J'ai peur qu'au fond des ténèbres, aucun ancêtre ne me reconnaisse, que personne ne vienne à moi pour me guider ; j'ai peur d'errer éternellement dans les brumes épaisses à l'écart du monde des vivants. Peut-être l'âme de ma mère viendra-t-elle me chercher : l'amour maternel a des besaces de miséricorde. Mais pour ça, j'ai besoin de vous.

Si je vis assez longtemps pour retrouver un corps et une autonomie, je commencerai par faire tous les voyages dont j'ai rêvé. Les décors que j'ai créés n'ont fait que tromper ma soif mais je n'irai pas tout d'abord en polynésie ou en écosse, ou au nigeria. Je survolerai les monts balang, et de là, je gagnerai les hauts plateaux du qinghai et du tibet. Je suivrai la rivière minjiang entre les monts qionglai, je verrai la passe de wolong, le rocher de l'âme et le gouffre du dragon, le lac cao aux sources de la wujiang, les chutes d'eau de huangguoshu et la steppe de mao ergai, où chevauchent les esprits des bandits portant en Croupe des paysannes hurlantes. Peut-être vivrez-vous assez longtemps pour venir avec moi ? Est-ce que ça vous plairait ? Si votre organisme *fait et refait* ne cède pas avant.

Est-ce qu'il ne vous apparaît pas évident que ma liqueur d'immortalité n'est que le revers magique de vos greffons scientifiques, de même que les Herbes et les massages ont toujours soulagé les pauvres, tandis que les riches bénéficiaient de la médecine génétique ? Dai fu contre biotech. Mon jus d'âme, c'est la réplique des miséreux décidés à voler le secret de la vie éternelle à vos hautes tours.

J'ai laissé le temple de iasmitine tel qu'il était, je n'ai pas touché non plus à son bureau. Quand j'y pénètre, il me semble remonter deux cents ans en arrière et que les vieilles passions vivent encore. Tout le décor est en place, il ne manque que les figurants, cachés dans les plis du temps. Il suffirait de les secouer pour que shi apparaisse, ferme comme un sabre, incarnant la vigueur telle que l'a versifiée li bai, calligraphiée yan zhenqing et sculptée rodin. Cheng paraît à son tour et marche vers lui. Tout aussi simplement, il ouvre les bras ; peut-être path jaillit-il alors de derrière les Soieries, ricanant comme un démon, avec des mouvements saccadés d'ombre. Cmatic lui saute à la gorge. En arrière-plan, ma mère pleure en se tordant les mains et on voit passer l'ombre légère d'ainademar, avec son voile de gaze devant son fin sourire. Pour assister à cette scène, il suffirait d'un miracle ou d'un hasard, ce qui est à peu près la même chose. Certains (des poètes) disent que ce miracle aura lieu, voire qu'il a déjà eu lieu et se répétera de siècle en siècle, aussi longtemps que dureront la violence, l'amour et les larmes des mères, mais je n'y crois pas. L'éternel retour des choses, des gestes et des êtres me semble un pieux mensonge. Non qu'il n'y ait pas de place pour eux dans le ventre des temps futurs, mais parce que le passé est une Mule sèche. Après leur séparation à ha rebin, les bras de shi ne se sont jamais tendus vers cheng, ils n'ont jamais pu se refermer sur sa taille étroite, elle n'a pas posé sa tête sur son épaule. Les siècles n'y changeront rien, depuis que ces bras-là se sont repliés comme les ailes d'un Oiseau mort et sont tombés en poussière. Les poètes ne peuvent rien contre la poussière.

Oui, à mon tableau allégorique, vous me direz qu'il manque iasmitine. Mais elle n'est pas morte, elle ne peut pas être morte. Kali, hécate, tchang no, quel que soit le nom qu'on lui donne, elle rôde toujours, « nocturne et ceinte du Feuillage des grands Chênes, des Serpents plein les cheveux ». Sophocle l'a vue bien avant moi. Gao aussi, deux mille cinq cents ans après : « La maîtresse de ces lieux est certainement une sorcière qui appelle les esprits des défunts et emprisonne les âmes des humains. »

J'envie ces morts. Il me semble qu'ils ont passé comme des jonques illuminées, scintillant de dangers et de plaisirs, riches en jeunesse et en beauté tandis que je restais à quai, engoncée dans ma charogne et l'esprit en peine. Je repense à eux et je souris pourtant : le spectacle de shi est un régal, celui de cheng n'est pas vilain non plus. Quant à cmatic, vous avez compris que j'ai tenu à lui plus que je ne le dis. Mais il est mort bêtement et ce n'est pas une chose qu'on pardonne à quelqu'un dont on avait besoin pour vivre.

Il m'arrive de travailler sur le bureau de iasmitine, dans l'odeur passée des Plantes, et ensuite d'aller dormir dans le temple, sous les breloques de Perles du Crâne. Allongée au milieu des Soieries que je sais être d'un si beau rouge et que je vois profondément noires, je pense encore à eux. Ainademar me manque toujours autant, autant que les couleurs. Quand je songe à son chignon blanc infusé d'or, à ses gestes lents au-dessus des Herbes vertes, aux Fleurs roses et jaunes qu'elle savait faire éclore et à l'instant de terreur qu'a dû être sa mort, je regrette que les tenseurs aient tué iasmitine

315

si vite. Je pense à cmatic : mon béguin pour lui n'est plus qu'un lointain souvenir, pourtant il m'empêche de reconnaître à cet homme le courage dont il a pu faire preuve et la tristesse profonde de son sort. Cmatic m'a toujours agacée, il doit s'agir là de la seule familiarité que j'aie jamais pu m'autoriser avec qui que ce soit. Je pense aussi à cheng, à shi, je les envie, eux et leur stature divine de fugitifs morts jeunes ; mais à mon réveil, quand je crève la surface d'un sommeil sans rêves, c'est elle que j'entends pleurer.

Quand « les Poissons d'argent s'échappent des yeux ensommeillés du passé », je la revois dans sa robe fendue orange, avec des bracelets à ses chevilles comme une jeune fille thaï. Je la vois sourire tandis qu'elle m'achète des gâteaux de lune…

Je ne sais pas ce que c'est que d'avoir faim au point de vendre sa peau. Je sais ce que c'est que d'aimer un homme et de le perdre, mais je ne sais pas ce que c'est que de retrouver son visage dans celui d'un enfant qui grandit, comme on distingue peu à peu celui d'un noyé remontant lentement du fond d'une eau trouble. Je ne sais pas ce que c'est que de faire pousser ce vivace mélange d'amour en essayant d'avoir pour lui l'autorité masculine qu'on n'a pas, les moyens financiers qu'on n'a jamais eus et les espoirs qu'on ne s'est jamais permis pour soi. Et je ne sais pas ce que c'est que de regarder en face le masque d'un infirmier qui vous annonce :

« Vous avez tout perdu en ce monde, madame. »

À sa place, j'aurais fait ce qu'elle a fait. Aurais-je fait plus ? J'aurais fait pire, si j'avais pu.

Que cette femme soit morte m'importe encore plus

316

que le fait de l'avoir tuée. D'être passée à côté de tant d'intérêt pour moi, de soin de moi, d'attention envers moi me fait moins de peine que le fait que tant d'amour soit mort les mains tendues, et vides. Je ne lui ai jamais, d'une quelconque façon, dit merci.

J'imagine que vous n'avez, désormais, plus aucune envie de me voir *en vrai*. Peu importe : je ne vous en ai pas raconté tant pour si peu mais, je vous l'ai déjà dit, pour vous demander un service. Ce n'est pas une demande facile et elle méritait amplement un pareil préambule. Mais elle est simple : vous avez compris que mes âmes s'épuisent et qu'il me faut les renouveler. Iasmitine conservait précieusement le signalement de ses victimes, je vous envoie les fiches qui vous concernent. Je ne doute pas que vous aurez à cœur de libérer ceux de vos aïeux qui souffrent ici depuis des siècles. Vous avez deviné mon prix. Mais il est un peu plus élevé que vous ne le soupçonnez. Car outre que j'aie besoin d'une âme fraîche pour chaque ancienne que je vous remettrai, j'en veux trois supplémentaires. Je sais que vous avez la haute main sur les unités populaires de soins compassionnels, et que votre centre personnel de recherche gérontologique absorbe trop de crédits pour que vos patients pauvres aient droit à d'autres soins qu'une mort indolore. Il suffira qu'ils fassent ça chez moi, voilà tout. En échange, vous pouvez compter sur mon aide, le jour où votre organisme rejettera jusqu'aux plus performantes des cellules totipotentes. Ma survie ne vaut pas votre vie, mais néanmoins, c'est une vie, et la vie est une drogue terrible, vous le savez très bien.

Vous dites que vous n'avez pas peur de la mort. Alors, pourquoi employez-vous tous vos moyens, tout votre poids social, tout votre temps à prolonger un organisme qui n'est plus qu'un assemblage d'organes dix fois remplacés, et dont il faut sans cesse compenser les incongruités, les pannes et les brèches ? Réfléchissez-y. Le transfert cérébral est pour bientôt, mais pour quand ? Ma potion est là, pour vous. Réfléchissez bien.

Vous pouvez refuser. Nous mourrons chacun de notre côté, vous dans un caisson de greffe et moi sur mes Soies fanées. Ce n'est pas ce qui m'importe le plus. Je ne pense qu'au moment où je briserai les trois bouteilles, tout en haut de woroïno, et où je regarderai s'élever dans le ciel jaune, enfin libre, la fumée légère des âmes d'ainademar, de cmatic et de ma mère.

Yitian hao, mon vieil ami.

 **www.livredepoche.com**

- le **catalogue** en ligne et les dernières parutions
- des **suggestions de lecture** par des libraires
- une **actualité éditoriale permanente** : interviews d'auteurs, extraits audio et vidéo, dépêches…
- **votre carnet de lecture** personnalisable
- des **espaces professionnels** dédiés aux journalistes, aux enseignants et aux documentalistes

Composition réalisée par Chesteroc Ltd.

Achevé d'imprimer en février 2010 en Espagne par
Litografia Rosés
GAVA (08850)
Dépôt légal 1re publication : septembre 2007
Édition 03 – février 2010
LIBRAIRIE GÉNÉRALE FRANÇAISE – 31, rue de Fleurus – 75278 Paris Cedex 06

31/1929/4